文春文庫

沈黙のひと

小池真理子

文藝春秋

目次

沈黙のひと

プーシュキンを隠し持ちたる学徒兵を見逃せし中尉の瞳を忘れず

1

二〇〇九年三月中旬。日曜日。

晴れてはいたが、ひどく風の強い日だった。タクシーを降りたとたん、からみつくように吹きつけてくる風が、耳元でびゅうびゅうと唸り声をあげた。

近くの広場では、草野球が行われていた。少年たちの歓声や掛け声が、風に乗って流れてくる。マンションのベランダで、誰かが威勢よく布団を叩いている。空地の横の竹林が、ざわざわと大きな葉擦れの音をたてている。

風が、それらの音を烈《はげ》しくかきまわすようにして吹き過ぎていった。意識そのものまで攪拌《かくはん》されて、自分自身がとりとめもなくなったような気がした。

目の前に建っているのは、外壁が桜色に塗られた鉄筋三階建ての建物である。大手企業の社員寮を改装したもの、と聞いている。川崎市にある、介護付有料老人ホームの

「さくらホーム」である。

私の父、三國泰造《みくにたいぞう》は、この施設で人生の最晩年である四年と四か月を暮らし、十日前に逝った。直接の死因は脳梗塞。享年八十五だった。

「さくらホーム」を囲んでいるのは、どちらかというと庶民的な住宅地である。竹林の他、小さな農地なども見られ、最寄り駅から都心まで、急行なら二十分、高速道路を使えば渋谷インターまで三十分、という近さにもかかわらず、周辺の風景は長閑《のどか》きわまりない。

住所は川崎市だが、横浜市との境目にあたり、すぐ近くには高級住宅地が拡がっている。八〇年代に一世を風靡したテレビドラマで、一躍その名を広めた住宅地だ。駅周辺には大きなショッピングセンターや有名デパートがあり、一年中、買い物客で賑わっている。

そのせいか、近年、この界隈にも小家族向けの低層マンションが数多く建てられるようになった。雑草に被われた空き地も次から次へと整地され、気がつくといつのまにか、コンクリートが敷かれた月極め駐車場に変わっていたりもした。

しかし、代々続く地主が今なお健在のようで、小さな畑や雑木林、竹林の一部は昔のままの形で残されている。坂が多いため、地形は変化に富んでいて、見晴らしもいい。「さくらホーム」は、その坂の最も高いところに位置している。屋根の上に「さくらホーム」と書かれた、薄桃色の大きな看板があり、それはどの方角から見ても目に入る。

徒歩で坂を登っていくためには、健康な脚力を必要とし、「さくらホーム」の入居者たちには到底、無理な話だったが、車を使えば難なくエントランスの車寄せに横付けすることができた。周囲に、景観を損なうような大きな建物は一つもなくて、窓から見える四方の景色はパノラマのようだった。冬の晴れた日などは、遠く、雪をかぶった富士山を望むこともできた。

私と異母姉妹の関係にある可奈子《かなこ》と千佳《ちか》、それに父の現在の妻である華代《はなよ》と共に、四人で父を「さくらホーム」の見学に連れて来たのは二〇〇四年。九月に入ってまもなくの、残暑が厳しい日の午後のことだった。

父はその日、終始、にこりともしなかった。私もふくめて、誰とも目を合わせようとせず、車椅子の中で背を丸めたまま、ひどくむずかしそうな顔をしていた。

「何か気にいらないところでもあった？」

ひと通り、見学を終え、お茶を供され、案内してくれていた職員が席を外したのを見計らって、可奈子が父に問いかけた。口調は優しいのに、口にする言葉がどことなくきつく感じられるのはいつものことだった。

「環境も悪くないでしょ？　ここの介護スタッフたちの評判は、かなりいいのよ。いろいろ調べたけど、悪い噂はひとつも耳に入ってこないんだから。東京からも近いし、近くに大きな病院も小さなクリニックもたくさんあるし。部屋だって、ちょっと狭いけど、小ぎれいだしね。日当たりもよくて、窓からの眺めもよくて。もしかして、部屋の壁紙とかが気にいらなかった？　そういうものは、すぐに変えてもらえるわよ。それとも他に何か、パパの意に沿わないところ、あったの？　あったら教えて」

パーキンソン病が進行し、父は歩けなくなっていたばかりか、すでに会話もほとんどできなくなっていた。声帯に問題があるためではなく、何か話し出そうとすると、舌や喉や口腔が烈しく震え出し、言葉にならなくなるからだった。

そんな父に複数の質問を一度に投げかけても、答えなど、返ってくるわけもない。そのことが充分すぎるほどわかっていて、かえって苛々《いらいら》するせいか、可奈子は少し、うんざりした顔をした。

父は黙したまま、仏像のような半眼で虚空を見つめていた。

雰囲気を変えようとしたのか、千佳がいたずらっぽく笑い、車椅子の中の父の、薄くなった白い頭を撫でた。「パパはきっと、高級住宅地に建ってる、億ションみたいな施設だったらいい、なんて思ってるんだよね。ね、パパ。そうじゃない？」

「そりゃあ、誰だって、そういうところに入れればいい、って思うわよ」と可奈子が言った。メタルフレームの眼鏡の奥で、リスのような、賢《さか》しげな瞳がくるくる動いた。「でも、入居金が高くてホテルみたいに豪華だから、最高の介護をしてもらえる、って思いこむのは、大きな間違いなの。特養だって、すごくいいところがたくさんあるんだから。お金の問題じゃない、ってこと」

「そうそう、その通り」と千佳がうなずいた。「それにさ、ここの評判は、私とお姉ちゃんとで、細かいところも含めて全部チェックしたから、安心してよ。ほんと、問題ないと思うよ。私たち、食事の試食までしたんだから」

「しかも、一度だけじゃなくて、何度もね」と可奈子が言い添えた。

華代は何も言わなかった。父以上にむっつりと押し黙り、一刻も早く、ここならここ、いやならいや、と決めなさいよ、とでも言いたげな顔つきをしながら、口をへの字に曲げ、誰にともなく皮肉をこめた流し目を送りつつ、湯飲みの緑茶をすすった。

その時、父の目と私の目が合った。父は何かもの問いたげな表情を浮かべたように見えたが、私にはそれが何を意味するのか、わからなかった。

悪くない施設だ、というのが私の率直な印象だった。本当だ。

私の母は、父の初婚の相手である。すでにそのころ、母には認知症の症状が目立ち始めていたが、その母を介護施設に入居させなければならなくなったら、こういうホームがいい、ここなら納得できる、と私は感じていた。

私は父に微笑みかけ、軽く目配せした。安心させるつもりだった。だが、父は諦《あきら》めきったような顔をして、つと私から目をそらした。

父が私の母と離婚したのは、私が七歳の時である。父は母と別れた後も、それまでと変わらずに足繁く私に会いに来た。両親が離婚したなどとは思えないほど、父とは頻繁な行き来が続けられ、そのせいで私は時々、両親は離婚などしておらず、今も婚姻関係を続けている、という錯覚まで抱いたほどだった。

だが、私が大学に入学したころからはさすがに疎遠になり始めた。卒業後、出版社に就職した後は、さらに距離が遠のいた。会うのは年に一度。悪くすれば、まったく会わずにいることも稀れではなく、私の離婚騒動があった時期には、丸三年か四年……いや、それ以上だっただろうか、長期にわたって、父とは顔を合わせなかった。

とはいえ、父は生来、筆まめな男だった。会わずにいる間も、忘れたころに手紙や葉書を書いてよこし、私もまた、そのつど、簡単な返事を書いた。

少なくとも、近況は互いにやりとりし合うことが多かったわけだが、その程度の淡い交流だけでは、父がどんな状態にいるのか、正確に把握することなどできるはずもなかった。

父は手紙の中で、自身の健康状態に関することに詳しく触れてはこなかった。何か健康上の問題が起こった時も、それについての話題は数行で簡略にすまされていた。

書いてくるのは主に、編集者としての私が作った雑誌についての感想や、読み終えたばかりの本の話、将来に向けた自身の見果てぬ夢、会社員だったころの自分の、ちょっとした思い出話……そんなことばかりだった。

父は現実的な話題よりも、自らの思索についてしたためることを好む人間だった。そのため、父からの手紙は、いつもどこか気取っていた。過剰に詩的、文学的でもあった。かつての私は、いつもそのことに、どこか鼻白む想いを抱いていたものである。

そんな関係が続けられていたため、私は父の病状について詳しいことは何も知らずにいた。自分の忙しさにかまけて、あえて聞き出そうとも思わなかったし、その必要も感じなかった。

　だから、私とは異母姉妹の関係にある可奈子が、いきなり私の携帯に連絡してきて、父に入所してもらうホームの見学につきあってもらえないか、と頼まれた時も、初めは事情がのみこめなかった。可奈子が何を言っているのか、私にはわからなかったのだ。

　父が七、八年前からパーキンソン病を発症し、四肢が不自由になったあげく、声まで出しにくくなって、話そうとしても烈しい吃音《きつおん》を繰り返すだけになってしまったことは、もちろん知ってはいた。

　手も震えるので、筆記具をもつことが難しく、父の手紙はいつもワープロで打たれたものになっていたのだが、私あてに送られてくる手紙を読む限りにおいては、父の状態は安定しているようにも見受けられた。まさかホームに入らねばならなくなるほど、父の状態が悪くなっているとは夢にも思っていなかったのである。

　父は私の携帯番号や自宅の電話番号を知っていたが、忙しいだろうから、と遠慮して、父から連絡してくることはめったになかった。私も、父の再婚相手の華代が苦手だったため、父の家に電話をかけることはなかった。話せなくなってしまった父の状態がどんなものなのか、知らされないままに時が流れていた。

　それに、父よりも七つ年下で、どこといって身体に悪いところのなさそうな華代が傍についているのなら、当面、問題はないだろうと、私は思っていた。

父と華代との夫婦関係がよくない、ということは、可奈子や千佳、それに華代本人から聞いたことがあった。父から送られてくる手紙の中にも、時折、それを匂わせるようなことが書かれてあったりもした。

しかし、だからといって、華代が夫の介護をすることを拒む理由にはならないような気がした。関係が思わしくないまま、老いを迎え、どちらかがどちらかを介護せざるを得なくなった夫婦など、世間にはおそらく、掃いて捨てるほどいるだろう。健康状態の良好な華代が何故、父を施設に入れることにしたのか、その真意が、私にはわかりかねた。

電話をかけてきた可奈子は、私の反応に素早く勘を働かせたようだった。彼女は「誤解しないでくださいね」と言った。「施設に入るから、手頃なところを探してくれ、って言い出したのは父自身なんです。母じゃないんです。ほんと、私たちも、驚きました。まさか父本人がそんなことを言い出すとは思っていなかったので」

「そうだったんですか」と私は注意深く探りを入れるようにして言った。「だったら、父が自分で施設を探してきた、ということですか？」

「まさか。それはできません。当然でしょ？」と可奈子は言った。可奈子は私よりも九つ年下だが、時折、人を見下したような口をきくところがあった。「父はしゃべれないんですよ。ほんと、ほとんど声も出ないし、何言ってるのか、まったく通じないんですよ。一年くらい前から、すくみ足って言うんですか？　歩いていても足がすくんで歩けなくなるようになっちゃって。うちにいても、転んでばっかり。トイレに間に合わなくなるから、失禁もしちゃうようになって。施設探しは私と千佳とで、手分けしてやりました。母はね、ご存じの通り、ああいう人ですから、こういうことに協力なんかしてくれませんし。でも、おかげさまで、いいところが見つかったんです。父さえ納得してくれれば、決めてしまいたいんですが、でもね、やっぱり衿子《えりこ》さんにも相談したくって」

「もちろん、それはかまいませんけど」と私は言った。「……でも、どうして私に？」

「だって」と可奈子は言い、ふっ、と短く笑った。「父にとって終《つい》の住処《すみか》になるところは、衿子さんにも納得していただかないと。衿子さんなしに、こういうことは決められませんよ。誰よりも、父自身が、衿子さんを必要としてるんですから」

「……そうなんでしょうか」

「衿子さん、ご自分でよくわかってるでしょ？」

私はその言葉の裏に隠れ潜んでいた刺《とげ》に気づかなかったふりをして、淡々と言った。

「わかりました。私でよければ、喜んでお伴します」

「よかったぁ」と可奈子は急に、少女めいたはしゃぎ声をあげた。

そして、あの残暑厳しい日の午後、西日の射す「さくらホーム」のラウンジで、私は久しぶりに会った父をひと目見るなり、可奈子の言ったこと……父が自ら、施設に入居したいと申し出た、ということに嘘や誇張はなかったと確信した。

父とは何年ぶりに会ったことになるのか。三年ぶり？　いや、もっとだ。四年近くたっていたかもしれない。

父は衰えていた。見るも無残、と言ってよかった。こんな状態で、私にあれほど気取った手紙を書き送っていたのだ、と思うと、場違いなほど苦い笑いがこみあげた。

室内で転倒し、失禁し、トイレに間に合わずにゴミ箱の中に排便してしまい、それを始末する華代にヒステリーを起こされながら、呻《うめ》きながら、苛立ちに涙を流しながら、父は私に司馬遼太郎の作品の感想や、気にいったという誰かの美しい短歌などを書きつけては、送り続けてきたのだ。

父は、華代に面倒をみてもらうことを金輪際《こんりんざい》、拒絶したかったのだろうと思う。父が必要としていたのは、もはや家族ではなく、金を払った上で、自分の世話をしてくれる赤の他人だったのだ。どんな施設でもかまわない、とにかく家を出たい、と思っていたに違いない父の心情が、そっくりそのまま私に伝わってくるような気がした。

車椅子の中におさまっていた父の顔には表情がなかった。パーキンソン病に冒された人間は皆、そうなると言われるが、その日の彼は本当に私の想像以上だった。

彼は久しぶりに会う私を見ても微笑ひとつ、浮かべようとしなかった。わずかに目の奥に懐かしげな光を宿したのがわかったが、それだけだった。しかもその光は、たちまち消えてしまった。

「ほらほら、せっかくパパの大好きな衿子さんが来てくれたのに。そんなにむっつりしてないで、なんとか言ったら？」と可奈子が父の肩を軽く揺すった。「ほんの少しだったら、しゃべれるじゃない。でしょ？　がんばってみてよ」

　華代が作ったような笑みを浮かべて、「ほんとにね」と誰にともなく言った。「何を言ってるんだか、ちっともわかんないんだから。聞いてるだけでくたびれちゃうのよ。衿子さんならわかってくれるんじゃないのかしら。ここが気にいったのかどうか、主人に聞いてみてくださらない？」

　私は彼女たちの、私に向けた嫌味や無神経さをやんわりと無視した。父の車椅子の横に中腰になり、父に向かって笑いかけた。「パパ、私はここ、いいと思うけどな。スタッフの質も悪くないみたい。直感みたいなものだけど、かなりいいと思う。それに、ほんとに東京からこんなに近いから、しょっちゅう、可奈子さんや千佳さんにも来てもらえるし。もちろん、私にとっても、ここなら来るのが楽でいいわ」

　あえて華代の名は出さなかった。そもそも私は華代の名を口にしたことがない。「華代さん」と呼びかけたこともない。

　父は黙っていた。スムースな会話ができないのだから、当然だった。だが、その表情から私は、父が華代から一刻も早く離れたがっているのを感じた。

　私が華代や可奈子に向かって、「今この場で結論を出さなくてもいいのでは」と言おうとして口を開きかけた時だった。それまで席を外していた「さくらホーム」の女性ケアマネージャーが小走りに戻って来た。

「申し訳ありません。すっかりお待たせしてしまいました。営業の者がたった今、戻ってきましたので、これからさらに詳しいご説明を……」

橙色《だいだい》の西日が、白いポロシャツを着た父のやせた背を色濃く染めていた。父は無言のまま、その熟れたオレンジのような光の中で背を丸め、誰の顔も見ようともせず、ただ、ズボンの太もものあたりについていた糸クズを執拗にいじっているだけだった。

「さくらホーム」は最寄りの私鉄の駅からタクシーで五、六分。徒歩でも行ける程度の距離だが、私はいつもタクシーを利用した。来るたびに、両手に大きな紙袋を提げていたからだ。

紙袋の中には、途中で父のために買い求めてきた菓子類やくだもの、飲み物、季節の花で作った小さなブーケなどが入っていた。クリスマスが近くなると、高さ三十センチほどの、飾りのついたクリスマスツリーを買った。正月前には、父の部屋の引き戸に飾るためのお飾りや室内に置く干支の置物を買ったし、夏はアイスクリーム、秋は栗もなか、冬はあんみつ、春は桜餅……季節を問わず、父の好きだった甘納豆と黄身しぐれは、しょっちゅう用意していった。他にも、父が読みたいと思うであろう単行本、雑誌類はもちろんのこと、外国の写真集、新書本、貧血でいつも足が冷たかった父のための膝掛け、ショール、誕生日にはマフラーやセーターなどのプレゼント……紙袋は常にそれらのものでいっぱいだった。

だが、その日の私は何も手にしていなかった。父の遺品を整理する日だった。必要なものは何もなかった。

「さくらホーム」のエントランスに立ち、壁についている小さなインタホンを鳴らした。まもなく、外の風景を映す青いガラスの向こうに、顔見知りの女性職員が微笑を浮かべながら現れた。

内側でロックが外され、空の青を映したガラス戸が開けられる。女性職員は「こんにちは」と言う。私も「こんにちは」と返す。お世話になりました、とつけ加える。「今日は遺品の整理に来ました」

女性職員はかしこまった様子で、深々と頭を下げた。わずかの間があいた。「さきほど、可奈子さんと千佳さんがおみえになりました。今、お部屋のほうにおいでです」

「そうですか。ありがとうございます」

私はショルダーバッグの中から財布を取り出し、入館カードを彼女に渡した。彼女は恭《うやうや》しく受け取ってから、入館証を差し出した。紐のついた桜色の入館証を、私は首から下げた。

エントランス付近には、その時刻、人影はなかった。どこか遠くから、掃除機をかける音が倦《う》んだように聞こえてくるだけだった。

エレベーターに乗り、三階のボタンを押した。中にはこれまで通り、一週間の献立表が貼られていた。今日の朝、父は何を食べたのだろう、昼は？　と献立表を眺めるのがいつもの私の癖だった。

だが、もう、そんなものを眺めても意味がなかった。私はするすると上がっていくエレベーターのフロアランプだけを見つめていた。

三階で降りると、何人かの職員や車椅子の入居者とすれ違った。職員たちは皆、何事もなかったかのように私に向かって挨拶してきた。私も同じようにした。

父の居室は、回廊のようになっている廊下の角部屋だった。335号室。洗面台とトイレのついた、七畳ほどのワンルーム。父が人生の最後の時間を過ごした部屋……。

入り口の引き戸はしまっていた。引き戸にピンで留められている、職員が手書きしてくれた厚紙のネームプレートは、まだ外されていなかった。

「三國泰造」。そのいかめしい名前に不釣り合いな、赤やピンクのマジックを使って書かれたそのネームプレートには、いつ誰が折ったものか、小さなオレンジ色の折り鶴が二羽、テープで貼り付けられていた。

引き戸を軽くノックした。中から「はい」と声がした。

そっと引き戸を開けると、椅子とベッドにそれぞれ腰をおろしていた可奈子と千佳が、共に泣きはらした目をして私を振り返った。

髪の毛をショートカットにし、派手な飴色に染めている可奈子は、灰色のハイネックセーターに黒のプリーツスカート姿。長く伸ばしたウェーブつきの髪の毛を耳の脇でまとめ、一本の三つ編みにしている千佳は、白いチュニックにデニム、という装いだった。

私が軽く会釈《えしやく》すると、二人も同じように会釈を返してきた。鼻をすり上げる音が響いた。

部屋はそのままだった。正面の窓際にあるベッドの位置も、壁にそって並べられた簞《たん》笥《す》やサイドテーブルや書棚の数々も、何も変わっていなかった。

黄緑色のカーテンは窓脇で束ねられ、白いレースのカーテンが途中までひかれたガラス窓は、三月の午後の光を湛《たた》えていた。大型の消臭剤を置いたり、消臭スプレーをまいたりしても決して消えることのなかった、かすかな排泄物の匂いまで、父が生きていた時のまま、そこにあった。

「泣けちゃって」眼鏡をはずした可奈子が、白いタオルハンカチで目もとを拭きながら言った。「絶対に泣かないつもりだったんですけど、だめね。千佳が先に泣きだしちゃったもんだから、私まで……。すみません、お忙しいところ、わざわざ」

「いえ、とんでもない」と私は目を伏せながら言った。「声をかけていただけて嬉しかったです。私も来たかったので」

「パパ、衿子さんのこと、誰よりも愛してましたから」と千佳が言った。いつもの嫌味には聞こえなかった。嗚咽《おえつ》をこらえた、ふりしぼるような声だった。「世界で一番愛してたのは、衿子さんだったんですもの。遺品は、衿子さんも一緒に整理してもらいたかったはずです」

千佳は両手で顔を被い、声を押し殺して泣き出した。

思わずもらい泣きしそうになったのは事実だが、私は懸命にそれをこらえた。泣くのにふさわしい場面でさめざめと泣くことが、私にはできなかった。それは昔からだった。

千佳の言ったことには応えず、二人の涙についても何も言わず、私は意識して事務的に「さて」と言った。「何から始めましょうか。三人で一つずつ箪笥の引き出しを開けながらやっていくか。それとも、分担してやっていくか。どっちにしましょうか」

「そうね」と可奈子は言い、眼鏡をかけながら立ち上がった。「どうするのがいいのかしら。分担しましょうか。そのほうが早いかもしれないですね。ほら、千佳。いつまで泣いてるの。こういうことは、心を鬼にしてさっさとやらないと」

千佳は濡れた目でうなずき、深呼吸し、近くにあったティッシュを何枚も引き出すと、大きな音をたてて鼻をかみ、涙をふいた。

可奈子は一九六一年生まれで、その年の誕生日を迎えると、四十八歳。中学から大学までそろっている、エスカレーター式の私立の女子校を卒業後、商社に入社。ＯＬ生活を経験し、三つ年上の男と社内結婚した。夫との間に娘が一人。父にとって孫にあたる娘は現在、十九歳の大学生である。

また、千佳は可奈子よりも二つ年下で、可奈子と同じ女子大を卒業してから、趣味の写真を勉強し直すために写真学校に通い出した。その学校で、ひとまわり年上の写真家と恋におち、結婚。子供はおらず、今もたまに小さなギャラリーで夫と二人、写真展を開くなどして、手作りの名刺には「フォトグラファー」と印刷している。しかし千佳の写真は趣味の域を出ていない。

通夜や告別式の時、私はこの姉妹とずっと一緒にいた。姉妹は共に、今のように絶え間なく涙を流し続けていたが、華代だけがどこか他人事のような表情で、虚ろに、しかし、落ちつかなげに佇《たたず》んでいたのが印象的だった。

父の死に接し、三人にはそれぞれの想いがあったはずだ。泣く泣かないは別の話である。涙を見せなかった華代に、何の感情も動いていなかったかと言うと、決してそうではないと思う。だが、彼女たちと私の想いとは、おそらく永遠に相容れないだろう。

いくら父の血を分け合っているとはいえ、お嬢さん育ちを絵に描いたような姉妹と私に、しみじみと打ち解け合い、正直な思い出話に興じるだけの感傷は生まれるはずもなかった。

私は彼女たちとは異なる、別の人生を歩んできた。父、三國泰造は確かに、初めての子である私を溺愛していたかもしれない。再婚した華代との間に作った、可奈子と千佳よりも、ずっとずっと、私を愛していたかもしれない。だが、私にとって父との真のかかわりは、「さくらホーム」の見学に訪れたあの日まで、なかった。

私は冷たい娘だった。そう言うと、それは違う、と言ってくる人間もいるかもしれないが、自分ではそう思っている。

ごく若いころから、私は家族が嫌いだった。運命共同体が嫌いだった。自分の人生に、共同体の象徴である家族が絡みついてくることが我慢できなかった。

両親が早くに離婚し、兄弟も姉妹もいなかったからではない。たとえ私に両親がそろっていて、一ダースの兄弟姉妹がいたとしても、同じだったと思う。

みんなそろって、同じ記念日を祝い、同じ時間に同じものを食べ、儀式のように飽かず繰り返される正月の挨拶をし合うなんて、想像しただけで気恥ずかしかった。家族旅行、と聞くと、羨《うらや》ましいどころか、背筋が寒くなった。

なのに私は母にも、しょっちゅう私を訪ねて来ていた父にも、「いい子」をふるまい続けた。絶えずにこにこしていた。反抗的なことは滅多に口にしなかった。いたずらに反抗し、むきになり、諭され、長々とした説教を受けて、うなだれてみせたりしなければならないことを考えると、億劫《おっくう》だった。

誰かから、片親の子、として憐れまれた時に、悲劇のヒロインのような顔をしてみせるのは得意だった。また、言外に母子家庭であることの複雑さを指摘され、だから、お母さんを大切にしなくちゃね、と言われると、素直に力強くうなずいた。

今では両親が離婚した子供など、別に珍しくもない。離婚は結婚同様、日常茶飯だ。だが、私の子供時代は違った。両親が離婚し、片親に育てられる、ということは、人生において子供が背負わねばならない最大の負荷であった。

そのことで苛《いじ》められた記憶はない。だが、周囲から妙に気を遣われたりするのは鬱陶《うっとう》しかった。気を遣われるくらいなら、苛められたほうがよっぽどましだ、と思うこともあった。

私は自分の人生を誰にも邪魔されたくなかった。恋をし、友達と会い、勉強したり、本を読んだり、考えたり、音楽を聴いたり、ぼんやりと想像の世界に遊んだり、何時間も外をほっつき歩いたり……そうやって生きていくことの中に、親や家族、という概念がまぎれこむ余地はなかった。誰に何と言われようと、私は自分の人生を生きることで忙しすぎた。

父はそんな私の生き方に早くから気づいていたに違いないが、そのことについて何か言ってきたことはなかった。母も同様だった。

私は十七、八の高校生のころから独立していた。経済的には親に頼らざるを得なかったが、少なくとも精神面では、その年齢で完全に独り立ちしていた。親への依存心は皆無だった。

母と同居していない父のことは当然にしても、一緒に暮らしていた母を想って、母のために何かをする、してやりたい、などと考えることもめったになかった。私は小利口にふるまいながら勝手気ままに生き、大人になった。母や父の前で「娘」を演じることは多々あったが、その演じ方があまりにうますぎたせいか、自分が嘘をついている、ということさえ忘れることができた。

他人の前に出ると、私は母と親密であること、親子の仲がいいことをわざと強調した。別れて久しい父親とは今も時々、連絡を取り合っている、とつけ加えることも忘れなかった。

過去につきあった恋人にも同じことを言った。誰もが私のことを「自立できている」

とほめてくれた。「女の自立」ということが声高に叫ばれている時代だった。

だが、早くから「自立」できていたことは事実だとしても、それは別にほめられるようなことではなかった。私はたぶん、初めから、家族と離れて生きることしか考えていなかったのだ。

私が自分の父親と生まれて初めて、差し向かいで接し始めたのは、父が「さくらホーム」に入居した後のことになる。

それまでの私にとって、父、三國泰造は、ほとんど何も知らない人間と呼ぶにふさわしいほど、未知の男でしかなかった。あれほど父に可愛がられても、あれほど父からの愛を与えられていても、実際のところ、私は父のことをよく知らずにいた。

憎しみもない代わりに、世間一般に通用するような深い情愛もなかった。母と離婚した、ということで、恨みに思ったこともないし、離婚後も私に会うために足繁く訪ねて来たり、私が大人になってから気取った手紙を送ってよこすようになったりした父のことを図々しい、とか、勝手である、と思って憤りを覚えることもなかった。

父は、自分の父である、というだけで、それ以外の何の感情も私の中に引き起こさなかった。私は父に関心を抱かなかった。ごく幼いころは別にして、精神的に親から巣立ったと思った瞬間、私は父にも母にも完全に関心を失った。

恋が終わった後、恋人に向けた関心がなくなるのと同じように。

父の部屋には、枯れた鉢植えが幾《いく》つも残されていた。そんなものがあることに、訪ねて来ても気づかずにいたのだが、それらはすべて、ベッドの下にまとめて置かれていた。ほとんど全部、私が持って来たものだった。枯れてしまっても、家族が持ってきたものは勝手に捨てるわけにはいかない、と施設の職員たちに思われていたようだった。職員やヘルパーは忙しすぎて、毎日、父の代わりに鉢植えに水をやってはくれない。こちらも、そんな瑣末《さまつ》なことを頼むのは気がひけた。すぐに枯れてしまうとわかっているのだが、きれいな花をつけている鉢植えを見かけるたびに、性懲《しょうこ》りもなく私は買い求めてきた。

それらは皆、埃《ほこり》をかぶり、もとあった植物が何だったのか、わからなくなっていた。私は「燃えるゴミ」と「燃えないゴミ」の二種類のダンボール箱を用意し、枯れた鉢植えをすべて、「燃えないゴミ」の中に入れた。

捨てるもの、捨てるしかないものはたくさんあった。深く考えずに捨てる方向でいきましょう、と私は可奈子と千佳に言った。捨てていいかどうか迷うものは、互いに声をかけあい、相談し合うことにした。

下着類、数少なかった衣類はすべて捨てた。引き出しの中の文房具類も、父の三文判と住所録以外は全部捨てた。

千佳が古いシェーバーを手に、「これはどうしたらいい？」と訊いた。「まだパパの髭が中に入ってる」

「捨てるのよ」と可奈子が低い声で言った。「そんなもの、とっといても仕方ないでしょ」

「でも……」

「とっといても意味のないものは捨てる。感情をおさえて、そう決めてやらないと、先に進めなくなっちゃうじゃない。そうですよね、衿子さん」

「ほんとにそうです」と私は同意した。

千佳はシェーバーをじっと見つめていたが、やがて意を決したのか、それを「燃えないゴミ」の箱に入れた。

私は父の書棚にとりかかった。書棚といっても、ホームセンターなどによく売っている、安物ばかりである。見栄えはよくないが、そのほうが場所をとらず、狭い部屋を効率よく使うことができるからと父は気に入っていた。

華代と暮らしていた自宅から施設に持ってきた本、新たに買い求めた本、私が贈った本、それらに混ざって、私が現在も編集に携わっている季刊文芸誌のすべての号がそろっている。

新しい号のものが刊行されるたびに、自動的にそれは父に送られる段取りになっていた。父は楽しみにしていたようで、雑誌が届くたびに喜び、早く封を切ってくれ、ってそれはもう、嬉しそうにおっしゃるんですよ、と施設のスタッフから聞いたことがあった。

午後のお茶の時間、ホームのラウンジで、独り、背を丸めながら、震える手でページをめくろうとしていた父の姿を思い出した。思い出しながら、私はそれらの文芸誌をすべて廃棄した。同じものは会社にも自分の部屋にもある。父が楽しみに読んでいてくれたものだからといって、残しておく意味はなかった。

だが、他の本はどうしても捨てることができなかった。『老子』、『中国古典散歩』、白居易や杜甫、李白など中国の詩人たちによる『中国詩人選集』、エリザベス・キューブラー・ロスの『永遠の別れ』、ヘッセの『庭仕事の愉しみ』、旧満州大連出身者で、満州解放闘争にかかわり、投獄された著者の自伝『アカシアの町に生まれて』、串田孫一の『山のパンセ』、ハイデッガーの哲学書、司馬遼太郎や吉村昭の小説、朝日歌壇に掲載された短歌集、デイリーコンサイス和英辞典、和独辞典、ドイツ語表現辞典、ドイツの旅行ガイドブック数冊……。

死ぬまでに一度、ドイツに行きたい、ロマンティック街道を歩いてみたい、と父が私あての手紙に書いてきたことを思い出した。父の病が発症し始めたころのことだった。

その手紙のことは何故か、今もよく覚えている。白い縦長の封筒だった。宛て名の部分、「三國衿子様」という手書きの文字が妙だった。「三國」まではよかった。筆圧は弱いが、ふつうの大きさの文字で、なんとかバランスもとれている。だが、「衿子」のあたりから均衡がくずれた。「衿」という字が小さくなり、「子」はさらに小さくて、「様」にいたっては米粒にしか見えなかった。

変だ、と思う前に、たまたまその直前に週刊誌か何かに掲載されていた作家、山田風太郎氏のインタビュー記事が頭の中にかけめぐった。

「文字を書いていると、だんだん小さくなる」とインタビューの中で山田氏は語っていた。頭ではいつものように書いているつもりなのに、書かれた文字が次第に小さくなっていって、最後には米粒みたいになってしまうのだ、という話だった。

検査を受けた山田氏は、パーキンソン病という診断を下されたのだという。

私は数日後、めったにかけない電話を父にかけた。山田風太郎氏のインタビューの話をし、一度、詳しい検査を受けてきたほうがいい、と勧めた。

父本人も、異変に気づいている様子だった。手の震えが治らない、声も出しにくい、という話だった。

「診てもらうことにするか」と父は言った。

「大きな病院でね」と私は言った。

父は気が進まないのか、「いや」と言った。「近くに、ホームドクターにしている女医さんがいるから、まずはそこで診てもらうよ」

「小さな診療所じゃなくて、大きなところに行ったほうがいいのに」と助言したのだが、父は聞き入れなかった。

一九九六年の夏のことだった。声がかすれ気味になってはいたが、父はまだ充分、話すことができた。歩くこともできたし、筆記具を使って文字を書くこともできた。

　そしてその、宛て名書きの最後の文字が、米粒みたいに小さくなってしまっている封書の中の手紙には、ドイツ旅行への夢が、あまり元気のよくない、ミミズがのたくったような文字で、縷々《るる》、綴ってあったのだった。

「これ、何だろう」と可奈子が言った。

　可奈子の前には、ダンボール箱が一つ置かれてあった。布製のガムテープで厳重に封をされている。箱の側面には、成人用おむつの広告文字が踊っていた。

「どこにあったの」と千佳が訊ねた。

「ここ」と可奈子が、ベッドのヘッドボード奥の床を指さした。着なくなったジャンパーやズボンなどが積み上げられていた箇所だった。

「開けてみたら」

「うん。アルバムか何かかしら。古い写真とか」

「パパの秘密の恋人の写真だったりして」

「まさか。ああ、でも、あり得るわね。ママに見られたくないもんだから、入居する時に他の荷物と一緒に持ってきたのかもしれない」

「そんなもん、あったっけ。ここに引っ越した時、荷物は全部、私たちが整理したじゃない」

　可奈子は箱を持ち上げ、少し左右に揺すり、「違う」と言った。「アルバムなんかじゃないよ。軽いもん」

ガムテープを剝《は》がす音がした。私と千佳は並んで、可奈子の手元を見つめた。

可奈子が息をのむ気配があった。私は箱の中を覗いた。

一目でそれとわかるポルノビデオが数本。そして、大小さまざまの、太い万年筆のように見えるものが何本かと、さらに太い、プラスチック製の器具のようなものが何本か。

可奈子は顔をしかめ、とてつもなく汚いものでもつかむようにして、ピンク色をした器具を一つ、つまみ上げた。

「ねえ、これって……」

「わあぁぁぁぁ」と千佳が声をあげた。笑った。あとじさった。「やだやだ。えーっ。信じらんない！」

可奈子が渋面を作って、箱の中にそれを放り投げた。嬌声とも歓声とも絶叫ともつかない姉妹の声が、部屋中に響きわたった。

それは、父が隠し持っていたらしい何本もの、性具であるバイブレーターだった。手も足も動かせない、口もきけなくなった車椅子の老人が、どうやってそれらの性具を手に入れることができたのか。どうやって利用したというのか。

施設の父の部屋には、小型の液晶テレビと、古いビデオデッキが置かれていた。いずれも自宅から持って来たものである。

隠れてポルノビデオを鑑賞しようとすれば、父は自分でデッキ内にビデオをセットしなければならなかっただろう。その種のものを観るために、職員を呼びつけるわけにもいかないのだから、リモコン操作も自分でやらねばならなくなる。果たしてそれが可能だったのだろうか。

　また、基本的に女性用に造られているバイブレーターを使って楽しむためには、性的な行為を目的に会ってくれる女性を必要とする。自力外出がまったく不可能なのだから、その場合は、女性をホームの自室に招かねばならなくなる。

　どれほど想像の翼を拡げてみても、私には、父にそんな女性がいたとは考えられなかった。部屋には、見守り用の監視カメラが据えられている。入居者が、ベッドや車椅子から落ちたり、徘徊を始めたり、あるいは急に具合が悪くなって苦しんでいたりするのを職員がいち早く確認するためのカメラで、家族はもとより、入居者本人にも許諾をとった上で使用される。

　プライバシーの侵害だ、として入居者が応じなければ、速やかに外してもらうこともできる。実際、カメラなしの居室で暮らす入居者も何人かいると聞いていた。

　父もまた、言下に拒絶するだろう、と私は思っていた。確信してもいた。だから、入居時の説明の際、父が無言のまま、カメラ設置を受け入れた時は驚かされた。

　拒絶するだけの気力がなくなっていたのか。それとも、衰えた肉体に不安を覚え、緊急時に駆けつけてもらうためには、そのようなカメラの存在はありがたい、と思っていたのか。厭世的な気分に陥って、そんなことはどうだっていい、としか考えていなかったのか。

ともかく、父が深夜、ポルノビデオを鑑賞していれば、その映像は逐一、さくらホーム内にある集中管理室に送られる。職員たちに一部始終を見られてしまうことになるのを父が知らなかったはずはない。今さら、何を見られようが、かまやしない、と開き直っていたということなのか。

また、ホームの玄関口は、入居者の徘徊や事故を防ぐために、昼夜を問わず、厳重に戸締りされている。勝手な外出はむろんのこと、外部の者は家族もふくめて、職員のチェックを受けることなしに、出入りすることはできない。

職員に知られぬよう、外部の女性をこっそり招き入れることなど、到底、できる話ではなかった。たとえ、何かの方法があったのだとしても、晩年の父の状態を考えれば、電話や手紙で約束を取り付け、誰かを誘い出すことは限りなく不可能だったはずである。

「呆れたわ」と、可奈子が興奮をおさえようとしているのか、妙にきびきびとした気取った口調で言った。「いったい全体、どういうこと？　こういうものをあんな状態になってた人が、どうやって使ったっていうのよ。ねえ、千佳。それ、使った形跡があるかどうか、調べてみてよ」

「触れ、って言うの？　いやよ。誰が使ったか、わかんないじゃない」と千佳は笑いをこらえながらも、眉間にしわを寄せた。「お姉ちゃんがやってよ」

「私だっていやよ。冗談じゃないわ」

二人のはしゃいだような会話をよそに、私は箱の中からバイブレーターを何本か取り出し、子細に調べてみた。

「衿子さん、すごーい」「勇気ある！」という声が背後から飛んできた。

バイブレーターに使用した形跡があるのかどうか、よくわからなかった。少なくとも不潔ではなかった。一見、新品のようにも見えた。

「使ったことがなかったようにも見えますけど」と私は言った。「ただ、もともと、これが入れられてた袋とか箱とかがあったはずなのに、それはないみたい。ってことは、父か他の誰かが、これを袋や箱から取り出した、ってことだけは確かなんでしょうね。あ、でも、このローション、見てください。半分に減ってますよ」

私が見つけ出したのは、性具を使用する際、すべりをよくするために塗るローションだった。プラスチックの小瓶に入っている透明な液体は、明らかに半分になっていた。

「ということは、やっぱり！」と可奈子が大声で言った。「使ってたんだわ！　ローションつけて……ああ、いやだ」

私は「さあ」と言った。「ローションですから、長い間、使わずにいて、自然蒸発しただけなのかもしれません」

「いや、違いますね」と千佳が腕組みをしながら、きっぱり否定した。「パパが使ったんですよ」

「でも、どうやって」と可奈子が訊いた。「ここに誰かを呼びつけて、そういうことしてた、って言うの？　まさか、そんなこと」

「無理よねえ」

「無理よ、絶対。しゃべれないんだから、電話だってできなかったんだし」

「手紙かファックスを出して誘った、とか？」

「うーん、それもあんまり考えられないわね。たとえ、誰かに来てもらったとしてもよ、昼間は部屋にヘルパーさんとかが、いきなり入って来るから、なんにもできないじゃない。かといって、夜中に訪問客があったら、最初っから怪しいと思われて、マークされちゃうわよ。あ、わかった。相手はここの入居者の誰かだったのかも」

千佳が両手で口をおさえた。「ええーっ、嘘でしょ。いやだ！」

「まじめな話、好みのおばあさん、とか、いたのかもしれないじゃない。それで夜な夜な、ここに招いて……」

「やめてやめて」と千佳は言い、渋面を作って激しく首を横に振り、床をどんどんと踏み鳴らした。

その時、入り口の引き戸に軽いノックの音がした。千佳も可奈子も、はっと息をのんで姿勢を正し、口を閉ざした。

「失礼します」と言いながら、引き戸を開けたのは、さくらホームのケアマネージャーだった。井村《いむら》、という名の三十歳くらいの女性である。

ことあるごとに職員の悪口をワープロに打ち、印刷してファックスで送ってきた父も、井村のことだけは特別に信頼し、気にいっていた。プロとしての仕事ぶりはもちろん、色白でふくよかな女性らしい体型が父の好みに合ったのかもしれない。

「みなさん、おそろいで」井村は神妙な表情の中にも、柔和な微笑を浮かべて言った。「何かお手伝いすること、ございませんか。なんでもおっしゃってください。ゴミ捨て用の袋とか、ダンボール箱とか、足りてますか」

「すみません、大人げなく騒いじゃって。うるさかったでしょう？」と可奈子が興奮気味に言った。「でも、井村さん、見てくださいよ。ほら。こんなもんが出てきちゃったんですもの」

　箱の中に視線を移した井村は、「ああ、それ」と言って、何事もなかったかのように微笑んだ。「三國様が亡くなられた直後、私がまとめておきました。あちこちから、バラバラになって一つ一つ出てくるよりも、ひとまとめにしておいたほうがいいかと思いまして。あとはご家族様の判断で……」

「えっ、じゃあ」と可奈子は千佳と私と、それぞれ顔を見合わせた。「井村さんたちホームの方は、このこと、ご存じだったんですか」

　はい、それはもう、と井村は言い、大きな目を瞬かせた。「こういうことは、よくあるんです。三國様だけではありません。男性の入居者の方は、多かれ少なかれ、こういうものを……その……ね？　おわかりですよね」

「はーっ」と可奈子は大仰な吐息をついた。「だって父は、身体があんな状態だったんですよ。それでも？」

「はい。お身体の状態はあまり関係ないようです。ヘルパーの話では、夜間、三國様のお部屋に伺った時、暗い中でご覧になっていたビデオを慌てて消そうとして、リモコンを車椅子の下に落としてしまわれて、暗くしたお部屋の中でしばらくの間、その……そういう画像が音声と一緒に流れてた、っていうことも聞いてます」

井村が笑いをこらえたように言うのにつられ、私たち三人は声をあげて笑った。井村も笑った。

笑いすぎて目に涙がにじんだ。何故か、深く救われたような気になった。

父はまともに言葉を発することも叶わず、人と会話もできず、歩けず、手もほとんど動かせない状態で、なお、女性の裸を必要としていた。健康的な雄としての欲望のほむらが、衰え果てたはずの父の肉体の奥に、しっかりと残されていたことを思うと、私は嬉しかった。

その喜びはたとえようもなかった。はちきれんばかりに膨《ふく》れ上がった喜びが、私の胸を熱くさせた。

「でも、でも」と千佳が、井村ににじり寄るようにして訊ねた。「ビデオはともかくとして、父が誰か女性をここに呼んだ、ってこともあったんですか」

「さあ、それはどうですか」と井村は口を濁した。「二十四時間、見守りはさせていただきますけど、監視しているわけではないですから。入居者様のプライベートなことに関しては、極力、見ないようにしておりますし」

　言葉を選ぶような言い方だった。可奈子と千佳は再び顔を見合せた。

　千佳は「じゃあ、じゃあ」と興奮口調で言った。「やっぱり、父はこういうものをここで、女性相手に使ってた、ってことですね。そうなんですよね？」

「それはどうでしょうか。少なくとも私は存じませんけど」と井村はうまくかわした。「実際に使ったかどうか、ということよりも、これは私の想像ですが、もしかすると、手にとってご覧になるだけで満足なさっていたのかもしれませんね。多分、そうだったんじゃないかと思います」

「見るだけ？」と可奈子が素っ頓狂な声で聞き返したので、千佳は噴き出した。姉妹は互いの肩や背を叩き合いながら、罪のない猥談《わいだん》にはしゃぐ女子高校生のように笑いころげた。

　私は井村に訊ねた。「こういったものは、通販か何かで買うのがふつうですよね。だとしたら、父はどうやって手に入れていたんでしょうか」

「牧田《まきた》様ルートだと思います」と井村は言った。「牧田様が通販で購入して、それを随時、三國様に流していた、と言いますか……」

「流していた！」千佳が繰り返し、可奈子と千佳はまたしてもどっと笑った。

　牧田、というのは、さくらホームの入居者で、父よりも五歳ほど若い。脳梗塞で半身不随となり、父とほぼ同時期に入居してきた。

酒を飲むことと、マージャンをやることが趣味だと言い、若かったころの放蕩ぶり、やんちゃぶりが想像できる男だった。父が牧田や他の入居者たちと、週に一度、マージャンを楽しんでいた時期もある。

手指の自由がきかず、牌をつまみあげるのにも、途方もなく時間がかかっていた父に、牧田は辛抱強くつきあってくれていた。多くを語らずとも、二人の間には、それなりの意思疎通が成立していた様子だった。

食堂などで顔を合わせるたびに、牧田は私に「お父さんとはすごく気が合ってね」と言っていたものである。

気が合う、というのは、このことも意味していたのだろう、と思うと可笑《おか》しかった。可奈子と千佳の、場違いなほどの笑いがおさまるのを待って、井村は「では、また後ほど伺いますので」と言い、部屋から出て行った。

可奈子が笑いすぎて目尻に浮かんだ涙を指先でぬぐいながら、「さてと」と言って、箱の中のものをおそるおそる見下ろした。「これ、どうする?」

「どうする、って、お姉ちゃん、捨てないつもり?」

「捨てるわよ。当たり前でしょ。捨てるけど、どうやって捨てればいいか、って話よ。燃えないゴミでしょ、これ。プラスチック、だよね」

「そんなの、ダンボール箱にガムテープで封をして、廃棄、って書いておけばいいわよ。いちいち、燃えないゴミ用の袋に入れ替える必要なんか、ないじゃない」

「そうね。千佳の言う通りだ」と可奈子は言い、そばにあったガムテープをおもむろに手にとった。可奈子の手で、箱の蓋が閉じられていった。

「あ、ちょっと待ってください」と私は思い切って声をかけた。「そこにあるビデオ、一本だけ、私にいただけませんか」

可奈子が目を丸くして私を見た。「衿子さん、冗談きつすぎですね」

私はおどけて微笑んでみせた。「父がこっそり楽しんでいたものだったら、私もちょっと観てみたいなと思って」

言い方が不適切だった。誤解された、取り返しがつかない、と思ったが、思った時はもう遅かった。

可奈子と千佳は瞬時にして目くばせし合い、次いでそれぞれ、取り繕ったような表情で、作り笑いを浮かべた。

可奈子が「衿子さんたら」と言った。諭すような言い方だった。「何もそこまでしなくても」

「そんなんじゃないんです」と私は言った。「父の霊前にこれを供えてやれば、ささやかな供養にもなるんじゃないか、って、ふと思ったもんですから」

「悪趣味ですよぉ」と千佳が冗談めかして言った。「衿子さん、それって、すっごい、悪趣味」

私は千佳の言葉に応戦することにならぬよう、注意しながら言った。「私のところでも、父の遺影を飾って、お線香をあげられるような祭壇を作ってあるんです。独り暮らしだから、人の目にとまることもありませんし。別に恥ずかしくもありません。こういうものを供えてやるのも、楽しいじゃないですか」

「楽しい？　そうですかぁ？」と可奈子が言った。姉妹は再び、目と目を見合わせた。

私はかまわず「一本だけでいいんです」と言い、姉妹の反応をよそに、箱の中を覗きこんだ。「さて、何にしようかな。それにしても、全部、すごいタイトルですね。よくここまで考えられる、っていうか。ある意味、才能が必要ですよね」

十本ほどあるビデオのうち、半分が一般的な通信販売でも購入することのできるものだった。それぞれに笑いを誘われるほど品のない、派手なタイトルがつけられていたが、残る半分は完全な裏ビデオだった。

おそらく、牧田が何かの方法で手に入れたものを牧田にダビングしてもらったか、牧田に借りてそのままになったか、したものだろう。裏ビデオにタイトルはついておらず、怪しげなナンバーが手書きで書かれているだけだった。

どれでもよかった。私はあてずっぽうに、その中の一本、「No.6」と書かれたものを手にし、バッグの中に収めた。

可奈子と千佳は、口もとに呆れたような笑みを浮かべながら私を眺めていたが、やがて、つと眉を上げると、それぞれ厳粛な顔つきに戻った。

可奈子がただちに、性具やビデオが入れられた箱の蓋を閉じ、ガムテープで幾重にも留めた。千佳が箱の上に、赤い極太のマジックペンで「廃棄処分」と大きく書いた。なぐり書きだった。

父の密かな楽しみだったであろう道具の数々は、埃《ほこり》だらけになった古いスリッパや、壊れかけた鼻毛切り用の小さなハサミ、乾ききってしまっている糊のチューブなどと一緒に、ゴミの山の中に積み上げられた。

その後まもなく、数冊のファイルを引っ張り出したのは、千佳だった。ベッド脇の引き出し付きサイドテーブルの奥の奥……外から見えにくいところに、それは重ねて積み上げられていた。

「手紙類だわ」と千佳が言った。「ほら、衿子さんからのが、まるごと一冊になってますよ」

それは明らかに、千佳よりも先に私が見つけておくべきものだった。書棚にさしはさまれているものとばかり思っていたが、父の死後、誰かの手でサイドテーブルの奥に移されたのかもしれなかった。

千佳に見つけられてしまったことを後悔しながら、私は何食わぬ顔をして千佳のそばに行き、「それは私が持って帰ります」と言った。「人とやりとりした手紙類、父は捨てずに全部、とっておいたんですよね。私の出したファックスや手紙も、そうやっていつまでも捨てずにいたみたいで……見ないでくださいね。恥ずかしいから」

「ラブレターみたい」と千佳がファイルをぱらぱらとめくりながら、感嘆の声をあげた。

「というか、ラブレターそのもの！　ねえ、お姉ちゃん、見て見て。パパったら、自分が書いたファックスレターもファイルしてたんだわ。パパの恋人って、衿子さんだったんですね、やっぱり」

「心の恋人でしょ？」と可奈子が仕分け作業をしながら、大まじめに訂正を促した。

「あんなもん見ちゃった後は、心の、って強調しないとだめよ。気持ち悪いじゃない。衿子さんにも失礼よ」

「ほんとね。すみません、衿子さん。気持ち悪いこと言っちゃって」

どう応じればいいのか、わからなかった。私は黙ったまま微笑して、千佳の手からファイルを受け取った。

ファイルは四冊。うち二冊には、父の友人知人から送られてきた葉書や封書、年賀状、残る二冊には、私が送ったファックスレターや手紙、そして父が私に送信したファックスレターがびっしりとファイルされていた。

何かしようとすると指先が激しく震え、手が使えずにいた父は、そういった作業をホームのヘルパーや、外部の介護サービスの人間に頼んでやってもらっていた。そのことを知ってはいたものの、改めて自分が父宛てに出した手紙類がファイルされているものを目にすると、胸が痛んだ。

私は父の部屋にあった古い紙袋に、それらのファイルを押し込んだ。四冊ともすべて持ち帰るつもりでそうしたのだが、それを見ていた千佳も可奈子も、何も言わなかった。

彼女たちにも読む権利がある。読ませてほしい、と言われたら、貸し借りの段取りをつけるつもりでいた。

だが、姉妹は、父が誰と手紙のやりとりをしていたか、そこに何が書かれていたのか、ということについて、まして父が私に対してどんなファックスレターを送っていたのか、何も興味を持っていないようだった。四冊のファイルを入れた古い紙袋に、ちらりと目を走らせただけだった。

三人での遺品整理作業は、黙々と続けられた。途中、処分するものが多くなり過ぎたため、千佳と私とで手分けし、それらを室内のトイレの脇に積み上げた。

水色のビニールカーテンで仕切られているトイレの奥の棚に、大人用おむつが何十枚も重ねられているのが目に入った。小さな洗面台には父が使っていた歯ブラシとコップがあった。

千佳は歯ブラシを手にとり、「なんだか」と言った。「こういうのって、泣けてきちゃいますよね」

「本当に」と私も言った。

千佳はその歯ブラシを丁寧にティッシュでくるみ、静かにゴミの山の中に加えた。

最晩年の父が、この狭い「終の住処」で、テレビもつけず、ラジオもつけず、手紙も書けず、誰かに電話をかけることもできないまま、ただ、車椅子に座って俯《うつむ》きながら何を考え、何を思って生きていたのか、私は改めて想像した。それは、父が生きている間中、何百回、何千回となく繰り返された想像と同じものだった。

　窓から入ってきていた光が次第に薄れ、夕暮れが近づいても、薄暗くなった部屋で、父は一人、過ごしていることが多かった。訪ねて行った私と、部屋で水入らずで過ごし、やがて「じゃあ、そろそろ行くね」と声をかけると、父はわずかに動く顔の表情筋を使って、笑みを浮かべてみせた。

「ラウンジに連れてってあげようか？　それとも、もうすぐ夕食だから、それまでここにいる？」

　私が訊ねると、決まって父は、このままここにいる、と答えてくる。次いで、何か言いたげに、口を開ける。激しく痙攣《けいれん》する口腔の奥のほうから、声とも言葉ともつかない、かすれた音が、間欠的にもれてくる。

　私は父に近づき、車椅子の脇で中腰になりながら、全神経を集中させる。くちびるの動きを見つめる。耳を父の口もとに近づける。吐息の中から、何か一つでもいい、言葉を聞き分けようと試みる。

　だが、何度やってもわからない。聞こえてくるのは言葉とはほど遠い吃音だけで、しまいに父は疲れ果て、口を閉ざしてしまう。私も同様に疲れ、諦める。

　私は立ち上がり、部屋の明かりを灯してやる。ベッドの枕の脇には、私がプレゼントしてやった小型の、操作の単純なＣＤデッキがある。

　デッキの電源を入れる。父が好きだったパーシー・フェイス・オーケストラが奏でる、きれいな映画音楽が流れてくる。父が自宅から持ってきたCDの中の一枚である。

私はベッドを整え、あたりのものを簡単に片づける。ポリ袋に集めたゴミを手にし、私は父を背後から軽く抱きしめる。「またね。またすぐに来るからね」

痩せた父の身体は骨ばっていて、とてつもなく小さく感じる。父は、うんうん、とうなずく。首すじのあたりから、老醜を感じさせる匂いが立ち上ってくる。

私は戸口まで行き、もう一度、父を振り返る。窓に背を向け、こちらを見ている車椅子の中の父が、名残惜しげな目をして私を見送る。

ふざけた笑顔を作り、大きく手を振ってみせる。父が私を見つめ、歪んだ口もとに必死になって微笑を浮かべようとする。

私は笑顔のまま、そっと引き戸を閉じる。父の姿が見えなくなる。室内に流れていた、『ムーラン・ルージュの歌』が遠のく。

父の追いすがるような目が、脳裏に焼きついて離れない。再び引き戸を開け、何か言い訳をしながら部屋に戻り、あと十分、いや、あと五分でいい、その手を握り、微笑みかけながら、一緒にいてやりたくなる。

だが、きりがない。何をしても、もう、きりがないのだ。私は前を向き、廊下を早足で歩き始める……。

……あらかた室内が片づいたころだった。可奈子が「喉かわきません？」と私に訊ねた。「自販機で何か買ってきましょうか」

私が答えるよりも先に、千佳が財布を手にし、「私、行って来るから」と言った。「衿子さんは何がいいですか」

私が「じゃあ、すみません、ミネラルウォーターをお願いします」と答えると、可奈子も「同じく」と言った。千佳は大きくうなずき、部屋から出て行った。

「呆気ないですね」と可奈子がベッドに腰をおろしながら言った。「あとは、その箪笥《たんす》の上にある、ごちゃごちゃしたものを整理すればおしまい。こんなに早く終わっちゃうなんて、なんだかね」

「持ち物、思ってたよりも少なかったですね」と私は言った。「自宅のほうにはたくさん父のもの、遺してあるんでしょうけど」

「ほとんどないですよ」と可奈子は言い、両肩をすくめた。「母がああいう人でしょう？　父がここに入居したとたん、父のものを納戸にしまいこんじゃって……。亡くなったとわかってからは、大半のもの、すぐに始末しちゃったみたい」

私はふっと笑った。そんな話を聞かされても、別に驚かなかった。「手際がいいですね」

「何を考えてるんだか」と可奈子は嘆息した。「父の死が悲しくないわけでもなさそうなんですけどね。時々、母らしくもなく淋しそうにしてますし。でも、わかんないですよ。あれだけ父に意地悪してきたんだから、母はメリー・ウィドウになると思うわ」

うなずきながら、私は自分の母のことを想った。父の初婚相手であり、私の実母である三國久子《ひさこ》とは、長らく渋谷区内のマンションの隣同士に暮らしていた。自分と娘を棄てた男のことを決して悪く言わず、そんなことがあったということすら忘れたかのように、日々の暮らしを慈しみ、万事、明るく控えめに生きてきた人だった。仕事をもつ娘の邪魔になるようなことは一切避け、私から誘わない限り、一緒に何かしようとは決して言ってこない人でもあった。

そんな母に認知症の症状が出始めたのは五年前。父がさくらホームに入居したのと同じ年のことである。介護保険はもちろん、有料の介護サービスも利用しつつ、なんとか最後まで自宅での介護を続けようと試みたのだが、二年前、ついに私は力尽きた。それは文字通りの限界だった。

母を入れるための施設を探し、手続きをすませ、いよいよ明日、施設に移る、という日の晩、私は母と二人、自宅で水入らずの夕食をとった。それが自宅で母と共にする最後の夕食になるだろう、ということはわかっていた。

献立は本まぐろのトロとイサキの刺身、小さなハンバーグ、タケノコの煮付け、山椒の実の入った昆布の佃煮、茹でそらまめ……。高級スーパーまで行って手に入れてきた特別の刺身と佃煮以外は、すべて私が作った。全部、母の大好物だった。

だが、母はあまり機嫌がよくなかった。おいしいという感想を口にしたのはトロだけで、「あとはパッとしないわね」と言った。わがままで意地の悪い少女のような目をして、上目づかいにちらりと私を見た。こんなことをして喜ばせようと思っても無駄よ、もう遅いのよ、と言われているような気がして、私は思わず目をそらした。

「……衿子さんのお母様はいかがですか」と可奈子が訊ねた。話の接ぎ穂に困って口にした、ごく儀礼的な質問のように聞こえた。

「お元気？」

「なんとか」と私は答えた。「施設に入ってからのほうが落ちついたようにも見えます」

「よかったですね」

「ええ。もともと明るい人でしたから」と私は言った。「その日にもよりますけど、これまでもわりあい調子のいい時は、『ママはね、頭がパーになったのよ』なんて言って、自分で自分のことを笑ってましたし」

可奈子はうなずき、目を細めて微笑した。いったん目を伏せ、再び顔を上げた。

「……父が死んだこと、お母様はなんて？」

「実感はないみたいです。でも、死んだ、ということは理解しているようですね。もちろん、涙を見せたり、昔話をしたりなんてことは、一切ないんですけど」

「そうですか」と可奈子は言ってから、軽く深呼吸した。「考えてみれば、父も女所帯の中でよくまあ、やってきましたよね。あっち向いても女、こっち向いても女、でしょ？　孫まで女なんですから。内心、うんざりしてたんじゃないのかしら」

「かもしれませんね」私はうすく笑った。

会話が途切れると、あたりは静まり返った。私は、主を失った車椅子を見た。椅子の座面には、父が愛用していた小豆色の台形をしたクッションが載せられていた。

　二年程前から、父は座位の姿勢をとっていても、身体をまっすぐ立てておくことができなくなった。すぐにうつむき姿勢になってしまい、ひどくなると、車椅子からすべり落ちて、床から這《は》い上がれなくなる。

　そうならないようにと、ホームの職員が上半身を支えるためのクッションを誂《あつら》えてくれた。起きている間中、いつも父の腋の下に差し挟まれていたそれは、今、無数の染みで汚れていた。

「そうそう」と可奈子が先に口を開いた。「父が使ってたワープロ、どうしますか。キイボードも打てなくなってからは、まったく無用の長物だったでしょう？　邪魔なんで、箪笥の上に載せちゃったのは私なんですけど」

「私が引き取ります」と私は言った。「いいですか？」

「もちろん、いいですけど。でも、今はもう、ワープロの部品なんか、どこにも売ってなくて使えないでしょう？　だいたい、とっくの昔に故障しちゃってるんだと思うけど。思いきって、処分しちゃってもいいんじゃないかしら」

「私の会社にそういうことに詳しい人がいるんです。部品はいろんなルートを辿《たど》って手に入れられると思いますし、故障していても、中のディスクだけはなんとか復元することができるかもしれません」

「すごいのね。今もまだ、ワープロ世代の社員がいらっしゃるのね」

「あ、全然違うんです。若い人です。その人、パソコン関連のものだけじゃなくて、若いのに、ワープロにもやたらと詳しくて。父にも、彼を通じて中古のワープロを探してもらった経緯があるんですよ」

父の部屋の簞笥の上に、着なくなった衣類の入った箱と並んで、二台のワープロが載せられていることは以前から気づいていた。

病が徐々に進んでいったころ、まだそれほど一般に普及していなかったパソコンを中古で購入。インストラクターに来てもらって、父はパソコンを習得しようと努力したこともある。

だが、パソコン自体がフリーズしたり、ウィルスに侵入されたりした時に、その都度、誰かに連絡して来てもらうことができず、かえって手間がかかってしまう、というので、やがて父はパソコン使用を諦めた。

代わりにワープロを用意してやったのは私である。すでにワープロの需要はなく、生産停止になっており、中古のものを探すしか方法がなかった。

初めに私が見つけた機種は、かなり古いものだった。父はすぐに活用し始めたが、まもなく原因不明の故障が続くようになってしまったと言い、慌てて二台目を探した。

私の勤務している出版社の電子メディア事業部には、吉森《よしもり》という名の若い男が在籍している。吉森は電子メディアならびに電子機器に強い、と評判で、試みに彼に頼んでみたところ、すぐに中古のワープロを見つけ出してくれた。

その二台目のワープロは、一度も故障しなかった。先に故障し、動かなくなってしまったのは父のほうだった。

父がその、愛用していたワープロの、ごく軽いタッチのキイボードすら打てなくなってしまったのは、一年半ほど前。どう頑張ってみても、ワープロすら使いこなせなくなった、とわかった父は、ワープロを介した他者とのコミュニケーション一切を断念したのだった。

「それじゃあ」と可奈子は言った。「ワープロはどうぞ、衿子さんが持ち帰ってください。重たいから、あとで井村さんに頼んで、宅配便で送ってもらうようにすればいいですね」

「そうします」と私は言った。

飲み物を手にした千佳が戻って来た。私たち三人は、銘々、黙りがちに飲み物を口にした。

私は簞笥の上から二台のワープロをおろし、まぎらわしくならないよう、他の持ち帰るものと一緒にベッドの上に載せた。カーキ色のカバーがかけられたワープロは、二台とも白い埃をかぶっていた。

簞笥の上の、古着の入った箱を調べ、手分けして処分してしまうと、やることは何もなくなった。私たちが形見として持ち帰るものと比べると、トイレの脇に山と積んだゴミのほうが圧倒的に多かった。

父が日常、愛用していたもののほとんどは、ゴミになった。死して人が本当に遺すものは、とてつもなく少ない。その大半が死者と共に消えていくのだ。

誰が言い出したわけでもなく、私たちは無言のまま、父が使っていた車椅子を部屋の中央に置き、椅子の座面に、父が愛用していた膝掛けや、フリース製のやわらかな半纏を載せた。車椅子の前に細長い可動式のテーブルを運び、テーブルの上に、父の遺影と花を飾った。

可奈子と千佳は、しばらくそれを見下ろしていたが、やがて抱き合ってすすり泣きを始めた。私は姉妹の後ろに立ったまま、父、三國泰造が、Ｖサインを作って笑っている写真を眺めた。

入居まもないころの写真のようだ。右手で作ったＶサインは心もとなく、かろうじて「チョキ」の形を保っているに過ぎないが、顔にはまだ表情があった。

戦争をくぐり抜けてきた、大正生まれの父のような年代の男が、カメラに向かってＶサインを作るのは、この種の施設に入った時だけではないのだろうか。ふつうなら、決してしないことなのではないだろうか。そんなことを私はぼんやり思った。

部屋に遺された幾枚もの父の写真の、そのほとんどすべてが、Ｖサインを作って写されたものだった。それは、写真撮影の際、入居者に明るい表情を作ってもらうためのジェスチャーなのである。あるいはまた、職員と共に楽しいひとときを分かち合っている、というサインなのである。

そうだとしても、父はいったい、どんな気持ちでVサインを作り、カメラに向かって微笑してみせていたのだろう。そんな気分ではない、と言いたい時でも、指でVサインを作り、カメラに向かって、何を思っていたのだろう。

そのうち、指でVの字も、チョキの形も作ることができなくなって、父はこの車椅子から、この小さな狭い部屋から、父が生きたこの大地から、永遠に姿を消したのだった。


その晩、恵比寿にある古い低層マンションに帰った私は、リビングルームにしつらえた父の祭壇に向かって線香を手向けた。

祭壇には遺影と、買ってきたフリージアの花、焼香台、おりんが並べてある。位牌は現在の妻である三國華代のもとに引き取られているため、私のところにはない。遺影は、葬儀の際に使われたものを縮小コピーしてもらった。

小さな祭壇である。遺影の中の父が、こちらを向いて微笑んでいる。さくらホームに入居直後、まだかなり元気だったころの写真で、目の光にも充分な力がある。

同じフロアの隣は、母の住まいだ。今、母は施設に入り、空室になってしまっているが、母の家財はそのままにしてある。

もとはと言えばそれは、父が別れた母を援助し、購入してくれた部屋だった。2LDK。五十㎡。

私が離婚した直後、偶然、母の部屋の隣の、似たような広さの2LDKが売りに出された。私は迷わず、自分のために買い求めた。

私と母はそうやって長い間、隣同士の部屋で暮らしてきた。母が元気だったころは、仕事で疲れて帰ると、気配を察した母から電話がかかってくることがあった。ごはん、できてるわよ、食べにいらっしゃい、と言われる。私はありがたく思いながら、いそいそと隣に食べに行く。

それでも、母とはつかず離れずの関係でいられた。母は利口な人だったので、娘に必要以上に入り込んでこなかった。私も同じだった。

母と私は、父の話はめったにしなかった。するとしても、父をからかうような、楽しい思い出話だけだった。母は父の悪口を決して言わなかった。

休日には母と二人、外食を楽しんだ。たまに私が男友達を連れてきて、三人でベランダでバーベキューのまねごとのようなことをすることもあった。

三十七歳で離婚後、私にも恋の機会は訪れないわけではなかった。だが、どれほど相手に真剣な思いを抱いていても、再婚しようという気にはなれなかった。臆病になっていたからではない。まともな結婚生活というものに対する関心が、私の中で、悉《ことごと》くうすれてしまっていたからなのだと思う。

そのつど、恋人と呼んでもさしつかえないような男を自分の部屋に招いた。朝まで一つベッドで過ごすこともあった。母に紹介し、母の手料理を三人で食べることもあった。だが、私は決して、自宅の鍵を相手に渡さなかった。それとこれとは別だった。自分の部屋を情事のために使うことに抵抗がなくても、自室を異性と共有する生活の場にはしたくなかった。

母の住まいと、ほとんど同じ造りの２ＬＤＫ。さして広くはないが、リビングルームはベランダに面している。ベランダの向こうには、隣の屋敷の緑濃い庭を見下ろせる。昼間吹き荒れていた風はおさまったようで、闇がたちこめた庭の木々はそよとも動かない。

リビングルームのカーテンを閉じ、祭壇の前に座って、私は遺品として持ち帰ったビデオを手にした。

古ぼけたビデオだった。私はそれをひとまず父の遺影の前に供えた。

キッチンに行き、冷蔵庫を開けた。よく冷えている缶ビールを取り出し、プルリングを開け、再び祭壇の前に戻った。テレビは祭壇の横にあった。

部屋の明かりを消し、テレビの電源を入れた。ＶＨＳとＤＶＤの両方を再生することのできるデッキに、ビデオを挿入した。

リモコンを手に、私はソファーに座った。まもなく「№６」と題された裏ビデオの映像が流れてきた。

ストーリーも何もない、ただ、男と女がまぐわっているだけの映像だった。シーツをこする音と女のよがり声しか聞こえない。

私は黙ったままそれを眺め、缶ビールを飲み続けた。

馬鹿げたことをしている、と思った。だが、この馬鹿げたことをこそ、父のためにしてやりたかった。

ホームの小さな居室で、前傾姿勢になったまま車椅子に座り、リモコンを落とさないよう、ほとんど決死の覚悟を決めながら、父がこの画像に見入っている様を想像した。供養だ、と私は思った。

まぐわっている男女の秘部が大写しになった。よがり声が大きくなった。

飲み終えたビールの缶を右手でやわらかくつぶし、私は父の遺影に向かって笑いかけた。大写しにされた女性の秘部の映像が、涙でにじんだ。

2

父方の祖父は、旧満州の満鉄職員であった。祖母との間に三人の子をなし、私の父、三國泰造はその長男である。

大正十二年九月、関東州大連市で生まれた父は、乳飲み子の頃から身体が弱かった。このまま生き続けることができるのだろうか、と案じられるほどだったというが、長じた父しか知らない私には信じられない話に聞こえる。若かったころの父は、痩せてはいたものの、たまに腹下しをする程度で、総じて頑健だった。

第一子が男子であることを強く望んでいたという祖父母は、父が虚弱であることを気に病み、少しでも「元気な男子」「立派な男子」に育てようと、東奔西走した。食料が不足していた時代だったにもかかわらず、滋養あるものは、どんなものであれ、見つけ次第、真っ先に父の口に入れられた。

中でも、どこでどうやって手に入れてきたものやら、スッポンの生き血を連日、飲まされたのには閉口した、という話を私は父から聞かされたことがある。小学五、六年生の頃だったろうか。

すでに母とは離婚していたが、父は私と会いたいがために、理由を作っては私を外に連れ出していた。

「砂糖で甘く味付けしてほしい、って頼んでも、いかん、そのまま飲め、って言われてね」と父はその時、苦笑まじりに言った。「パパのお父さんは、それはそれは厳しい人だったからね。躾《しつ》けとか教育とか、今じゃ考えられないくらい厳しかったんだ。反抗すると殴られた。怖い人だったよ。今でも、怖い。夢に出てくるくらい怖い」

「お母さんは？」と私は素朴な質問を発した。

「衿子のおばあちゃんのこと？」

「うん、そう。お母さんも怖い人だったわけじゃないんでしょう？」

「優しい人だったよ」

「だったら、お母さんに頼んで、こっそり、お砂糖入れてもらえばよかったのに」

「そんなこと、頼めるわけがないよ」

「なんで？」

「パパのお父さんが目の前にいて、パパが鼻つまんで、スッポンの血を一滴残さず飲み終えるまで、腕組みしながら、じっと見てるんだから」

「じゃあ、味つけしないで、そのまんま、血を飲んでたの？」と私はおそるおそる訊く。

「飲んだ」と父は言う。

「どんな味だった？」

「生臭い血の味」

私が思わず顔をしかめると、父はいきなり肩を揺すって笑い出し、あの貴重なスッポンのおかげで、パパはこんなに元気になれたんだよ、そうじゃなかったら、とっくに死んでて、衿子もこの世に生まれなかったんだよ、などと、妙に自慢げに言うのだった。

私は父方の祖父母のことはよく知らない。すべてそのあたりの話は、折にふれ、父から断片的に聞かされてきたことに過ぎない。

祖母は、満州から新潟に引き揚げてきた後、胃癌におかされ、父がまだ学生だった頃、他界した。一方、祖父は妻子を新潟に残し、再び単独で満州に引き返したが、以後、行方がわからなくなった。

以前から秘密の関係にあったのか。あるいは、満州に戻ってから新たに知り合ったのか。祖父は後に、上海で一人の日本人女性と暮らし始めた。

どんな仕事についていたのかは不明だ。何の理由もなく、言い訳らしい言い訳すらせず、何故、妻子と連絡を絶って姿をくらましていたのか、ということについても、はっきりしたことはわかっていない。

祖父は終戦後、七年ほどたってから、一度も日本に帰ることなく、上海の地で病死した。祖母はその事実を何も知らないまま、先に逝ったことになる。

祖父の知人が、人を介してその旨、私の父に連絡をよこしたのは一九六〇年代の半ば頃だった。上海で、祖父と夫婦同然に暮らしていた日本人女性は、九州の出身だった。

女性は祖父の遺骨を引き取って、大分だか熊本だかに墓を作り、埋葬したのだという。女性が何者なのか、その後、どうしたのか、ということについても何もわかっていない。

その「知人」という人は、祖父が上海で使っていた国語辞典と老眼鏡を父のもとに送り届けてきた。父はそれらを祖父の遺骨とみなして、新たに用意した骨壺におさめ、祖母の眠る都立霊園の、三國家の墓に埋めた……そういう話だった。

私が父から、そうしたいきさつを聞いたのは、父がまだ元気だったころのことだ。

一九八九年の晩秋。私の協議離婚が成立して少したってからのことで、私は三十七歳、父は六十六歳になっていた。

子供もいなかったし、共有財産があったわけでもない。別れた夫が、何があっても決して取り乱さず、めったに感情を表に出さない人だったということもあり、私の離婚は、表面的にはきわめて円満なものになった。

同棲している恋人同士が別れるよりも、もっと簡単に別れられたような気もする。遺恨に似たものが残らないわけではなかったが、感情的な問題は自分なりに処理することができた。

引っ越しの日を同じにして、結婚生活を送っていたマンションから、同時に互いの荷物を運び出し、最後に近所の蕎麦屋に行って、二人で昼食のもりそばを食べてビールを飲み、「じゃあね」と言い合って別れた。それですべてが終わった。

経済的な問題、感情的な問題がくすぶっていたわけでもなかった。あえて父に報告する必要も感じなかったのだが、離婚後、独り暮らしを始めて二か月ほどたった日曜の晩、何ということもなく、通りすぎてきた時間について想いを馳せていた時、ふと私は、父に離婚のことを知らせたくなった。知らせるべきだろう、とも思った。

とはいえ、父の自宅に電話をかけるのはいやだった。電話口に華代が出てきて、いかにも裏のありそうな、つまらないお愛想を言われ、それに応えている自分を想像すると、うんざりした。私は迷わず、父あてに離婚を知らせる手紙を書いた。

手紙を読んだ父からは、すぐに私あてに電話がかかってきた。そして、久しぶりに……本当に久しぶりに私は父と、銀座で待ち合わせてお茶を飲む約束をしたのだった。

父は定年退職後、本社の関連企業である小さな会社に二次就職したが、そこも肩叩きにあって辞めていた。だが、隠居しようなどという考えははなからなかったとみえる。その頃は、クラシック音楽全集のCDをセットで売る営業販売の仕事にありつけた、と言って喜んでいた時期でもあった。

しばらくぶりに会う父は、あまりぱっとしない色のジャケットを着て、同じようにぱっとしない素材のズボンをはいていた。何が入っているのか、大切そうに手にした茶色の古い革の手提げ鞄は、あちこち亀裂が入り、その部分がすり切れて白くなっていた。

コーヒーを飲む時、首を突き出し、くちびるをすぼめてカップの縁からすする。その仕草が、以前と比べて、ひどく爺むさくなったと感じた。やわらかだった髪の毛は、薄くまだらに白くなっていて、雛《ひな》の巣立ちを終えた後、風に吹かれている鳥の巣を連想させた。

離婚の理由を詳しく聞かれるだろう、と思っていた。嘘偽りなく答えるつもりでいた。だが、父は何も聞いてこなかった。ガラス越しに外の通りを眺め、銀座も変わったね、と言い、父は私にケーキでも食べないか、と言った。

私がうなずくと、店の女性従業員を手招きし、「シュークリームを二つね」と注文した。

子供のころから、私はシュークリームが好きだった。ケーキと言えば、シュークリームだった。他のものにはあまり興味がなかった。

「よく覚えていてくれたのね」と私が驚くと、父は「衿子はシュークリームとソフトクリームさえあれば、機嫌がよかったからね」と言った。

「そうだった?」

「昔、一度だけ、東京駅の大丸の前で、ひっくり返って大泣きしたことがあったんだよ」

「ほんと? 幾《いく》つの時?」

「三つくらいだったかな。めったに泣かない子だったんだけどね。いつも機嫌がよくて、手がかからなくて、衿子ちゃんはいい子だねえ、こんなに育てやすい子はいないよねえ、って近所の人たちみんなからほめられてたほどなのに、あの時だけはもう、まわりの人が立ち止まって見物するくらい、足バタバタさせて、大暴れして泣いた。覚えてないだろうね」

「さすがにね。でも、どうしてそんなに泣いたの？」

「衿子が珍しく、大丸の前で立ち止まって、ソフトクリームが食べたい、どうしても食べたい、って言い出して、テコでも動かなくなったんだよ。パパが、もう帰るんだから、また今度、って言うと、駄々をこねてさ。急に口を大きく開けて泣き出した」

「足バタバタさせて？」

「そう。デパートの前の地面に仰向けにひっくりかえって、火がついたようにね。いくらなだめても聞かない。みんな見てたよ」

私は笑った。「困ったでしょうね」

「困ったって言うより、びっくりしたね。ああ、衿子にはこんな一面があったんだ、って。あんなことしたのは、後にも先にもあのときだけだったからね」

「へえ、そうなの」

「ほんとに、あんまり泣かない子だったんだよ。小さい頃の衿子を思い出すと、パパはいつも、にこにこしてる衿子の顔しか思い出さない。でも、あの時は、よっぽどソフトクリームが食べたかったんだろう。我慢できなくなって、いつもの衿子はどこへやら、だ」

「ママも一緒にいたの？」

「いたよ。日曜日で、三人で買い物か何かに出て来た時だったからね。仕方なくパパが衿子をおんぶして、その場から引き離したんだけど、パパの背中でもずっと暴れてて、手がつけられなかった」

「ソフトクリーム、食べるんだぁ、って言って?」

父はうなずき、目を細めて私を見た。「変な気分だったよ、あの時は。わが子が別の子供になっちゃったみたいな感じがしてね」

わが子、と父が言うのを聞くのは照れくさかった。私は黙っていた。

「ソフトクリーム、っていうと、今もあの時の衿子を思い出すよ」

「私もこれから、ソフトクリーム食べる時は、そのこと、思い出しながら食べることにしようかな」と私は言った。「でも、そのたびに地面にひっくり返りたくなっちゃうかもしれないね」

父は感慨深げに笑った。その目が放つ光の中のどこかに、孤独の翳《かげ》りのようなものが感じられた。それは、時を経なければ人に宿らない種類の孤独を思わせた。静かにしのび寄る老いがそうさせているのか、それとも、他の理由があるのか、私にはわかりかねた。

皿に載った小ぶりのシュークリームが運ばれてきた。フォークを使って少し強く押しただけで、黄色いカスタードクリームがあふれ出てくるシュークリームだった。

それを手づかみでゆっくり食べ、クリームやパウダーシュガーのついた指先をしきりとナプキンで拭い、私たちは互いに、少し落ちつかない気持ちでコーヒーを飲んだ。父が問わず語りに、上海で客死した祖父の話を始めたのは、まさにその時だった。

父は若い頃から、ものごとの説明の仕方がうまい人間だった。しっかりと起承転結をつけて語る。話がそれたりもしない。無用な感情をまじえない。適切な言葉を使って伝える話術に長けていて、思わず聞き入ってしまう。

祖父の話をあらかた聞き終えてから、私は「知らなかった、そんな話」と言った。「初耳」

「そうだろうね」と父は言った。「ママにも言ったことがないからね。まして、パパの親が上海で死んだなんてことは、今のママが知るわけもない」

父は別れた妻で、私の母、久子のことをいつも「ママ」と呼んだ。それは終生、変わらなかった。

「華代さんも？　そのことは華代さんにも話してないの？」

「華代には教えたさ」と父は答えた。「変なものが送られてきたりしてたんだから、教えざるを得ない。でも、彼女にとっては、自分の知らない老人の話なんて、所詮、赤の他人の話だったんだろう。興味がなかったみたいで、それきりになった。娘たちが成人してから、この話を教えたこともあるんだけど、死んだ人間が使ってた眼鏡や辞書は気持ちが悪い、としか言わなかったよ。なんでわざわざ、そんなものを送って来るんだろう、なんて言う始末でね。話にならなかった」

私は形ばかり笑ってみせた。父は私の前で、可奈子や千佳のことを決して名前で呼ばなかった。いつもまとめて「娘たち」だった。

「秘密めいた行動をするおじいちゃんだったのね」と私は言った。「その日本人女性って、誰なのかしら」

「さあ、わからないね、全然」

「心当たりもないの？」

「ないよ、まったく」

「あの時代だから、おじいちゃんが、何か政治的なことにかかわってて、それが縁で知り合った人かもよ」

「それだよ、それ」と父はやおら、身を乗りだした。「さすが、衿子だね。はっきりしないんだけど、パパのお父さんは、右翼の大物のスパイをやってた、という説もあったんだ」

「へえ、それ、面白い話じゃない。聞かせて」

「今、こんな席で簡単に話せるような話じゃないよ。話せば長くなる」と父は言った。「近々、ゆっくり、文章にでもまとめてみるつもりだから、できあがったら、それを衿子にも送ってあげるよ」

「ああ、いいわね。読みたいな」

「そりゃあ、はっきりしていない点も多いんだけどね。パパも子供だったたし。でも、覚えてることはたくさんあるから、いくつかの推論は立てられるんだ」

「面白い！　小説になりそう」

「小説というよりも、ノンフィクションだろう」

「ノンフィクション仕立てにして、パパが書いてみればいいのに。老後の楽しみになるかもしれないじゃない」

「そう思わないこともないけど、今のところ、そんな暇がなくてね。こう見えても、パパは忙しいんだよ。なかなか時間がとれない。やることがいっぱいありすぎる」

「ふうん」と私は言った。「だったら、その、おじいちゃんの満州スパイ説、私にちょうだいよ。親しい作家に話して小説にしてもらうから。書きたがる人、けっこういると思うな」

「そう簡単に、他人に渡せるような話じゃない」と父は少し憮然として言った。「パパにしかわからないこともある。それに第一、これはパパのお父さんの話なんだ。まあ、待ちなさい。そのうちパパが、きちんとまとめてみるから」

「わかった。楽しみにしてる」と私は言い、あっさり引き下がった。

だが、満州時代の祖父の話を父と差し向かいで、音声としての「言語」を使って話したのはそれが最後になった。

私は例によって、なかなか父に会おうとしなかった。自分のこと、自分の仕事にばかりかまけていた。上海で客死した祖父の話や父の少年時代の話、それらを父が文章に書きとめておく、と言った話など、じきに忘れてしまった。

たまに思い出すことがあっても、「そのうち聞ける」としか思わなかった。そして、万一、「そのうち」がやってこないのならこないで、それは仕方がない、と考えていた。

父方の祖父の、満州における謎めいた行動に興味がなかったわけではない。だが、あくまでもそれは、文芸編集者である私という人間にとっての興味に過ぎなかった。

その種のテーマを与えれば、食いついてくるどころか、書かせてほしい、と言ってきそうな、エネルギッシュな若手作家を二、三知っていた。だが、だからといって、せっかくの珍しい個人史秘話を簡単に他人に手渡してしまうのは、もったいないような気もした。

縁があるのなら、そのうち、父から詳しく聞き出す機会もやってくるだろう、と私は思った。その時、どうするか決めればいい、と考えた。

ある日突然、愛していた人間、親しくしていた人間、よく知っている人間が、この世からいなくなる。消え去る。二度と会えなくなる。……長い間、私にとって死とはそういうものだった。

だから、父ともそうなる、と思っていた。たとえ、老いの果てに病の床に臥したとしても、そんなものはわずかの時間しか続かないだろう、としか思っていなかった。いつか自分にも課せられるかもしれない、親の介護の問題についてすら、ほとんどまともには考えていなかった。

ある日突然、父がいなくなる。姿が見えなくなる。消えてしまう。死、というのは、ただそれだけのこと、と思っていた。

　私は傲慢だった。自分の人生を生きることだけで必死だった。流れていく時間の残酷さを知らなかった。目を向けていたのは、自分の中を流れ、渦を巻く時間についてだけであり、同じ時間が、まるで加速度がついたかのように、老いゆく者の中を流れていることからは、半ば意識的に目を背けていた。見ないようにし、考えないようにしてきた。なんとかなる、と信じようとし、信じたいあまりに、自分自身をうまくごまかしてきた。

　そして、気がつくと、父は何も話せなくなっていたのだった。文章にして書くことも叶わなくなっていたのだった。

　私が生まれて初めて……恥ずかしいことに、五十を過ぎてからやっと……自分の父親に真剣なまなざしを向け、見つめ、その人生を自分なりに解釈しようとし始めた時、すでにその人は、車椅子の中でうつむき、沈黙していたのだった。


　父は大連で幼少時を過ごし、吉林小学校に入った後、新京に移っている。中学は新京一中である。創立まもない時分のことで、父の時代の校舎は真新しく瀟洒《しょうしゃ》な、美しいものだったと聞く。

　新潟に引き揚げた後は、旧制新潟中学に編入。同校を一九四一年三月に卒業した後、旧制新潟高校に進んだ。

　その後、東京外国語学校の独語学科を経て学徒出陣。終戦後、東北帝国大学の法科に入学した。

まだ帝大の学生だった頃……終戦の翌年の、一九四六年（昭和二十一年）のことだが、父は学生の同志と共に「青年文化会」というサークルを結成している。敗戦まもない日本人の心を少しでも豊かにするため、文化の香りのあるものを提供したい、というのが活動趣旨で、音楽会、演劇、絵画展覧会などの企画、制作を行った。会員は三十名ほど。今で言う、学生イベント屋のようなものだったと想像できる。

その発会記念となる音楽会が、同年六月、函館の青年会館で催された。ピアノを演奏したのも、賛助出演したメゾソプラノ歌手も、皆、青年文化会のメンバーでアマチュアだった。

当日の受付アルバイトが、青年文化会の名で一般募集された。話を聞きつけ、応募し、採用されたのが、私の母、久子である。

その時のプログラムを母は後々まで、大切に保管していた。第一部、第二部、と分けられていて、第一部の開会の辞の後、父が「文化への試作と明日への構想」という題名で短い講演を行ったようである。

母は函館に生まれ、函館高女を卒業した後、市内の百貨店に勤務。当時もまだ、売り子の仕事をしていた。父とは同年齢である。

長身でスタイルがよく、西洋風の顔だちをしていた母を一目見るなり、父はすぐに夢中になった。そして短期間のうちに求婚。帝大の学生さんが、びしっとした制帽制服姿で久子ちゃんに結婚を申し込みに来た、として、近所ではちょっとした騒ぎになったとという。

三國泰造と私の母、久子は、翌年五月、函館の教会で結婚式を挙げた。物資が悉《ことごと》く不足していて、ウェディングドレスにするための布も手に入らなかった時代のことだ。仕方なしに、教会の窓に下がっていた白いカーテンを譲ってもらい、丁寧に洗って裁断した後、母自らが友達に手伝ってもらってドレスに仕立てた。

結婚指輪も手に入らなかったので、式では、教会のカーテンリングを代用したのよ、という話は母から何度も聞いた。

「だって、パパはその時はまだ、学生だったんだもの。お金なんか、これっぽっちもなかったのよ。私たちは、学生結婚したんだもの」とそのたびに母は言った。「学生結婚」という言葉を使う時だけ、母はいつも、少し誇らしげな顔をした。

父と母の挙式時の写真は、今もまだ、手元に残されている。白いウェディングドレスは、カーテンを縫い直したとは思えないほど、美しく清楚に見える。

小さな教会である。母は頭に白い、丈の短いレースのチュールをつけ、手作りとおぼしき簡素なブーケを手にしている。背景に、友人らしき人々が数人、写っている。

父も母も、均整のとれた身体つきをしている。白い手袋を手にした父は、ほっそりしていて背が高い。母とは充分、身長の釣り合いがとれている。

娘の贔屓目《ひいきめ》かもしれないが、美男美女である。微笑んでいる母は幸福そうだし、背筋を伸ばして立っている父は満足げだ。

昭和二十二年。まだ、戦後の混乱と貧しさの中にあった函館の街。遥か彼方の、大昔。私はまだ生まれてもいない。

にもかかわらず、私はそこに自分がいるようなまぼろしを見る。式が行われている教会の片隅に背を丸めて座り、前途ある若い男女をそっと祝福している老婆のような気持ちになる。

老婆はすべてを見通している。この先、二人に何が起こるか。どんな波乱が巻き起こり、彼と彼女の人生がどのように変遷していくのか。どんな子供が生まれ、どのように育ち、どのように巣立っていくのか。彼と彼女がどのように衰え、どのようにして死に向かっていくのか。

私の中で、父の八十五年にわたる人生が、一本の古いビデオテープのようになって、次々と巻き戻されていく。しかし、そのテープに、音は入っていない。セピア色の映像が、風に吹かれる雲のごとく、淡く薄く、流れ去っていくばかりである。

父の遺品整理に行ってから三日後。さくらホームから宅配便扱いで、父の遺品一式が送られてきた。

箱の中には、私が引き取ることになった手紙類などのファイル、プリンターが内蔵された二台のワープロはもちろんのこと、その他にも、こまごまとした父のものが入れられていた。

　細かい遺品は後回しにして、私は真っ先にワープロを取り出し、試みに電源を入れてみた。二台ともかろうじて起動したものの、キイボードのいずれのボタンを押しても、新規作成画面しか表れない。内蔵ディスク内のものはもちろん、おそらくは使用時のままセットされてあったフロッピイのデータは、一切、呼び出すことができなかった。

　そんなはずはないと思い、手当たり次第に操作を試みてみたのだが、うまくいかなかった。印刷画面にはなるものの、相変わらず新規作成画面しか出てこない。

やはり故障してしまっているのか、とがっかりした。古いワープロが故障していることは、父から聞いて知っていて、そのために新しいものを用意してやったのだが、これでは二台とも父には使いこなすことができなかったということになる。何より、父が書き残したであろうものも、読めなくなる。

　しかし、ワープロのキイボードをタッチする力すらなくなってしまう直前まで、父はかろうじて短い文章を打ち込み、自分で印刷しては、ファックスで私に送ってきていたのだった。ワープロを使っていたことは事実だったし、故障が理由で、二台分、すべてのデータが消去されてしまったとはとても思えなかった。少なくとも新しいほうには何かが遺されていてしかるべきだった。

　長期にわたって使用せず、カバーをかけたままにしておいたせいで、内部に何かの狂いが生じている、というようにも考えられた。私は翌日、出社してから、電子メディア事業部に所属している吉森健太《けんた》に、携帯で電話をかけた。

吉森は、父が二台目のワープロを必要とした時、プリンター内蔵の中古品をいとも簡単に探し出し、届けてくれた男である。

二十九歳。父とは、ホームまでワープロを届けてもらった際、一度しか顔を合わせたことがないのに、通夜にも告別式にも参列し、おまけに私あてに丁寧な悔やみ文を書いた手紙まで送ってきた。電子機器に詳しいのみならず、若いのに古風なまでに気働きのきく男でもあった。

「その折は、忙しいところをどうもありがとう」と私は礼を述べた。「わざわざ手紙まで、いただいちゃって。心遣い、本当に嬉しかった。何の御礼もしないままでごめんなさい」

「いえ、とんでもありません。その後、いかがですか。少し、お元気になられましたか」

「ええ。この間の日曜日に、ホームでの遺品の整理もしてきたし。少し一段落、ってところかな。それでね、吉森君。早速なんだけど、あなたに折入って、お願いしたいことが出てきちゃったの」

「あ、また僕でお役に立てることがあるんですね。どうぞ。なんでも言ってください」

遺されていた二台のワープロが、両方とも、データを呼び出すことができなくなっている、という話を私がすると、吉森は、うう、と少し唸っていたが、「わっかりました」と弾んだ言い方で言った。「見てみないと確かなことは言えませんが、なんとかなると思うし、絶対になんとかします。三國さんの都合のいい時に、お宅のほうに伺いましょうか。それとも、会社に持って来ていただくとか。あ、でも、二台も、となると重たいか。僕が運び出しに行きますけど、そんなまどろっこしいことしても意味ないですもんね」

「そうね。できたら、うちに直接来てもらったほうがいいな。忙しいところ、本当に申し訳ないんだけど、そういう時間、ある？」

「もちろんです。相変わらず独身、彼女いない歴二十九年ですから。自慢できるのは、会社を一歩出たら、全部自分の自由時間、ってことだけですんで」

私は笑った。彼女いない歴〇〇年、というのは、吉森がいつも好んで使う言い方だった。

本当のところは、わからない。とりたてて性的な感じもせず、美男とはほど遠い容貌だし、別に太ってもいないのだが、吉森は大きなやわらかい、気性の穏やかな犬を思わせた。女を寛がせ、楽しませ、温かな気持ちにしてくれる。

若い女が、彼の魅力に気づかないはずがない、と私は以前から思っていて、彼に恋人の一人もいない、というのは俄かには信じられなかったし、少なくとも私は信じていなかった。

「よかった」と私は言った。「じゃあ、来ていただくことにしようかな。実はね、何か父が書き残したものが、中に入ってるんじゃないか、と思ってるの。怖いもの見たさで、それを読んでみたいだけなのよ。もしかすると、人に見られないように、父があらかじめ、自分で全部消去しちゃったのかもしれないんだけど」

「それを確かめるためにも、今のままじゃ無理ですもんね。大丈夫です。やってみます。で、三國さん、今週の土曜日じゃ、早すぎますか？」

「そんなに早く来てもらえるの？　もちろん、いいわよ。是非是非」

「では土曜日に伺います」

「よろしくお願いします。この御礼はちゃんとさせてね」

「そんなこと、気にしないでもいいですよ」

「そういうわけにはいかないでしょう。そうだ。来てもらった日の夕食を私が奢る、っていうのはどう？」

「あ、それ、すごく嬉しいです。いいんですか」

「いいも悪いも」と私は言い、微笑した。「吉森君には、いつも父のことでお世話になりっぱなしだったんだもの。どう御礼を言ったらいいのか、わからないくらい。本当にありがとう」

「いやあ、そんなこと言われると、照れます」と言い、吉森は本当に照れたように笑った。

　その週の土曜日、吉森は約束の午後四時きっかりに、恵比寿の私のマンションにやって来た。彼が私の住まいに来るのは初めてだった。

「三國さんの部屋に入るなんて、なんか、ドキドキしちゃいますねえ」などと冗談を言いつつ、その実、緊張している様子はみじんも見せずに、彼は室内に入って来ると、私が案内した父の祭壇の前まで行き、神妙な顔つきで正座した。着ていた彼の、濃紺のセーターの背が、遺影に向かってまっすぐに伸びた。

一礼し、焼香して手を合わせてから、吉森は私に向き直った。持ってきた大きな紙袋の中をまさぐり、「これ、買ってきましたんで」と小声で言った。

差し出されたのは、白と黄のフリージアで作られた、小さく清楚な花束だった。

「どんな花にすればいいのか、迷ったんですけど」と吉森は言った。「菊は、いかにも、って感じですし。死んだ祖母が、それこそ死ぬ間際まで言ってたんです。あたしの葬式には菊はいらないからね、あんな辛気臭い花はごめんだからね、って。あんなもん、飾られたら、化けて出るよ、って」

私は声に出して笑い、「フリージアは父が一番好きだった花よ」と言った。「ありがとう」

この人は、どうしてこの花を選んだのだろう、と思った。確かにフリージアの季節ではある。ただの偶然に過ぎないのだろうが、それにしても不思議すぎる偶然だった。そんなつまらないことに、自分が深く感情を動かされていることに気づいて、私は少しうろたえた。

ガラスの花瓶に花を活け、遺影の脇に並べた。フリージアの甘い香りがふわりと漂った。

さくらホームの父の部屋にいつも漂っていた排泄物の匂いを消してやりたくて、フリージアの花を持って行った時のことが甦った。淡い花の香りは、すぐに排泄物の匂いに負けてしまったのだが、私が鼻先に近づけてやったフリージアの花に、父はうっとりと目を閉じた。閉じた目尻に、うすい水のような涙がにじんだ。

先にコーヒーでも、と言った私をやんわりと遮って、吉森は早速、腕まくりをし、ワープロ修復に取りかかった。

二台のワープロは、ダイニングテーブルとして使っている四角い木のテーブルに、あらかじめ並べておいた。吉森はその正面の椅子に座り、子細に機械を調べてから、それぞれの電源を入れた。

「ああ、これなら」と彼は言った。「なんとかなりますよ。うん、絶対」

「ほんと？」

「でも、こっちのワープロにはフロッピイが入ってないですね。どこかにありましたか」

「こっちは古いほうのワープロでしょ？　見つけた時からセットされてなかったのよ。部屋にも見当たらなかったし。きっと、吉森君に探してもらった、こっちの新しいワープロのほうに入れ替えて、それきりになってたんじゃないかな。でも、フロッピイがなくても、ディスク内部のデータは取り出せるのよね？」

「大丈夫と思います。取り出して、フロッピイに落としておくこともできます。僕、今日、念のためにフロッピイを一枚、持って来たんです。そっちに入れとくこともできますよ」

私が、「おお、至れりつくせり」と言い、冗談めかして笑いかけると、吉森はおどけた顔を返してきた。

だが、威勢のいいことを言ったわりに、ワープロ修復は難航した。吉森にも、いささか焦り始めた様子が見えたので、私は彼をリビングに残し、メイルボックスを見てくるから、と言い置いて、部屋を出た。

集合メイルボックスは、マンション一階のエントランスロビーにある。ダイレクトメールや光熱費の銀行引き落とし領収証などに混ざって、さくらホームの父あてに送られ、転送されてきた封書が一通、入っていた。新潟県立新潟高等学校……父が卒業した旧制新潟中学の「青山同窓会」から定期的に送られてくる会報だった。

父が逝去したことをここにも知らせなければ、と思った。他にも知らせるべき人が多数いる。私のまったく知らない人間でも、生前の父が懇意にしていたり、父とプライベートなつきあいをしていた人たちには、いずれ知らせなければ、と思う。

葉書や封書が詰まっている父のファイルを調べれば、そういう相手はいくらでも出てくるだろう。一斉に送ることができるよう、時間をみつけて、通知の葉書でも印刷しておこうか、などと考えながら、私は郵便物を手に部屋に戻った。

ドアを開けたとたん、奥から吉森が「三國さーん」と明るい声を張りあげた。「バッチリですよ！　出てきました。来てください！」

手にしていた郵便物を玄関先に放り出し、私は吉森のもとに走った。テーブルの上の二台のワープロの液晶画面には、いずれも更新された画面が映し出されていた。

吉森が立ち上がり、にこにこ笑いながら椅子を私に差し向けた。「どうぞ、こちらに。古いほうのワープロは、確かに調子は悪かったですけど、別に故障してたわけじゃなかったみたいです。ただ、ディスク内に入ってるデータは少なくて、ほとんどが、フロッピイに落とされてました。新しいほうにはけっこう入ってますよ」

「そうなの？　やっぱりね。すごいわ、吉森君。いまどき、若くしてワープロをこんなに扱える人なんか、いないんじゃない？」

「パソコンに比べたら、ワープロはアナログで、すごく単純ですから。それでも、ちょっと手間取りましたね。両方とも古い機種なんで、これで部品が必要だったら、ちょっとヤバイぞ、と思ったんですが、結局、その必要がなかったんで、ほっとしました」

「やったわね。ねえ、これ、どうやればいいんだっけ」

私はかつて、ワープロが出回り始めたころ、会社で使っていたことがある。扱い方を知らないわけではなかったが、思い出すのに少し時間がかかった。

吉森が身をかがめ、私の目の前のキイボードに触れてきた。新しいほうのワープロの、更新画面に幾つかのタイトルが現れた。

『友人発信綴』として、No.１からNo.12まで。他に『備忘録』『覚書』……というものもあった。

「あ、わかった。こうやってカーソルを持ってきて、実行ボタンを押せばいいのよね」

「そうです、そうです。古い方のデータもそっちにまとめて移しておきましたから」

「どれ、では早速」

これといったはっきりした理由はない。いくつかあるタイトルの中、私は吉森の見ている前で、『覚書』というタイトルのデータを画面に映し出してみるのが怖かった。それは父の、他人の目に触れさせるつもりで書かれたのではない、ごくごく個人的な日記のようなものではないのか、と思ったのだ。

もしそうだとしたら、父は今、この場で、吉森に読まれることを望まないだろう。何より、私がそれを望まない。

私は明るくふるまいながら、『友人発信綴』とある項目を選んだ。耳慣れない言葉だが、友人に向けて書かれた手紙類であろうことは容易に察しがついた。

その中のNo.1という項目にカーソルをあて、実行ボタンを押した。友人にあてて書かれた長い文章が、縦書きに連なっている画面が現れた。

私はそばに吉森がいることも忘れ、即座にその文章に心奪われた。

『ご鄭重な貴論、ありがたく拝読しました。在社当時から、何となく波長が合う感じだった貴兄と、このような希望薄い時代にしみじみと語り合えたら、正に至福のひとときとなるだろうと思います。

そう思うと、この声と言語の障害はまったく腹立たしい。ぼくのことばの理解は、ひとによって個人差があります。わが家では並外れて耳のいいかみさん（ご承知の通り、二度目のかみさんですが）が、安《いずく》んぞ知らん、一番通じない。というより、１００％不通なのです。夫婦が一番通じ合うのが当たり前なのに。ですから、かみさんの方もぼくに語りかけようとしません。ぼくも一切、しゃべらない。

こんな手紙を書いていると気が滅入ってしまいますね。

すくみ脚がここまで進行すると車椅子を使いたくなりますが、さて誰に押してもらうのかと考えるといやになります。今のぼくの家族の中に、押してもらえる人間がいないのです。

すくみ足というのは、文字通り、足がすくんで前に出ないのです。脳神経の欠陥で、正しい指示が出ない。気持ちは歩いているつもりなのに、身体だけが前に傾斜して、つんのめるように倒れるか、又はトントンと五ｍか十ｍ前方へすっとんで、そこに蛙が踏まれてぺしゃんこになったみたいにみじめな姿でうつ伏せになって倒れてしまうのです。

しかし、貴兄も書いてくれているように、これも自然の摂理と思って観念する他ないことは、ぼくも知っています。

荘子のことばの中でも、特別ぼくの好きなフレーズを添えておきます。

　倏然《しょうぜん》として往《ゆ》き
　　倏然として来るのみ

正に同じことをいみじくも貴兄が書いてくれましたね。ダンケ・シェーンです。実はぼくは半年ほど前から、病院の言語リハビリに通っています。貴兄もご存じの、先妻の娘、衿子が強くすすめてくれたからです。病気がはっきりしてから、衿子はぼくのことをよく気づかってくれるようになりました。嬉しい限りです。衿子も言ってくれましたが、すべてが絶望的だと考えてはいけない、と思っています。ワンクール6ヶ月だけでもやってみましょう、ということですから、この秋まで望みをつないで努力してみる所存です。

声とことばが多少でも改善されて、もしそれまで寿命があれば、お会いしておおいに歓談をお願いしたいと思います。重ねて貴兄の温かい友情に感謝し、まとまりのない手紙を終わります。

不悉

三國泰造』

3

その晩、夕食の予約をしておいたのは、自宅マンション近くにあるイタリア料理の店だった。

ワープロ修理のために必要な時間がわからなかったので、余裕をもたせ、予約は七時にしておいた。店は、マンションから徒歩で五分ほどの場所にあった。

一人で遅い夕食をとるために立ち寄ることもあり、店主とは顔なじみになっていた。十分やそこら遅れても、何の問題もなかった。七時少し前に部屋を出れば充分だったし、それまでの時間、吉森と部屋で雑談でもしているつもりだった。

だが、二人分のコーヒーをいれ、音楽を流し、吉森と向かい合って会社の話など交わしているうちに、私はひどく落ち着かない気分にかられ始めた。

会社の若い男を自分の部屋に招いたことに、照れや緊張を感じていたからではない。吉森が相手なら、そんなことは、万に一つもあり得なかった。彼は、女に無用な緊張感を抱かせる種類の男ではなく、そもそも私は彼を異性として意識していなかった。

私が落ち着きを失ったのは、ひとえに父のワープロのせいだった。

このワープロには、いったいどれほど膨大な父の言葉、父の吐息、父の苦悩が詰まっているのか。父亡き今、それらを読むことができるのは私だけだった。私だけが、生前の父の心の叫びを聞き取ることができるのだった。そう考えると、いたたまれない気持ちになった。

父は筆まめな人間だった。病気で手が震えるようになってからも、私あてにワープロを使って、何通ものファックスレターを送ってきた。

大半は私の手元に残されていたし、父が友人知人から受け取った手紙類は、父の部屋のファイルの中に見つけることができた。それらを集め、俯瞰《ふかん》してみれば、父が何を考え、いつ、どんな行動をし、何を思いながら、少しずつ死に向かっていったのか、おぼろげながらも見渡すことは可能だった。

だが、それとは別の何かを、父は残しているに違いなかった。当然だ。手紙やファックスは、相手に読まれることを意識して書かれる。それとは異なる感情、個人の叫びのようなものは、別の形で記し、封印しておかねばならない。

だとすれば、ワープロの中には、生前、他者に語られることのなかった言葉の群れが眠っているはずだった。そこにあるのは、いわば父の「遺書」と言ってよかった。

自ら呼びつけ、頼んでおいたくせに、私は吉森をすぐに帰したくなった。この後、彼と約束通りレストランで食事をし、ワインを飲みながら雑談の続きをする時間が惜しくなった。早く一人になりたかった。一人になってワープロの前に陣取り、そこに残された父の軌跡をおそるおそる辿《たど》る作業に入りたくなった。

父が友人に宛てた手紙の中の、「ダンケ・シェーン」という言葉が懐かしかった。元気だったころの父はよく、気取ってドイツ語を会話の中で使うことがあった。

再婚相手の華代がそれを嫌い、「スカしてる」と言って相手にしなかったことは、後になって可奈子から聞いたことがある。

父には間違いなく、嫌味なほどの教養趣味があった。学歴のない、教養とは縁遠い華代には、そのことが鼻について仕方なかったのだろう。

私の母、久子とて同様に教養も学歴もなかったが、母は華代のような反応はしなかった。父がわざと「メッチェン」「アイン、ツヴァイ、ドライ」などと口にし、粋《いき》がった青年のようにふるまっても、母はいつもにこにこと、敬うような眼差しを向けてうなずいていた。その態度は私の知る限り、離婚後も変わらなかった。

内心、どう思っていたのかはわからない。だが、函館の下町に生まれ、デパートの売り子をしていた母にとって、帝大出の、語学にも堪能な父は、ただそれだけで白馬の騎士だったと思う。たとえそれが、自分以外の女性と関係をもち、孕《はら》ませてしまったあげく、離婚してくれないか、と懇願してくるような自分勝手な男だったとしても、母にとって父は永遠の帝大生だったのだ。

今しがた読んだばかりの手紙の中の一文が、私の頭の中で繰り返されていた。

……『今のぼくの家族の中に、車椅子を押してもらえる人間がいない』……

手紙に日付は書かれていなかった。「すくみ足が進行」したので、「車椅子を使いたくなる」というのだから、あの手紙が書かれたのは、まだ、かろうじて車椅子なしで、杖と歩行器のみで自力歩行ができていたころのことだろう。

となると、父がさくらホームに入居する前、ということになる。私がやっと、私たち母子を裏切ったことになる父という人間に目を向け、父の病状を真剣に考え、対策を練ろうとし、以前よりも頻繁に連絡をとり始めたころのことだ。

およそ生まれて初めて、私が父と真摯に向き合おうとすると同時に、父の、私に対する態度も変わり始めた。長い長い時間、それを待ち続けていたかのように、父はきわめて人間らしい、深い安堵の表情を私に見せるようになった。

「頼れるのは衿子だけだ」と言っているかのようでもあった。今さら何を、とは思わなかった。私にはそれが嬉しかった。

なのに父は、友人に宛てた手紙に「衿子が車椅子を押してくれる」とは書かなかった。「衿子に車椅子を押してもらいたいと思っているし、僕が頼まなくても衿子なら、そうしてくれるだろう」とも書いていなかった。

父にとって、私は「家族」ではなかったのかもしれない。「特別な愛娘」ではあっても、父にとっての私は「自分の車椅子を押してくれる家族」ではなく、また、それを気軽に頼むことのできる相手でもなかったのかもしれない。

そのことに一抹の寂しさを覚えている自分に気づき、私は少し驚いた。

病院の言語リハビリに通うことを強く勧めたのは、確かに私だ。そしてその時、「絶望しちゃいけない」ということを真顔で父に話し、激励したのも私だった。

父は初め、そんなところには行きたくない、と嫌がっていた。もう、そんなことはしても無駄だよ、というような反応を繰り返した。

長い間、離れて暮らしていた娘から、うるさく言われて不快感を抱いたのかと思っていたのだが、あの時、父は心底、嬉しかったのかもしれない。そうでなければ、わざわざ友人あての手紙にあんなことは書かなかっただろう。そう思うと、胸塞がれた。

私は父に言語リハビリに通うことを勧め、絶望してはいけないことを力説したが、そうしながら、実は、私自身が父よりも深く絶望していた。この人はもう、治らないだろうと思っていた。症状が悪化することはあっても、劇的に改善されることはあり得ない、ということもわかっていた。

薬で現状維持を期待する以外、これといった治療法のない病気だった。必ずそのうち、間違いなく寝たきりになります、どんどん衰弱していきます、と医師から説明を受けたことは、可奈子から聞いていた。

寿命が先か、それとも……という病だった。死までの猶予は確実にあったが、そこに希望はなかった。

あの時だけではない。昔から私にはそういうところがあった。どんな状況に陥ろうと、ひたむきに無心に、光を信じて生きる、ということができない。私はいつも、最悪のことを想定しながら生きる。私の中の希望は、その最悪の想定の中にしかない。

そういう生き方をするようになったのは、子供のころからだ。両親の早い離婚や、その後の経緯も影響していたのかもしれない。最悪のことを考えていれば、少なくとも今ほどは傷つかない、絶望しない。そういう考え方が、幼いころから私に定着していた。

七時の予約だったのに、私は「お腹がすいた」と言い訳をし、吉森を促して六時過ぎに部屋を出た。外はとっくに暮れていて、桜の開花も間近というのに、少し肌寒かった。

並んで歩くと、吉森は私より背が高く、身体全体が大きく丸く感じられた。いつも会社ではスーツかジャケット姿なのだが、セーターにネイビーブルーのパーカ、デニムにスニーカーをはき、両手をポケットにつっこんで歩いている彼は、会社で見るよりもずっと若く、幼いようにも感じられた。渋谷や新宿の繁華街に立たせておいたら、学生に見えるかもしれなかった。

「ああ、いいですねえ、こういう店」

店に入り、案内されて四人掛けの席に着くなり、吉森は上気した顔でそう言った。

雑居ビルの一階。通りに面してオープンカフェふうに設《しつら》えられているしゃれた店で、私が予約しておいたのは、個室のように区切られた一角の、ガラス窓の向こうに外が見渡せるようになっている、一番落ちついた席だった。窓の外には緑の葉を繁らせた観葉植物の鉢がいくつか置かれ、目隠しの役割も果たしている。

「三國さん好みですよね、こういう店、って」

「そう？　私好み、ってどういうの？」

「大人な雰囲気、って言うのか。そこらの小娘が来ても、全然似合わない、っていうのか」

「あら、この店には若い子たちも多く来てるのよ。それにすごくカジュアルでしょ？　大人の雰囲気とはちょっと違うと思うけどな」

「うん、確かにそうなんですけど。でも、ほんとはこの店、三國さんみたいな、大人の女性のお客さんが来てくれるのが一番嬉しいんじゃないのかなあ。三國さんがこうやって座ってるだけで、すごく似合うし、この店にとっちゃ、きっと、広告効果絶大のはずですよ」

「じゃあ、今日は、熟女、若い男性とデートの図、っていうふうに見えるかしら。さらに広告効果、上がるんじゃない？」

「いやいや、僕じゃあ、全然、役者不足です。三國さんが、田舎から出てきた親戚の若造に、仕方なくイタ飯《めし》をごちそうしている図、みたいな感じにしか、見えてないですよ」

　私は笑った。「そんなこと、誰も思わないわよ」

「いいんです、いいんです」と吉森は言い、にこやかに笑って私を見た。「こういう店で大人の女性と食事できるだけでも、僕、充分ですから。もう、人生で思い残すこと、ないですから」

「大げさねえ」

世馴れたふうの世辞を言っても、彼が口にすると嫌味がなくて、妙に似合った。

短い眉がそれぞれ小さな、漫画のようなへの字を描き、その下に小さな目が、二粒の黒豆のように並んでいる。愛嬌のある、優しい顔だちである。

太ってはいないが、筋肉質でもなく、適度についた贅肉《ぜいにく》が全身を丸く、柔らかく見せている。目が小さいせいか、いつも微笑んでいるような表情に見える。口もとから覗く歯の白さに透明感があり、笑うとそこが清潔に輝く。笑顔を向けられただけで、温かな空気が漂う。

吉森はそういう男だった。

私はまず初めにスプマンテを注文して、吉森と共に父に献杯した。吉森は急に真面目な顔つきをし、伏し目がちにグラスを掲げた。

食べるのも飲むのも程々に豪快で、話題も豊富だったが、彼は父についてはあまり触れてこなかった。何をどう話題にすればいいのか、わからなかったのだろう。

私が、父の直接の死因は脳梗塞だった、という話題を出しても、さくらホームで嚥下《えんげ》困難を起こし、結局、食べられなくなってしまって、最後は病院で胃ろうを作ってもらったのよ、といった話をしても、彼は神妙な顔つきで眉をひそめ、「そうだったんですか」と繰り返すばかりだった。

新聞の死亡欄のようにしか、受け取られていない。そのことに気づき、私はすぐにその話をやめた。

まだ三十にもなっていない男にとって、老いや死は遥かに遠い。彼らにとっての死は、通夜や告別式に象徴される儀式に過ぎない。凄絶な人生の折々の出来事、衰えて死に至るまでの経緯、死にゆく者の内側で巻き起こった嵐……それらを本気で想像せよ、肌で理解せよ、と言ったところで、そんなことはできるはずもない。求めるほうが無理というものである。

私自身がそうだった。酷《ひど》い話だ。若かったころ、私にとって人の死は一つのロマンだった。

通夜や告別式の会場では、こみあげるものも確かにあった。本気で涙したこともある。だが、それもまた、現実の死をあくまでもロマネスクに感じ取ろうとしたがる、若い世代特有の思い上がりに過ぎなかった。人の死に向けた感覚は、今の吉森と大差はなかった。いや、吉森よりも幼かったかもしれない。

「あの、こんな時に、こんな話題、出していいのかどうか、わかんないんですけど」と吉森はペンネアラビアータをつつきながら、いくらか言いにくそうに言った。

「ん？　何？」

「雑誌局の柏木《かしわぎ》さんのことです」

柏木、というのは私が離婚した男である。同期で入社した出版社で出会い、結婚し、離婚した。離婚後も、共に同じ会社に勤め続けているが、社屋が大きく、社員数も多いためか、めったに顔を合わせることはない。

「柏木さん、最近、体調くずされたみたいです。ご存じでしたか」

「そうなの？」と私は訊き返した。興味を抱いたふりをしたかったのだが、できなかった。私はかつて結婚していた男に、まったくと言っていいほど、関心を失っていた。

「全然、知らなかった。どうしたの？」

「いえ、もう退院して、出社してますけど、二月の初めに自宅で倒れて救急車騒ぎだったらしいです。心臓だ、っていう話も聞いたし、胆石だ、っていう話も聞いたし。詳しいことはよくわかんないんですけどね。二週間くらい、入院してたのかな。ん？　三週間だったかな。僕も又聞きなんで、はっきりとはわかんないんですが」

「そう」と私が言うと、吉森は小さな目を瞬かせながら控えめに微笑み、「全然、会ってないんですか」と訊ねた。

　私はおどけた顔を作り、全然よ、と答えた。

「会社ですれ違ったりもなく、ですか」

「なんにもなし。フロアが違うだけじゃなくて、使うエレベーターも違うからじゃない？　そうね、ここ一年半くらい、顔を見てないかもしれないな」

「へえ。同じ会社にいても、そうなるんですか」

「うちの会社、社内結婚の率も高いけど、離婚率も高いじゃない。離婚した者同士が同じ職場にいても、顔合わせることが少なくてすむからなのよ、きっと」

「離婚率、高いですか、うちの会社」

「確かなデータがあるわけじゃないけど、私の周辺では、ここ数年、ずいぶん離婚してるわよ。吉森君のまわりはどう？」

「そうですねえ、そう言われてみれば」

「でしょ？」

「でも、離婚どころか、僕はまだ独身だし」

私は微笑した。「大丈夫よ、吉森君は。きっとそのうち、とびっきり素敵な人を見つけて、結婚して、子供作って、妻とは終生、仲良く添い遂げるから」

「わあ、三國さん。巫女《みこ》のご託宣みたいだな。何を根拠にそんなことを……」

私はそれには答えず、赤ワインをひと口飲んでから、ふざけて彼をしげしげと眺めた。

「ね、吉森君、あなた、カピバラに似てる、って言われたことない？」

「は？　カピバラ、ですか？」

「カピバラって知ってる？」

「もちろん知ってます。でも、似てる、って言われたことはないですねえ」

「そう？　今、気づいた。似てる、似てる、吉森君。太ってるわけじゃないのに、全体が丸い感じがして、顔なんか優しそうで、そっくり」

「ありゃあ、それって、ほめ言葉ですかね」

「もちろんよ」と私は言い、自分の新鮮な思いつきが可笑しくなって、声に出して笑っった。そうだ、この人はカピバラに似ているのだ、だから、一緒にいて心和むのだ、と思った。

「うーん、複雑な心境ですね」と吉森は言った。「でも、僕、実はカピバラ、大好きなんですよ。男だから我慢してるけど、女だったら、携帯ストラップにカピバラのマスコット、たくさんぶら下げて、顰蹙《ひんしゅく》かってたかもしれません」

私はまた笑った。店内には私たちの他に、三組ほどの客がいたが、テーブルが遠いので、会話の内容は聞こえてこなかった。イタリアンポップスが、小さく流れていた。

ワインの酔いが気分を明るくさせていたが、同時に、流れる時間を堰《せき》止《と》めてしまったようにも感じられた。止まった時間の中で、静止画像と化した風景が、何の脈絡もなく次から次へと現れた。

これまでの私の人生の、折々の風景だった。それらはすべてモノクロームで、どこを探しても色はついていなかった。

柏木との結婚生活は五年で終わった。別れてから、もう二十年たつ。そのころ、吉森はまだ小学生だったのか。あまりに遠い日の記憶だった。それが現実にあったことなのかどうか、怪しくなるほどに。

柏木は、私にとって終始、とりとめのない男だった。優しく接するし、それなりに明るいし、紳士的だし、頭の回転もよかった。私が何かの話題を出すたびに、歯切れのいい口調でそれについて語り、センスのいい感想を述べ、私の意見も熱心に聞いてくれた。

生活の中で会話が途切れることはなかった。

だが、彼が語るのは、あくまでも意見や感想だけだった。彼は決して感情を語らなかった。私が無理をして語らせようとすると、いかにもつまらなそうな、不服そうな、軽蔑するような表情を見せた。

感情を抑えているのではなかった。抑えるべきだ、と思いこんでいるわけでもなかった。彼はただ、感情や情緒を前面に出しながら人とかかわることを避けたがっているだけだった。

あまり性行為をしたがらない男でもあった。私が甘えてしなだれかかっていけば嫌がらずに応じたが、彼から求めてくることは少なかった。積極的に子供を作ろうという気になれなかったので、それでよかったが、他に女がいるのか、と疑ったこともある。

だが、外で誰かと深いつきあいをしている様子は見られなかった。彼は基本的に仕事の虫で、仕事のことばかり考えていた。一年の大半を会社で過ごし、私の知らない仕事関係者と飲みに行ったり、旅に出たりしていた。

感情をまじえたかかわりを拒絶していたので、私に対して乱暴な言動をとることもなかった。従って、喧嘩もしたことがない。

私が不満を口にすれば、たいていのことには「うん、わかった」と応じた。それに対して反対意見がある時は、反対する理由を縷々《るる》、述べた。それでも、私と意見が合わない場合は、こっちは僕、こっちはきみ、といったように、ものごとすべてを均等に分け合って、諍《いさか》いを避けようとした。そして、どんな時でも、そこに柏木の感情が見えてくることはなかった。

そんなある日、私は、突然、夫は石のように冷たい人間なのだ、と思い至った。

彼は残忍でも横暴でもなかった。もちろん愛情深いわけでもなく、屈折があるわけでもなかった。ただ、ただ、世界を人間を人生を合理的にとらえて生きている人間に過ぎなかった。

感情を溶け合わせる相手を必要としない。感情は彼自身の中で、そのつど振り分けられ、速やかに処理されていく。同様に、他者に感情が向けられることもなかった。他者から感情を露《あら》わにされることも好まなかった。

そのことを知るためだけに彼と結婚し、生活を続けてきたような気がした。深い徒労感ばかりがあった。

別れたいんだけど、と私が言った時、彼は珍しく、感情を押し殺したような、神経質そうな表情をみせた。ややあって、「どうして」と訊かれた。

「あなたがどういう人間なのか、よくわからないから」と私は答えた。

「わからないの？」と彼は訊いた。

「うん、わからない」と私は繰り返した。

私を批判し、論破するための長演説が始まるかと思ったが、彼は何も言わなかった。

長い時間、黙っていたが、やがて彼は深いため息と共に「そうか」と言い、ちらりと

分が正しかったことを知った。

私を見た。ふっ、と皮肉をこめて笑った。

道端に転がる小石に笑われたような気がした。私はその一瞬、別れたいと申し出た自分が正しかったことを知った。

離婚後、数年たって柏木が再婚したことは、社内報を見て知った。相手は十四歳年下の、会社にアルバイトで通って来ていた女の子だという話だった。

まもなく、その再婚相手との間に第一子が誕生したことも、二年後に第二子が産まれたことも、私は社内報で知った。二人とも女の子だった。

顔を合わせることがあったら、笑顔でおめでとう、と言おうと思っていたのだが、なかなか機会がめぐってこなかった。社内や会社の近所ですれ違うことがあっても、いつもどちらかが人と一緒だったので、軽く会釈し合うだけで終わった。そのうち私は、柏木に子供が誕生したことも忘れてしまった。

今、雑誌編集局の局次長になっている柏木と私が、かつて夫婦だったことを知る者も少なくなった。吉森がそのことを知っているのは、父に二台目のワープロを用意してやってほしいと頼んだ際、ひょんな会話の流れで私が教えることになったからである。

その時、吉森は目を丸くして驚き、「知らなかった。ほんとですか」と言ったものだった。

「ほんとよ」

「ひゃー、びっくりしました」と言い、吉森は本当に驚いたように、小さな目を瞬かせ、口をOの字に開けた。「じゃあ、三國さんのお父上がこういう状態で施設に入っておられること、柏木さんはご存じなんですね」

「まさか」と言って私は笑った。「別れてから、近況を報告し合ったこともないし、まして親がどうしたこうした、なんて、いちいち話さないわよ。私だって、向こうのご両親がどうなっているのかも、全然知らないもの」

「そうなんですか」

「別れちゃったら、夫婦なんて、ただの他人」

「そういうもんなんですか」

「そう。そういうもんなの」

その時、吉森は短い眉を八の字にして、困った顔を私に向けたものだ。

子供のころ両親が離婚し、父親は再婚。新しい家庭をもった。その父親が死んだからといって、いちいち社内報には載らない。社員としての私にも報告の義務はない。

柏木とは結婚式を挙げなかった。友人知人を招き、都内のレストランで簡単なパーティーをしただけだったので、柏木に父を会わせたこともない。

父の話をしたことは何度かあるが、彼はとっくに忘れてしまっただろう。柏木にとって、私の父の死など、花見で訪れた墓地に連なる、見知らぬ人間の墓石のようなものに過ぎないだろう。

食後のコーヒーと共に、食後酒のリモンチェッロを一杯ずつ飲み、会計をすませて店を出ると、十時近くになっていた。送ります、と言う吉森に送ってもらい、マンション前で私は彼に頭を下げた。

「心から御礼を言うわね」と私は言った。「休日なのに、本当にありがとう。助かりました。気をつけて帰ってね」

「またいつでも声かけてください。カピバラの顔して飛んで来ますから」

「あ、もしかして、吉森君、早くもカピバラになりきってる？」

「あったりまえです。三國さんに言われた瞬間からなりきっちゃったみたいで、もう元に戻れなくなりそうです」

私は笑い、彼も笑い、私たちは手を振り合って別れた。

部屋に戻ってから、私は部屋着に着替え、父の祭壇の前に行った。吉森が持ってきてくれたフリージアの花が、芳香を放っていた。

私や可奈子、千佳が選別し、残し、まとめてホームから送ってもらった遺品一式は、箱のまま、祭壇の脇に置いてある。手紙類などのファイルの整理は、おいおい進めていくことにしていたが、箱の中には、かねてより気になっていたものが入っていた。

茶色い革製の、古い小銭入れだ。父が最後まで使っていたものである。ファスナー部分に、誰がつけてくれたのか、開閉しやすいよう、銀色の小さな丸いキイホルダーがついている。

中には、百円玉が十一枚、五十円玉が三枚、十円玉が十五枚入っていた。全部で千四百円。父が逝った後、父の部屋から出てきた現金はこれだけだった。

手も使えない、歩けない、話すこともできない、というので、ホームにおいては、現金を持っている必要はなかった。ホームに入居する直前まで、父が自分で使っていた小銭入れであるに違いなかった。

私にはそれがひどくやるせなく感じられた。バスに乗ったり、電車に乗ったりすることが、まだかろうじて可能だったころ、父はこの小銭入れをポケットやバッグの中に注意深くしのばせて生活していたのだ。

不自由な指先で必死になってファスナーを開け、小銭をつまみあげ、券売機で切符を買うだけで、いったいどのくらいの時間を要したことか。杖をつき、背を丸め、指先を震わせながらもたもたしている父の後ろに、苛立《いらだ》った顔の人の列が長くできている光景を想像すると、胸が痛んだ。

最後の最後、もう杖での外出も不可能、というまでになった時、父は一人で電車に乗ろうとし、ホームと電車の間の隙間に片足を落として動けなくなった。幸い、周囲の人が気づいて車掌に連絡し、引っ張り上げてくれた。駅員室に運ばれた後、駅員が父の自宅の電話番号を聞き出し、電話をかけた。

父を迎えに行ったのは華代だった。華代は駅員たちに深く頭を下げて礼を述べ、いかにも心配そうに父の腕をとって駅員室を出たが、その後、家に戻るまで「煩《わずら》わしいったらありゃしない」「いい加減にしてよ」「何言ってるか、全然わかんないのよ」「そんな状態で出歩こうだなんて、傍迷惑なんだから、一切やめてちょうだい」などと、父に向かって呪詛を投げつけるように言い続けていたという。そのことは後に、父から送られてきたファックスレターで知った。

父のことだから、いくらかの誇張があったにせよ、華代がそのような言い方をしていたことは充分、想像できた。

その時も、父が肩に斜め掛けしていた小さなバッグか、もしくは父のはいていたズボンのポケットに、この小銭入れが入っていたはずである。

小銭入れを父の祭壇に供えようとした時だった。透明なケースに入れられたカード状のものが、遺品の箱に差し挟まれていることに気づいた。

私が自分で持ち帰る遺品の中に入れた記憶はないから、たぶん、可奈子か千佳がよかれと思って入れてくれたのだろう。それは、父が小銭入れと一緒に持ち歩いていたとおぼしき、メッセージカードだった。

白い紙に、文字が印刷されている。

『私の名前は、三國泰造。一九二三年生まれ。パーキンソン病患者です。字が書けないこと、言葉が不自由で声が出しづらいこと、この三点でご迷惑をおかけしています。どうぞ温かいご理解をお願いします』

裏面には、父が華代と暮らしていた横浜市の自宅の住所と電話番号、最寄り駅から車で行く時の道順が同様に印刷されていた。

タクシーを利用したり、買い物をしたりする時に提示するため、自分で作ったか、もしくは誰かに作らせたカードのようだった。

カードが入れられたビニールケースには、紐を通す穴が二か所、空いていた。父はここに紐を通し、首からかけていたのだろう、と思われた。

小銭入れとカードの入ったビニールケースを祭壇に供えた。線香を焚《た》き、おりんを鳴らし、手を合わせた。線香が燃え尽きるまでぼんやりしていた。

やっと一人になれた。すぐにでもワープロを作動させ、中のデータを読み始めることができる。そう思うのだが、どういうわけか、できなくなった。

いざ、ワープロの中にある文章を読もうとすると、怖くなった。何故、こうまでして父が残したものにこだわっているのか、急にわからなくなった。

両親が離婚したとはいえ、戸籍の上で、三國泰造は私の実父だった。そこに、何ら隠された秘密があるわけでもなく、解くべき謎や知っておくべき驚愕の真実、といったものがあるわけでもない。したがって、ワープロの中に書き残されたものなど、タカが知れていると言ってよかった。

今で言えば、ツイッターのようなものかもしれなかった。文字通りの、最晩年の父のつぶやき。誰にも明かすつもりのない胸の内を、日毎夜毎、綴っただけの自慰のようなしろもの。死にかけた老人のロマンティシズム、センチメンタリズム、愚痴、後悔、不安、諦めがこれでもかと詰め込まれた、ただの日記、がらくたのような散文……。

線香が燃え尽きてから、私は祭壇の前を離れ、バスタブに湯を張って入浴した。パジャマを着て、顔の手入れをし、冷蔵庫の中のミネラルウォーターを飲んだ。

ダイニングテーブルの上にあるワープロは、昼間のまま、そこにあった。二台のうち、古いほうに残っていたデータはすべて、吉森がフロッピイに移してくれていた。そのため、古いほうのワープロは用済みになった。

私は古いワープロをテーブルからおろし、父の遺品を入れた箱のそばに置いた。二台目のワープロだけがテーブルの上に残された。

椅子に座り、ワープロの電源を入れた。がちゃん、がちゃん、という古めかしい機械のような音がして、ワープロが稼働し始めた。

しばらくして、青白い画面が更新画面に変わった。私は迷わず、『覚書』と表示されている部分にカーソルを置いた。

思っていた通り、それは父の日記だった。文書はいくつかの項目に分かれていたが、すべてタイトルはなかった。意図してつけなかったのではなく、単に、タイトルのつけ方がわからなかっただけなのかもしれなかった。

私は当てずっぽうに、文書のうちの一つを選択してみた。文書は横書きに綴られていた。

『二月七日。曇り。雪空。

たった十六平方メートルの、この殺風景な部屋が、ぼくの終の住み処である。今日も一日、訪問者なし。世話をしに来る時以外、ホームの人間は誰も話しかけてこなかった。歩行悪化。言語障害悪化。訴えたいことがあっても、何も言えず。

しかし、ぼくは何を訴えたいのか。安月給のサラリーマンが、爪に火をとぼして貯めた金で建てた小さな家。あの家に戻りたい、あそこで死ぬのだ、と？　華代に看取ってもらいたい、華代に介護されたい、と？　まさか！

眉根を寄せ、これ以上ないほど不機嫌そうな顔をした女に看取られるくらいなら、野原で野犬に食い殺されたほうがよほどいい。哀れな華代よ。きみは野犬以下だ。

考えてみれば、訴えたいことなど一つもないような気もする。施設の三度の飯がまずい、夕食後、まだ外が明るいというのに、すぐにベッドに連れて行かないでくれ、しばらくの間、車椅子のままでいさせてくれ、たまには好きなリンゴを食わせてほしい、ぼくが頼んだことを忘れないでほしい――などということは、実はどうだっていい。どうせ、初めから、ぼくの言っていることの半分も理解されていないのだから。

ここに来て四ヶ月。暮れと正月、せめて自宅で過ごしたいと願い出た時、家族の迎えが来ないから許可できないと言われた。華代が拒否したことはわかっている。怒りは感じなかった。今更怒ったところで、己れが惨《みじ》めになるだけだ。

それに、自宅で正月を迎えたからといって、何もいいことはない。どうせ華代はひと言も口をきかずにいるに違いなく、トイレまで連れて行ってくれと頼めば、露骨にいやな顔をされ、舌打ちされるに決まってる。

家族連れで可奈子と千佳がやって来たところで、話せないぼくは初めから会話の輪には加えられない。気をつかって話しかけられたところで、わずらわしいだけだ。

心を平らかにすること。さして幸せでもなかった人生を振り返りながら、この牢獄のような、狭い、誰も来ない施設の部屋で残された人生を送ること。

それを甘んじて受けるしかない。天使のような顔をした死に神がぼくを迎えに来るまで』

『二月十三日。晴れ。

午後、嬉しいことがあった。衿子が来てくれた。

忙しい身なのに、和菓子やら、花やら、ぼくが読みたいと思っていた本やらをこまごま買って来て、そういうものを一つずつ、笑顔で袋から取り出してみせる衿子を見ていると、心が晴れ晴れとする。

それに、今日はそこに文字表が加わった。衿子が思いついて作ってくれた文字表だ。なかなかうまくできていて感心する。

早速、衿子に助けられながら少し練習。なんとかなりそうな予感。ありがとう、衿子。これがあれば、衿子ともホームの部屋で会話ができる。パパはもっともっと練習するよ』

口腔や咽頭が震え、会話ができない父のために、手製の文字表を作ることを思いついた時、どうしてこんな簡単なことに気づかなかったのだろう、と私は思った。

それまでの私は、可奈子や千佳から父の病状を詳しく聞き出したり、実際に父に会って観察したりしながら、家電量販店を歩き回り、父が使うことのできる機具がないか、と探し回っていた。

4

まず目をつけたのは、子供用の積み木だった。言葉を覚えさせるための積み木で、小さな積み木の木片に一つ一つ、「あいうえお」の文字が書いてある。それらを積み上げたり、並べたりして、言葉を作るわけだが、実際にやってみると、文字が書かれた木片を選び出すだけでも大変な作業だった。

しかもできあがるのは、かろうじて単語程度。長い文章を作るのは無理だったし、手が震える父が、積み木をつまみ上げ、並べることはおそらく不可能に近かった。

次に考えたのが、電子辞書だった。ディスプレイは小さいが、キイをワープロのように軽くタッチすれば、ちょっとした単語やフレーズを作ることができる。音声でそれを読み上げる機能もついている。

　だが、所詮、辞書だった。単語を作るだけのことで終わってしまうし、ましてや、その単語の意味などどうでもいいことだった。そんなことをするくらいなら、ワープロを前に父にキイボードをたたいてもらって、画面を見ながら「会話」するほうがよほどましだった。

　どうすべきか、とあれこれ迷っていた時だった。たまたま仕事がらみで読み始めた一冊の翻訳本に、私は息をのんだ。目が釘付けになった。時間を忘れた。

『潜水服は蝶の夢を見る』というタイトルの本だった。

　ファッション雑誌『ＥＬＬＥ』の編集長として活躍していた、ジャン＝ドミニック・ボービーという四十三歳の、実在したフランス人男性が脳出血で倒れ、ロックトイン・シンドロームという状態に陥る。歩いたりしゃべったり、手を使ったりすることはおろか、寝返りをうつこともできない。声も出せない。口を閉じることもできない。すべての身体の自由が奪われ、かろうじて意志の力で動かせるのは左目の瞼だけ。

　彼は、その左目を二十万回、瞬《まばた》きさせて文字をつなぎ、言葉を紡ぎ、ついに一冊のエッセイ集を完成させた。動かなくなった自分の身体を「潜水服」になぞらえたタイトルの本は、世界中で翻訳された。

　その中で、彼に付き添いながら、アルファベットが並べられた文字表を手に、上から読み上げる女性編集者が登場する。アルファベットは順番に並んでいるのではない。一見、無秩序に見える。

E《ウ》 S《エス》 A《ア》 R《エール》 I《イ》 N《エヌ》 T《テ》 U《ユ》 L《エル》 O《オ》……。

言語学的に、単語を作る時に使うアルファベットの使用頻度を割り出し、多い順に並べ替えたものだそうで、付き添いの女性編集者が、それを初めから音声で読みあげ、ベッド上のボビーは、これ、という文字のところで、瞬きする。

はい、だと一回。いいえ、だと二回。一つの単語を作るだけでも、数分かかることがある。気の遠くなる作業。しかし、続けているうちに、女性編集者の勘は冴えわたる。ボビーが次に何の単語をもってくるか、予測できる。

それでも違うとき、彼は二回、瞬きする。そして、もう一度、やり直し。どちらも諦めない。しかし、時に、苛立つボビーがだんまりを決め、女性編集者が無力感に襲われて部屋を飛び出すこともある。

言葉は本当に少しずつ、少しずつ、信じられないほど遅いスピードで、しかし、確実に紡がれていく。そこに安っぽい自己憐憫や涙はない。怒りも後悔も不安もない。ただ、言葉を紡ぐこと。それだけを考えて彼は生き、彼女はそんな彼にもくもくと付き添う。

本を読みながら、知らず、私は泣いていた。

父と同じだ、と思った。父のほうがはるかに状態はましだが、根本的には同じだ、と思った。父にも、この方法がある、と思った。

ジャン＝ドミニック・ボビーがアルファベットを一文字一文字、瞬きだけで紡ぎ、文章を作っていったように、父もまた、「あいうえお」を一つ一つ、指さし、いくつもの単語や形容詞、動詞を並べて「話す」ことができるはずだった。

しかも父は、左目しか動かすことのできなかったボービーとは、比べようもないほど恵まれていた。父は左目も右目も、腕も太腿も、両手足の関節も、ぎこちなくはあるが、ゆっくりとであれば自由に動かすことができた。歩くことができなくても、まだそのころは車椅子を自走させ、施設の行きたい場所に行くことも可能だった。

厄介なほど震えてしまうことを除けば、指も動かないわけではなかったし、口を開けたり閉めたり、唾を飲みこんだり、笑顔や泣き顔を作ったり、首を横に振ったり、うなずいたり、手の届く範囲で、かゆいところを自分で掻《か》いたり、といった、生体としての基本的機能は、まだ失われてはいなかった。

父のために文字表を作ろう、と私は決めた。ワープロは使いこなせていたが、それはあくまでも人に手紙を書いたり、自分自身のための文章を綴《つづ》ったりするためのものであり、会話には不向きだった。何より、ワープロのキイボードを打つ父の手は、幾度もの打ち間違えや操作ミスを繰り返し、体調によっては、たった数行の文章を打ち込むのに半日かかることも稀《まれ》ではなかった。

最後の手段として、ワープロの画面を通して「会話」することも考えられたが、そこにたどり着く前に、私はなんとかして、父のその瞬間の「肉声」のようなものを聞きたかった。「イエス」「ノー」だけではけっして説明のつかない、胸に渦巻く抽象的な思いの数々を語らせてやりたかった。

紙に「あいうえお」と印刷したものをあらかじめ用意し、「会話」が必要となった時に、それを持ち出して、父に一文字一文字、指をさしてもらう。指先が震えるのはわかっていた。指し示した文字が何であるのか、指先の震えにより、明確に判別できないことも考えられた。ワープロのキイボードとは異なるものの、やはり途方もなく長い時間がかかってしまうのでは、という憂慮もあった。

だが、海の向こうのフランスのボービーは、左目しか動かせないのに、一冊の本を「書いた」のである。父はボービーよりも遥かに年寄りだが、ボービーほど衰えてはいなかった。何より身体的な機能は、まだかろうじて残されていた。

その父が文字表を使いこなせないはずはない、と私は思った。たとえ無駄だったとしても、試す価値はあった。誰よりも父自身が、それを望んでいるはずだった。

私は早速、自宅のパソコンに向かい、文字表を作り始めた。「あ」行から「わ」行まで、それぞれの文字を四倍角に拡大し、文字と文字の間も充分に空け、行ごとに分けて並べた。

だが、いとも簡単だと思いながら印刷してみると、文字と文字の間が空きすぎていたり、狭すぎたりして、思ったようにいかないことがわかった。

文字間隔が空きすぎている場合、指が空中にとどまっている時間が長くなってしまうため、震えが烈《はげ》しくなる可能性があった。かといって、狭すぎれば、震える指先が指し示したがっている文字がどれなのか、判別できなくなる。

何度か試行錯誤を繰り返したが、私のパソコンの知識ではうまくいかなかった。誰よりもパソコンに詳しいとされている吉森健太に頼めば、そのくらいお安い御用、とばかりに、即座に何種類かの微妙な空きの違いを活かした見本を作ってくれるに違いなかったが、その当時、私にとって彼はまだ、それほど気安く物事を頼める相手ではなかった。

結局、私は、プリントアウトした拡大文字を一つずつ四角くハサミで切り取って、一枚の厚紙に並べ、見当で空きを作り、貼り付けてみる、という原始的な方法を選んだ。

五十音のみならず、濁点文字、片仮名、「ぱぴぷぺぽ」といった半濁点文字、クエスチョンマーク、0から10までの数字、「年」「月」「日」「時」「分」も加えておいた。それらをすべて拡大印刷し、切り取って並べて糊《のり》で貼った。

さらにそれをコピーし、文字の空き具合など、微妙な調整を行なった。そうやって、なんとか出来上がった一枚の文字表は、汚れてもいいようにビニールファイルにはさんだ。我ながら満足のいく仕上がりぶりだった。

翌週の日曜日、私はそれを持って父を訪ねた。二月の、よく晴れた寒い日の午後だった。

室内には、窓ガラスを通して燦々《さんさん》と冬の光が満ちていた。相変わらず空気のどこかに、糞尿臭とも老人臭ともつかない匂いが感じられたが、光をふんだんに受けた寝具の清潔な香りが、それらをうまく消してくれていた。

途中で買った父の好物の葛《くず》ざくらと、キッチン用として売られていた小さなブーケをスチール製の介護用テーブルに並べた。父は、風邪でもないのに透明な鼻水を出していた。

以前の私は、父の身体のどこかに触れることができなかった。触れるなど、考えられなかった。照れや生理的嫌悪があったからではない。未知の物体に触れる時の怯《おび》えのようなものが、私の中にあったのだ。

だが、そのころの私は違っていた。私はティッシュを手にし、父の片方の鼻の穴から垂れていた水っ洟《ばな》をいとも自然に拭《ぬぐ》ってやった。そんな自分に、軽い驚きを覚えた。

父の水っ洟をふくんだティッシュを丸めてゴミ箱に捨ててから、私はおもむろに文字表を入れた茶封筒を高く掲げ、「ジャーン！」とふざけて言った。

「今日はね、パパにプレゼントがあるのよ！　この中に入ってるの。何でしょう。当てたらえらい」

車椅子の父は目をくりくりさせながら、いかにも嬉しそうに口もとに笑みを浮かべた。片手を少し上げ、茶封筒を指さし、口を薄く開いて何か言おうとした。だが、そこからもれてくるのは、烈しい吃音だけだった。

私はもったいをつけながら、封筒の中から文字表を取り出した。父の顔を見つめ、笑顔を作り、おどけて立ち上がって、「さてさてさてさて、さては南京玉すだれ」と大道芸の芸人をまねて歌い出した。軽いステップを踏んで踊りながら、文字表を宙でひらひらさせた。

「ちょいと伸ばせば、ちょいと伸ばせば……っていうんだっけ？　わあ、やだ。私、よく知らないんだ、この歌」

父はからかうように、さも可笑しそうに肩のあたりを揺らして笑った。喉の奥の、さらにまた奥のほうから、かすかにではあるが、澄んだ野太い笑い声が聞こえてきた。元気だったころと、さほど変わらぬ笑い声だった。

しゃべることはできないが、声は出るのだった。声帯はやられていないのだった。その証拠に、笑う時のみならず、くしゃみや咳《せき》も、「声」になって出てくるのだった。

私が文字表を父に見せ、使い方を教えてやると、父はいっそう目を大きく見開き、ほう、ほう、と小さなかすれた声を出し始めた。興奮していたのか、単に吃音が繰り返されていただけなのか、ほう、ほう、ほう、ほほ、ほ、ほ……と、それは止まらなくなった。

「パパったら、フクロウみたい」

私がそう言うと、意思とは無関係に動いていた父の喉の振動が治まった。彼はほっとしたように笑った。瞳がきらきらしていた。ものが見えているのかどうか、怪しいとすら思えるほど、どんよりと黄色く濁っていた目が、その時だけは澄みわたっていた。

私は文字表を介護テーブルの上に載せ、父の車椅子を近づけてやった。部屋に備えられていた来客用の丸椅子を持って来て、車椅子の隣に並べた。

「ね、やってみようよ」と私は椅子に座りながら言った。「練習のつもりで。なんでもいいから、文字を指さして、言葉を作ってみて」

父の右手が上げられた。テーブルの文字表の上で、こわばった五本の指が、ぎくしゃくしながら行きつ戻りつした。

最初に父が右手の人指し指で指したのは、「え」という文字だった。うまくいった。ブレることなく、「え」の真上で指が止まっている。

次は「り」だった。少し間を置いて「こ」。そして、「に」。そこまできて、疲労困憊《こんぱい》しきったように、手のこわばりが烈しくなった。手首から先がすべて、細かく震え始めた。

「えりこ？　私のことね？」と私はやわらかく訊ねた。「私に……何？」

問いかけてみても始まらない。父は真剣な眼差しで文字表を凝視し、人指し指を虚空で震わせながら、黙っている。

じりじりするほど長い時間が過ぎ、やっと次の文字が指し示された。「た」「の」「み」「た」「い」。

「わかった。私に頼みたいことがあるのね？」

父はうなずいた。成功だ、と私は思った。

時間はかかるし、理解しようとするこちらも必死になって疲れるが、これなら、会っている時に、父の望んでいることの一端は理解してやることができる。

それから四十分ほどかかっただろうか。いや、一時間だったろうか。休み休み、まさに青息吐息になりながら文字表を指さしていく父を前に、私はその日、初めて、父の施設に対する具体的な不満を知った。

「ゆうしょくのあとすぐべっどにねかせられるのがくつう　わあぷろのまえにすわらせてほしいとつたえて　はやくねるのはいやだ　ぱぱにはじかんがたりない」

たったこれだけの文章だった。

なのに、一文字一文字、父が細かく震える指先で、時に間違い、時に諦《あきら》めかけながら指し示すものを読みとろうとしている間、私はじっと我慢していることができなくなった。

気持ちが急《せ》くあまり、ついつい、当てずっぽうな言葉を口にしてしまう。そのたびに父は首を横に振る。深いため息をつく。違う、という合図である。

私は性懲りもなく、別の言葉を口にする。父はまた、首を横に振る。眉間に苦しそうな皺《しわ》が寄る。ため息がもれる。

最後まで辛抱強く待っていればいいとわかっていても、それができない。不自然な姿勢を続けているものだから、こちらも肩が凝《こ》ってくる。父はどんどん、疲れた表情になっていく。こんなことはもう、ただちに投げ出してしまいたいような気分にかられてくる。

そのたびに、私は、ボービーのことを思い出した。翻訳された『潜水服は蝶の夢を見る』の袖《そで》部分には、彼の写真が載っていた。彼の顔はすぐに思い浮かべることができた。彼はベッドに仰向けになり、目を閉じている。黒い髪。黒い髭《ひげ》。痩せ細っている。左側のベッドサイド付近に、編集者とおぼしき女性の姿がある。椅子に座り、可動式の介護用テーブルの上でノートを拡げ、右手に筆記具を持ち、じっと彼の顔を見つめている。そんな写真だった。

ボービーよりもましなのだから、と私は何度も何度も自分に言い聞かせた。絶対にできる。できないわけがない。伝えたいことがあるのなら、なおさらのこと、父は文字表を使いこなそうとするに違いない。

ボービーのことを思うと、改めていろいろな発見があった。日本語の単語は、アルファベットを並べるよりも遥かに簡単だということを知ったのもその時だった。

「きのこ」と言いたい時、日本語なら文字表を三度、指をさせばすむ。だが、フランス語の場合は違う。「champignon」となるのだから、十のアルファベットが必要になってくる。三回と十回の違いは大きい。

「日本語でよかったね」と私は言った。「フランス語だったら、大変」

父が怪訝《けげん》な表情を返してきたので、私はフランスのボービーのことを詳しく教えてやった。その人、左目しか動かせないのに、一冊の本を書いたのよ、と言った。

「ほう、ほう、ほう」と父はまたしても声に出して言った。ほっほっほっほ、という、笑い声とも感嘆のしるしともつかない音声がそれに混ざった。

「今度、その人が書いた本、持って来てあげるね」と私は言った。「『潜水服は蝶の夢を見る』っていうタイトルなの。長ったらしいタイトルだけど、きれいよね」

父は軽くうなずき、再び文字表に向かった。少し考えこむような表情が見えた。「せ」と「ん」までは理解できた。だが、その先が続かなかった。

次に父は「いみ」と指さしてきた。何を言わんとしているのか、理解できなかった。私は疲れ果てていた。頭痛が始まっていた。

「ごめん。わかんない」と言い、私が情けない顔をして笑いかけると、父もまた、徒労の果ての微苦笑のようなものを浮かべ、一切を諦めてしまったかのように、車椅子の中でそっと目を閉じた。

その日、父の部屋を辞した時、私は化粧ポーチに入れていつも持ち歩いていた頭痛薬と軽い安定剤を飲まねばならなくなった。どんな厄介な会議に出た後よりも、疲労感が強く残った。父はそれ以上だったと思う。

先が思いやられたが、しかし、一方で私は深く満足もしていた。父と面と向かいながら、初めて意思を通わせることができたのだ。互いに相手の顔を見ながら、「会話」することができたのだ。

帰りがけ、私はさくらホームの管理室に行き、ケアマネージャーの井村を呼び出した。

文字表を作ったので、父の部屋に置いてきたこと、夕食後、すぐにベッドに連れて行かないでほしい、と父が訴えていた、ということを伝えると、井村は、目を瞬かせながら私を見つめた。「それはもしかして、文字表で会話なさったんですか」

「初めてだったんで、大変だったですけど」と私は言った。「慣れてくれば、もっと簡単にできるようになるかもしれません。井村さんはもちろん、これから介護士さんたちとも、ちょっとした複雑な会話が文字表を使ってできると思うので、どんどん活用してくださいね」

「それはすばらしいですね。ビッグニュースです。スタッフ全員に伝えますね。もちろん、今日から、夕食後はワープロの前にお連れします。細かい配慮が足りなくて、本当に申し訳ありません。……そして、ちなみに」と言って、井村は興味深そうに私を見つめた。「泰造さんが指さして最初に作られた言葉は、何だったんでしょう」

立ち話をしている私と井村のそばを、車椅子の老婆が通り過ぎて行った。車椅子を押しているのは、二十代とおぼしき若い男性介護士だった。表情を失った老婆の膝には、緋色の膝掛けが掛けられていた。そこには汚れた犬のぬいぐるみが載っていた。

私はその、茶色の犬のぬいぐるみの首に、色あせた赤いリボンが巻かれているのをぼんやり眺めながら、「えりこ」と答えた。「……私の名前です」

言ったそばから、自分でもどうしようもないほど、切ないような、怖いような喜びが私の中を駆け抜けていった。

可奈子が文字表を作って来ていたら、父は「かなこ」と指さしただろう。千佳が来ていたら「ちか」と指さしただろう。それだけのことに過ぎないのに、そうとわかりながら、私は父が最初に文字表を指さした時、「えりこ」という名前を作ってくれたことが嬉しかった。

人生の大半を別々に暮らし、別々の人生を生き、ほとんど何の関心も抱くことなく、すれ違ってきた父だった。もとはと言えば、父はかつて、私と母を捨てた男だった。母の久子は、そのころすでに認知症の症状を呈するようになっていたが、母がそんなふうになったのも、父のせいではないか、父が若いころから母に苦労をかけたから、そうなってしまったのではないか、と思うこともあった。

ふつうに言えば憎み、恨んでしかるべき人間だった。死のうが生きようが、重い病にかかってしゃべれなくなろうが、まったく無関係な人間、と言ってもよかった。

なのに、自分は、そんな父のために時間を割いては施設に通い、父を案じ、父と会話がしたくて文字表を作り、初めに父が指さした言葉が「えりこ」だったということに、これほど深い喜びを覚えているのだった。

何故なのか、よくわからなかった。わかろうとしても、無駄であるような気がした。

その日、恵比寿に戻ってから、私は可奈子の携帯に電話をかけた。

可奈子はいつだって、自分が姐御《あねご》のようにふるまうことを好む。その時も例外ではなく、どこかしらぽんぽんとした、きつい感じのする物言いで、可奈子は「私からもそろそろ、ご連絡しなくちゃと思ってたところです。毎日、寒いですね」と言った。「お変わりありませんか」

私は「おかげさまで」と答えてから、今日、さくらホームに行ったこと、父に文字表を作ってやったこと、早速、やってみたら、うまくいった、ということを報告した。

「ほんとですか。すごい」と可奈子は言った。ちっともすごい、とは思っていないような、儀礼的な口ぶりだった。「衿子さんは、そういうことにアイデア豊富なんですね。さすがですね。私や千佳なんか、もうすっかり諦めちゃって。母なんかそれ以上ですけど」

「大したものじゃないんです」と私は謙遜した。「根気がいることなので、やるほうも見ているほうもくたびれますけど、それでも何もないよりはましだと思って。ですので、これからはホームを訪ねた時、その文字表を使って、会話してみてください」

「ええ、そうします。千佳にも伝えますね。千佳ったら、一人で父に会いに行くのがいやだ、って言うんですよ。話せない相手と、いくら父親でも間がもたない、って。まあ、わかる気もしますね。ですので、父のところに行く時はいつも一緒なんです。千佳と一緒だと、私と千佳ばっかりがしゃべってて、いつのまにか、父に全然関係ない話で盛り上がってたりしちゃって、結局、何しに行ったの？　って感じになるんですけど。そこへいくと、衿子さんは偉いですね。ちゃんと父と会話できるんですものね」

「いえ、そんな」と私は言った。「そうそう頻繁に訪ねて行くことができないので、できることはしてやりたいと思ってるだけです」

可奈子は、「でも偉いわ」と言い、すぐに話題を変えた。一月には、娘がA型インフルエンザにかかり、自分にも夫にもうつって、大変だったという話がひとしきり続けられた。そのせいで、ここしばらく、父には会いに行っていないから、そろそろ様子を見てくるつもりです、と可奈子は結んだ。

私たちは、女同士のやわらかな社交辞令を交わし合って通話を終えた。

私が、異母姉妹である可奈子と千佳に初めて会ったのは、一九九六年の暮れである。

その少し前、父から久しぶりに送られてきた手紙には、病気のことが書かれてあった。手の震えや、書いている文字が次第に小さくなって米粒のようになってしまうなど、気になる症状が強まった、自宅付近の病院で検査を受けたところ、やはり衿子が案じてくれていた通り、パーキンソン病の疑いがあると言われた、といった内容の手紙だった。

私はすぐに父に返事を書いた。当時、私が担当していた男性作家の父親が、やはりパーキンソン病にかかっており、私は作家から、病気の話をよく聞くようになっていた。父から手紙を受け取る、ちょうど一週間前だったか。私はその作家と、打ち合わせのために食事を共にした。

別段、打ち明けるつもりもなかったのだが、作家が自分の父親の病について語ってきたため、私はついつい、父の話を持ち出した。

作家は、もし、三國さんのお父さんがパーキンソン病だとしたら、僕も名医を知っているので、何なりと相談してください、紹介しますから、と言ってくれた。担当医によっては、微妙に検査や治療方針が異なり、それによって予後も大きく変わる、という話だった。完治はしない病であるが、寝たきりになるのを遅らせて寿命を全うさせるのは充分可能であり、そのためにも一刻も早い治療が望ましい、とも助言された。

私は父への返事にその旨を記し、パーキンソン病の名医がいるとのことだから、よければ連絡してほしい、と書いた。

父から返事はなかった。どうしているのか、気になった。連絡をとってみようと思い始めたころ、可奈子が私の会社の、『季刊文芸』の編集部に直接電話をかけてきた。

ひどく堅苦しい口調で「初めてお電話さしあげます」と可奈子は言った。

自分たち姉妹と、私との関係については何も触れなかった。むろん、触れようもなかったので、私も黙っていた。

父の今後の病気治療について、お力を借りたいのですが、と可奈子は言った。私が父に出した手紙を、たまたま実家に戻っていた可奈子に父が読ませたとのことだった。

父がそんなことをするのは珍しかった。というよりも、私の想像の中では考えられないことだった。私は父が、病に強い不安を覚えているらしいことを感じ取った。

どこかでお目にかかれないでしょうか、と可奈子は言った。

私の中には、逡巡も異存もなかった。父の治療をめぐって、自分にもできることがあるのは確かだった。全面的に協力するつもりでいた。私は了解した。

「お目にかかる時は、父も一緒ですか」

私がそう訊ねると、可奈子は少し迷ったような口ぶりで、「そのようにしたほうがいいでしょうか」と訊き返してきた。

「いいえ、別に」と私は言った。

しばらくぶりに父にも会いたい、ということを可奈子に向かって口にするのはためらわれた。だが、考えてみれば、自分のせいで異母姉妹になった者同士が集まる席に、父がのこのこ現れるのもおかしな話だった。

「いないほうがいいかもしれませんね」と私は言った。可奈子は曖昧さを滲《にじ》ませながら、「そうでしょうか」と、同調とも否定ともつかぬ言い方を返してきた。

約束の日、私が指定した赤坂のホテルのラウンジに現れたのは、可奈子と千佳だけだった。思っていた通りだった。

初めて異母姉妹に会った時、自分がどんな反応をみせるのか、私は自分自身に興味を抱いていた。

子供のころ、好んで読んでいた少女漫画の中の、継母ものなどが思い出された。烈しい違和感や困惑、今となっては取り返すことのできない時間の流れを感じ、呆然とするのではないか、などと想像していたのだが、現実に姉妹を前にしても、私は殆《ほとん》ど何も動揺を覚えなかった。自分で自分の出演している三文ドラマを遠くから眺めているような感じがした。

私は当時、四十四歳、可奈子は三十五歳、千佳は三十三歳だった。

可奈子はショートカットに縁《ふち》無《な》しの眼鏡をかけ、フェイクとわかるが、温かそうなムートン仕様の黒いショートコートに、紫色のセーター、灰色のスカート。千佳は今でこそロングヘアだが、当時はまだボブカットにしており、ニットのベージュのロングコートの下に、黒のパンツと黒のタートルネックセーター姿だった。

私のほうが早く着いていたので、二人を迎える形になった。姉妹はすぐに私を見つけ、目配せし合った後、まっすぐ私に向かって歩いて来た。

「三國衿子さん、ですか」と可奈子が訊ねた。

私は慌てて中腰になりながら、「はい」と答えた。

「パパに似てる」と千佳が可奈子に言い、驚いたように両手で口を被った。

可奈子は曖昧にうなずき、千佳を小声でたしなめてから、「はじめまして」と言った。

「私が長女の可奈子です。そして、こっちが次女の……」

「千佳と申します」と千佳が言い、ぺこりと頭を下げた。

私たちはぎこちない挨拶を交わし、丸テーブルを囲むようにして座席についた。それぞれがそれぞれの想いの中にあったせいか、誰もメニューを見ようともせず、三人とも注文したのはコーヒーだった。

コーヒーが運ばれてくるまで、ぎこちなく互いに顔をちらちらと見ながら、軽く自己紹介をし合った。私よりも、姉妹のほうが緊張しているように見えたが、本当のところはどうだったのかわからない。父親が同じ、という同胞《はらから》に、長じた後に会ったとしても、さして緊張感を覚えない人間は大勢いるだろう。

時折、想像してみることがある。自分が可奈子や千佳だったら、あの時、何をどう感じただろうか、と。

私という人間に対して、理不尽な、自分でもよくわからない恨みに似たものを覚えるのか。哀しみに近い感情を抱くのか。それとも、ただ単純な好奇心しかないのか。それすらもなく、ただ、事務的にことを進めようと思うだけなのか。

コーヒーが運ばれてきて、可奈子と千佳がそれぞれ、ミルクと砂糖をまぜ、スプーンでかきまわした。カップを手にコーヒーをひと口飲み、ソーサーに戻すと、可奈子が先に口を開いた。

「父は病気がはっきりわかったせいか、ウツウツしてます。あんまり元気がないみたいで。母も、いったいどういう病気なのか、まだよくわかってなくて、おろおろしてますし」

母、という言葉が遠く聞こえた。他人の噂話を聞いているような気がした。

だが、正確に言うと、可奈子と千佳の母親、華代は他人ではなかった。私と私の母、久子を父に捨てさせる原因を作った女性だった。その意味においては、決して他人とは言えないのだった。

とはいえ、そこに怒りも憎しみもないのが不思議だった。私は父の再婚相手について、何も知らなかった。知りたいとも別に思わなかった。

家族の誰かが家族を裏切ったり、家族を捨てたりしたとしても、そこにかかわりを持ちたくない、と思ってきたのが私であった。家族の中における感情の爆発が、私は苦手だった。何より、家族、というものが苦手だった。

千佳が姉の言葉に言い添えた。「実家に帰るたんびに、暗い雰囲気なんです。パーキンソンって、そのうち必ず寝たきりになるのよね、って母も心配してますし」

「それは大きな誤解じゃないでしょうか」と私は静かに言った。「うまくコントロールすれば、寝たきりにならずにすむ例もたくさんあります。寿命だって全うできる、という話です。もちろん、簡単な病気ではないのは確かですけど、うまく治療を受けながら人生を楽しんでいる方は、大勢、いらっしゃいますから」

「いえ、その」と可奈子が、大仰なまでの晴れ晴れとした笑顔を作った。「わかっているんです、そういうこと。もちろん、今の主治医からもいろいろ聞いてますし、こちらでも調べましたし。こんなに早くから一喜一憂するような病気ではない、ってこともわかってるんです。でも、母がね。全部理屈でわかってても、イライラしちゃうタイプの人なので。もともと、そういう人なんです。そうよね、千佳」

「イライラ、ってこともないけど」と千佳は母親をかばうようにして言った。「ママも一緒になって暗くなってるだけなんだと思う。不安なのよ」

「ですから、その」と可奈子が背筋をのばして笑みを浮かべ、私を見た。「衿子さんのお知り合いの方にご紹介いただけたら、と思ってるんです。今の主治医もいい先生なんですけど、実家の近所の、あんまり大きくない個人病院なんですよ。設備は一応、整ってるんですが、ちょっと不安で。やっぱり、もっと大きな病院でダブルチェックしてもらわないと、心配でしょう？」

「もちろん、喜んでご紹介します」と私は言った。「大きな病院かどうかはわかりませんが、私がその作家さんに伺ったところでは、パーキンソン病を専門にしてる名医だということでしたし」

「よかった」と可奈子と千佳は顔を見合わせた。「で、どうすればいいでしょうか」

「まず作家さんのほうに連絡をとって、どんな段取りにすればいいか、私から聞いてみます。わかったらすぐにそちらに」

「すみません、ありがとうございます」可奈子と千佳はそろって私に頭を下げた。

互いに連絡先を教え合った。まだ携帯電話がそれほど普及していないころのことだった。

千佳の持っていたうすいピンク色の名刺に、可奈子が自宅住所と電話番号を書き足してくれた。私も自分の会社の名刺に、自宅の電話番号を書き、姉妹それぞれに渡した。

それを受け取った千佳が、訊きたくてうずうずしていた、といったふうに質問を発した。「あのう、編集のお仕事をされてると聞きましたが、有名な作家さんとかも、担当なさってるんですか」

「ええ、しています」

「父にお医者さんを紹介してくださる、っていう、その作家さんも有名な方なんでしょうか」

「千佳ったら。そんなこと、どうだって……」可奈子が呆れたように言った。

私は笑みを浮かべ、「有名な方ですよ」と答えた。

「すごーい」と千佳がはしゃいだような声をあげた。

「やあだ。あんたって、ミーハーなんだから」と姉の可奈子が言った。

それが私と姉妹との出会いだった。

父と文字表を使って会話した日の晩、私は何ということなしに、居間のソファーに寝そべって、再び『潜水服は蝶の夢を見る』を読み出した。

左目しか動かなくなってしまったボービーが、アルファベットの一つ一つに瞬きを返して、言葉を作っていくことが描かれた箇所は、何度読んでも飽きなかった。

とりわけ好きなのは、『アルファベット』と題された章の、最後の部分だった。

『ある時、僕はこの頓智クイズのようなコミュニケーションにも、詩情があることを、知った。めがねを取ってもらおうと、(lunettes)という単語をまばたきで綴りかけていた時、僕は、優美な微笑とともに、こうたずねられたのだ。
——お月様（lune）で、いったい何をなさるの？』（河野万里子訳）

何度かその箇所を読み返し、二人の「会話」の美しさにうっとりしていた時だった。私はふと、その日、父が文字表を使った「会話」の最後に、「せん」と二文字を指さし、苦しげに、情けなさそうに首を横に振り、「いみ」と続けて指さしてきたことを思い出した。

そうだったのか、と思った。たぶん、父は『潜水服は蝶の夢を見る』というタイトルのもつ意味を私に説明させようとしていたのだ。そうに違いなかった。

潜水服、というのは、文字通り、ジャン＝ドミニック・ボービーが置かれた状態のことである。まるで重たい潜水服を着せられたまま、海中に沈んでいるような彼の気分。蝶、というのは、自由に軽々と空を舞うイメージ……。

そうした説明を受けた父は、どう思うだろうか。自分と同じだ、と思うだろうか。父の中に密かに棲んでいる「蝶」の話を、文字表を使って私に教えてくれはしないだろうか。

今度、この本を持って会いに行った時、そういう「会話」を交わしたい、と私は思った。

自分の足で自由に歩いていたころのこと。両手両足を無意識に、当たり前のように動かすことができていた時のこと。父はどこに歩いて行ったのか。何を求めて行ったのか。

まだあのころは、父は天空を自在に舞うことのできる蝶だった。蝶は何を探していたのか。隠れ咲いている花の蜜か。鬱蒼《うっそう》とした緑の中で、むせかえるような濃厚な香りを放つ、樹液だったのか。

生命体としての漲《みなぎ》る期待と希望が当たり前のようにしてあった日々。父が男として、人間として、社会人として生きていられた日々。私はその何もかもを知らずにいる。私に何も語らないまま、語ろうとしても語れなくなってしまったまま、父はこの世から姿を消した。

夥《おびただ》しい言葉の詰まったワープロだけを残して。


『四月十日。曇り。

尿の出が悪い。あんまり出にくいものだから、時々、腹が痛くなる。三日前、痛さの限界がきてナースコールをしたら、職員たちが慌てふためき、救急車で搬送された。

中年の無愛想な泌尿器科の医師は、危うく尿毒症になりかけていた、と言った。前立腺の検査を勧められる。癌《がん》かもしれない、と思う。その可能性は、と聞きたいのに、例によって言葉が出てこない。付き添ってきたヘルパーの若い男に代弁してもらいたくとも、その言葉すら出てこない。

しかし、たとえ癌だとして、それがどうした。御愁傷様。ただそれだけのことだ。身体の自由がきかない、話もできない今のぼくにとって、癌の宣告など、今さら屁でもない。

昨夜、ちえ子が夢に出てきた。まだ若かったころのちえ子のままだが、顔が青白かった。小暗い粗末な店で、ぼくたちは並んでぜんざいを食っていた。ちえ子はおいしいおいしい、と言った。なのに、中に入っている餅が食えないと言う。どうして、と聞いたのだが、笑うだけで答えなかった。そこで目が覚めた。

ちえ子の病気の進行具合がどうなっているのか、全くわからない。奈緒《なお》ちゃんからも何の連絡もなし。不安つのる。といって、電話をかけても、ぼくは話すことができない。

救急車で運ばれたことは、家族に黙っていてくれ、とナースに伝えた。文字表を指して、それだけを伝えるのに長い時間がかかった。ナースは「何故ですか」とも聞かずに事務的にうなずき、去って行った』

『五月二十一日。小雨。

可奈子と千佳、来訪。相変わらず華代の姿なし。これっぽっちも会いたくない女だが、ここまで頑固に面会を避けられていると、嫌味の一つも言ってやりたくなる。

井村がぼくの前立腺の話を伝えたらしく、可奈子と千佳の質問攻めにあう。文字表をつきつけられ、どうなの、どうなの、と聞かれても、指はこわばるだけだ。

男の前立腺の話なんぞしても、女にはわからないだろう。昔、ちえ子が子宮がんの疑いがあるからと病院に通っていた時、ぼくは親身になって心配したが、病気のことはよくわからなかった。

可奈子たちが、自宅に届いたという葉書を持って来てくれた。日出子《ひでこ》さんからのもの。久しぶりに目にする流麗な美しいペン字。ぼくからの連絡がないので、本当に心配している、という優しい内容。

ははん、華代はまた、この葉書一枚に怒り狂っているな、と直感。可奈子が怖い顔をして(可奈子は本当に華代に似ている)、これ、誰なの、と聞く。

仕方なく文字表を指さす。「たんかなかま」と。

可奈子と千佳はおかしな顔をして目を見合わせる。ぼくは苦笑するしかない。「たんか」が「短歌」であることが通じていない。想像力の希薄な娘たち。

日出子さんに会いたくても、この状態では話もできない。優しい日出子さんは、それでも一生懸命、ぼくの言葉を聞き取ろうとしてくれるだろうが、そういうことに甘えたくはない。

考えてみれば、日出子さんと知り合って、三十年以上たつ。しかし、たったの三十年である。人生は短い。人は老いるのみだ』

『六月二日。雨。

三日前の夜、日出子さんにしばらくぶりに手紙を書く。あんまり根をつめてワープロに向かっていたためか、以後具合が悪くなる。食欲なし。倦怠感。

明日、また前立腺の検査。ぼくの唯一の外出日。しかし外出先には、決まって無愛想な医者と、無愛想な看護婦、殺風景な検査室と、呆然とするほど混雑している待合室が待っているだけ。

外は雨。雨音の中に、車の音が遠ざかっていく。紫陽花《あじさい》の花が見たくなる。ホームの今月のリクリエーションで紫陽花見学に連れて行ってもらえると聞いたのが、今日、唯一、心なごんだこと。

車椅子の老人たちと一緒に愛《め》でる紫陽花。さしてうまくもない弁当持参で。ちえ子と鎌倉に紫陽花を見に行ったのはいつだったろう。記憶は遠のくばかり。

衿子からは最近、音沙汰なし。仕事が忙しいのか。ぼくも疲れているので、ファックスレターも出せずじまい。そろそろ顔を見せに来てくれればいいのだが』

ちえ子、というのが誰なのか、父とどんな関係にあったのか。奈緒ちゃん、というのは誰なのか。また、日出子さん、という女性と短歌仲間だった、というのはどういうことなのか。

父が遺した手紙類を片端から調べようとしていた時だった。まるでそれを見ていたかのように、私の携帯が鳴った。

華代からだった。

華代から私あてに直接電話がかかってきたのは、それが初めてだった。父の遺産分与のことなど、私と話さねばならない用件が持ち上がっても、華代は必ず可奈子か千佳を使って連絡させていた。

「夜分、申し訳ないんですけれど、今、ちょっと、お話しできますかしら」と華代は気取った口調、いつものアルトの声で訊いてきた。「お伝えしたいことがございまして」

私が「大丈夫です、何でしょうか」と訊き返すと、華代は即座に「主人の」と言った。言ってから、わずかの間が空いた。受話器が遠のく気配があった。湿った大きなくしゃみの音が聞こえた。

やがて華代は「ごめんなさいね」と言って鼻をすすり、短く笑ってから「主人のね」と息を弾ませながら繰り返した。

華代は私の前で、父のことを決して、「衿子さんのお父さん」とは呼ばなかった。いつも「主人」だった。

「ご連絡が遅くなってしまいましたけど、四十九日の法要と納骨のことで。日取りが正式に決まったもので、一応、衿子さんにもお伝えしとかなくちゃと思いましてね」

一応、という部分に力をこめて華代はそう言い、私の反応を待つかのように、軽く咳払いをした。

「お知らせくださって、ありがとうございます」と私は言った。「早いですね、もう、四十九日なんですね」

「やらなくちゃいけないことばっかりで、てんてこまいでしたよ。何が何やら、わかりゃしないでしょう、こういうことって。当たり前ですけど、人が一人死ぬと、まあ、大変なことだらけ。娘たちがいなかったら、どうなっていたことやら。でもね、ああせいこうせい、でハンコ押したり、書類取り寄せたり。ママは頭が悪いだの、社会のこと、なんにもわかってないだの、叱られてばっかりですよ。もう、ただでさえ大変だっていうのに、頭がくしゃくしゃしちゃって」

そこまで言うと、ほほ、と華代は短く笑った。「でね、四十九日法要ですけど、四月の十九日、日曜日にすることにいたしましたの。午前十一時から、小平霊園の三國のお墓の前で。終わった後は、軽いおひるをご用意させていただきました。のちほど、正式な通知をお出ししますけど、衿子さん、ご予定、いかがかと思って」

「十九日ですね。はい、出席させていただきます」と私は言った。

内心、意外な印象もないではなかった。華代は父の葬儀に私が参列することは快く受け入れても、四十九日法要に関することまで、私に知らせてくることはないかもしれない、と思っていたからだ。しかも、可奈子や千佳を通してではなく、本人自らが。

「衿子さん、小平のお墓には行かれたことは？」

「子供のころ、一度か二度」

「じゃあ、場所とか覚えてらっしゃらないわよね。お知らせの中に、詳しい地図を入れておきますからね」

「すみません、助かります」

「衿子さんには、生前、主人がずいぶん、お世話になりましたもの。いらしてくださると聞けば、主人もそれはそれは喜ぶでしょう。当日、おひるを召し上がっていくお時間はあるかしら」

「ご一緒して、よろしいんですか」

「よろしいも何も……おいでいただかないわけにはいきませんわよ。霊園から車でそう遠くないところにね、雰囲気のいいお店があるそうなの。私が探したわけじゃなくて、葬儀会社の担当の人が手配してくれたんですけどもね。葬儀屋さんにはおんぶに抱っこで、ずいぶん助けられてますよ。まあ、その分、えらくお金をとられて。目の玉が飛び出る、ってのは、このことですわね。お金がいくらあっても足りゃしない」

私は聞えなかったふりをして、「それでは遠慮なく、ご厚意に甘えます」とだけ言った。

「ではね、そういうことですので。夜分、お邪魔さまでした」

この機会を逃してはいけない、と思った。通話を終えようとしている華代を、私は慌てて引き止めた。

「何ですかしら」

「いただいたお電話で申し訳ないんですけれど、折入って、お願いしたいことが」

「父の」と私は言い、そこで、詰めていた息を軽く吐き出した。「……暮らしていたところを見たいと思ってるんです」

「暮らしていたところ？」

「父が住んでいた家です。見ておきたいんです。見せていただくわけにはいかないでしょうか」

「この家をですか？」

「はい」

「ご覧になりたい」

「はい、そうです」

いったい何故、今更、そんなものに興味があるのか理解しかねる、とでも言いたげに、華代は喉《のど》の奥で短く笑った。「そりゃあ、もちろん、衿子さんにいらしていただくのはちっともかまいませんよ。でも汚くしてますよ。私もねえ、この年でしょう？　すぐにくたびれちゃうもんだから、ちっとも掃除がはかどらなくて。庭の手入れだって、ここ何年もやってないですし。なにしろ、長い間、ああいう病気の人間を抱えてましたからね。どこもかしこも、手つかずのまんま。お客様をお招きできるような状態じゃなくて、恥ずかしいわ」

「そんなこと、ちっともかまいません。私は別に客ではありませんし、本当に見せていただくだけでいいんですから」と私は言った。

「主人のものは、ずいぶん処分しちゃいましたよ。捨ててもいいようなものばっかりでしたからね。もし、あなたのお父さんの遺品をご覧になりたいと思ってらっしゃるなら、ご希望にそえませんけども」

初めて、「あなたのお父さん」という言葉を口にしてきた華代の心の奥底に、どんな感情が流れているのか、私にはわからなかった。それは優しさや同情のまったく感じられない、いわば、私に向けた無言の挑発のようにも感じられた。

私は「見るだけでいいんです」と穏やかに繰り返した。「父が遺したものを見たいんじゃなくて、父が暮らしていた家を見たいだけですから」

「そうですか。それでしたら、もちろん」と華代は声音のどこかに皮肉をまじえて言った。鼻先でせせら笑う、その声が聞えてきそうだった。「今度の四十九日法要の後で、お寄りになる？　そのほうが早いんじゃない？　他の日でもいいですけど、なかなかね、都合つけ合うのも大変ですし。衿子さん、お仕事、お忙しいでしょうから」

「四十九日の後で、寄らせていただけるなら嬉しいです」

華代は念を押すように、「ほんとに整理整頓、できてませんのよ」と言った。「ただのボロ家ですよ。お見せできるような家じゃありませんけども、それでもよろしければ、お越しくださいな」

「ありがとうございます」

「では、それはそうすることにするとして」と華代は言った。どこか冷やかな、突き放すような言い方だった。「法要の正式なお知らせ、明日にでも発送しますけど、出欠のお返事はいただかなくて結構ですので。おいでいただけること、もうわかりましたから。じゃ、お邪魔いたしました。ごめんください」

「おやすみなさい。ありがとうございました」と私が言い終える前に、通話はすでに切れていた。

5

都立小平霊園で、父の納骨の儀と四十九日法要が営まれる日、私は早めに家を出た。地図を頼りに広大な霊園の中を歩きまわり、やっと三國家の墓所を探しあてた時、時刻は午前十一時少し前になっていた。

よく晴れわたった、初夏のような美しい日だった。風が強く、間断なく吹きつけてくる風の中には、早くも夏の兆しが感じられた。

華代はもちろんのこと、可奈子夫妻、千佳夫妻はすでに到着していた。他にも七、八人の喪服姿の親類縁者たちが、三國家の墓所のまわりを取り囲むようにして佇んでいた。人々がまとう漆黒の布地は、空の青、木々の緑、墓石の白と溶け合わず、そこだけが浮き上がって、妙に毒々しく見えた。

私が近づいて行くと、真っ先に可奈子が気づき、「どうも、わざわざすみません」と言った。千佳も私に会釈をした。華代が口をすぼめながらお辞儀をしてきたので、私は立ち止まり、少し離れたところから、彼女たちに向かって深々と礼をした。

父の遺骨を抱いていたのは可奈子、遺影を手にしていたのは千佳だった。華代は白い紙で包まれた、大きな花束を提げていた。

可奈子はマキシ丈のワンピース型、千佳はツーピース型の喪服をそれぞれ着ていた。華代だけが和装だった。女たちばかりが集まっている輪から少し離れたところに、黒いスーツ姿の可奈子と千佳のそれぞれの夫が所在なげに立ち、ぼそぼそと低い声で何かしゃべっていた。

彼らは私を見つけると軽く会釈してきた。手洗いにでも行ってきたのか、可奈子の長女、あかねがピンク色のタオルハンカチで手をふきふき、小走りに戻って来て、私に無表情のまま頭を下げた。私も彼らに黙ったまま、礼を返した。

昨日のうちに花屋に立ち寄り、父が好きだったフリージアだけで、小さな花束を作ってもらっていた。可奈子と千佳が花束に視線を投げ、「きれいですね」と口々に世辞を言った。二人は、父がフリージアの花を愛していたことは知らない様子だった。

ややあって、連なる墓石の向こうから、僧侶がいかめしい足どりで歩いて来るのが見えた。風が吹き、墓所という墓所の植木の枝をさわさわと鳴らした。あたりに散らばっていた参列者たちは、全員、小砂利を踏みにじりながら三國家の墓前に集まって来た。日曜日だったが、霊園に墓参の人影は少なかった。遠くで鳶《とび》が鳴いていた。乾いた風が僧侶の僧衣をはためかせる音が聞こえた。

父、三國泰造には年の離れた弟と妹が一人ずついる。だが、それぞれ別の理由で縁を切ってしまったので、その日、四十九日法要に参列した三國家の人間は、私を除き、一人もいなかった。

父と父の弟は、些細な仲違いを繰り返したあげく、互いにどちらからともなく連絡を絶った。

父がまだ私の母と結婚生活を営んでいたころ、私の叔父にあたるその人は何度も家に遊びに来ていたものだった。叔父は母のことを本当の姉のように慕っていた。父と母が離婚してからも、しばらくの間、叔父は何事もなかったかのように、母と私の住まいを訪ねて来ては、「義姉《ねえ》さん」と母のことを親しみをこめて呼んだ。私に珍しい洋菓子を買ってきてくれたり、遊び相手になってくれたりもした。

母はそんな彼のために、時に簡単な家庭料理を作ってふるまい、昼日中から、ビールの栓を抜いてやったりした。そんな日は必ず、子供の私にはわからない、何か複雑そうな深刻そうな、大人の話が始まって、途切れることなく続けられた。

夕刻過ぎ、叔父がやっと腰をあげて帰っていくのを見送った後、母は決まって「実の弟なのに」と嘆息して言った。「パパも頑固なんだから」と。

その後、いつからか、叔父が顔を見せなくなったと思っているうちに、いつしかぷつりと音信が途絶えた。母が何度か、父に訊ねたようだが、父も知らないと言い張った。

叔父の連絡先は今もわからない。生きているのか、死んでいるのか、すら。

父と実の妹との関係も似たりよったりだった。妹の結婚相手と父の折り合いが急激に悪くなったそうで、妹が兄である父をうとましく思い、逃げるように引っ越して連絡を絶ったのが始まりだった。

彼女の消息がわからなくなったのは、東京オリンピックのころからだった、という話を以前、母から聞いたことがある。父は探そうとはしなかった。以後、居場所の手がかりが何もつかめないまま、先方からの連絡もないままに、時間だけが流れた。

父は家庭運、家族運のうすい人だったかもしれない。私の母、久子と祝福された結婚をし、子をなし、別れ、また別の女と結婚し、ふたりの娘を得た。父は生涯に二つの家庭をもち、三人の子を作ったわけだが、それでも私には父が家庭に恵まれた、女に恵まれた、子供に恵まれた人間だったとは思えない。

父自らが、家庭から逃げていた。少なくとも家庭から目をそらすような人生を選んでしまうよう生まれついていた。配偶者に恵まれなかったからではなく、また、家庭の居心地の悪さがそうさせたのでもないのだろう。

何ひとつ、これといった確たる理由などないのに、気がつけばそういう人生を選んでしまう。世の中にはそんな人間がいるものだが、それが父だったような気がする。

私の中にも父の血が流れている。父のそうした家庭運のうすさを考えるたびに、私は私自身を見る想いがする。

これといった不都合、我慢できない実害があったわけでもないのに、私は何故、結婚生活をあっさりと解消したのか。何故、一度も子供を作ろうとしなかったのか。男とのまぐわいを続ける中、何故、子供を拒絶することしか頭になかったのか。何故、自分の家族よりも自分自身の人生を選んできたのか。何故、家族や家庭から遠く離れることばかり、考えてきたのか……。

納骨の儀が始まった。黒いりぼんのついた父の遺影が、黒御影の墓石の上に置かれている。僧侶による読経の声が、風に乗って流れていく。それは平板で退屈な、何の意味ももたない、見知らぬ国の音楽のように聞こえる。

墓には父の両親……つまり、私の祖父母が眠っている。祖父は上海で客死しているので、遺骨はない。骨壺の中に入っているのは、祖父が上海で使っていたという国語辞典と、老眼鏡だけ。そのはずである。

石材屋の男が二人、恭しく墓の石蓋を開けた。中は狭く、仄暗《ほのぐら》かった。白い骨壺が二つ、並べられているのが見えた。

父の骨壺は、それら二つの骨壺の右端に置かれた。男たちが、いっそう恭しい仕草で、静かに石蓋を閉じた。読経の声が大きくなった。

千佳が淡い水色のハンカチを手に鼻をすすりあげた。それにつられるようにして、可奈子と、その娘、あかねもまた、鼻をすすった。

参列者が次々と花を手向け、焼香を続けた。光があふれ、黒御影の墓石に反射してやわらかく砕け散った。

墓所を囲むようにして、全員で記念撮影をすませると、華代が参列者に向かって簡単な挨拶《あいさつ》を述べ始めた。

ショートカットにした豊かな銀髪。大きな目。ふくらみを失っていないくちびる。さすがに老いは隠せないものの、よく見れば整った魅力的な顔だちである。粋筋《いきすじ》の女性が好んでしてみせるような、華代特有のわざとらしく婀娜《あだ》っぽい仕草は、和装ゆえに余計に引き立つ。

目鼻だちがどこか、私の母、久子に似ていなくもない。だが、華代は母の何倍もあでやかだ。同時にどこから見ても意地が悪く、陰険、計算高そうでもある。年をとって、それらがさらに増殖し、本人の思惑すら無視して、とどまるところをなくしてしまったかのようにも見える。

いいも悪いもなく、母にはまったくないものが、華代にはある。それは事実だ。今、目の前にいる女が、かつて父を魅了し、ついつい離れられなくさせ、父の人生を狂わせた。

私にはわからないでもない。父は少なくとも、この女にだまされたわけではない。彼女の何かに強く引き寄せられたことだけは確かなのだ。

「本日はそんなわけで」と華代が言っている。気取っているせいか、声がいつもよりも甲高く聞こえる。「皆様にこうしてお集まりいただき、主人もさぞかし喜んでいることと存じます。心から御礼申し上げます。そして、この後のことですが、お知らせいたしました通り、お食事の席を設けさせていただいておりまして……」

ごう、という音がして一陣の風が吹きつけ、華代の銀髪を乱した。華代が目を細め、手で髪の毛をおさえ、着物の裾《すそ》がはためかないよう、向きを変えてあとじさった。

私の耳のあたりで、風がびゅうびゅうと音をたててうねった。スカートの裾が舞い上がりそうになったあかねが、慌てたように両手で裾をおさえた。

墓には、あふれんばかりの花々が飾られている。色とりどりの花は風を受けて四方八方に揺れ、しなり、焚《た》きしめた線香の束から立ち上る煙が風にさらわれていく。大きな遺影の中で父が微笑んでいる。

華代は父を真に愛したことなどなかった……私はかねてより、ずっとそう考えていた。華代は父の社会的地位、父の教養、学歴に惹かれただけだったのではないか、と。

誰もに自慢できるような男に、女として可能な限りの色香をふりまき、誘惑し、相手の反応をみようとするのは、今も昔も、ある種の女の密かな愉しみと言っていい。華代は単に、その愉しみを享受していただけではないのか。そうこうするうちに、父の子を孕んでしまい、すったもんだの末、父が私の母を捨てることになっただけではないのか。

その想像は、半分はあたっていて、半分は間違っていたかもしれない。私は今ごろになって、そう思うようになった。

華代も父も、互いが強く惹かれ合っていた時期が確かにあったのだろう。そうでなければ、あのきわめて損得勘定の働く華代が、周囲の反対や非難ものともせずに、父のもとに走ることはなかっただろう。

父とて同様である。妻子を捨てる決心をつけてまで、華代という女を受け入れたのだ。

父には明らかに、華代に向けた烈《はげ》しい執着のようなものがあった。たとえそれが、ごく短期間のものに過ぎなかったにせよ。

華代という女に少しよろめいただけで、父が私と母を捨てたとは、私にはどうしても考えられない。父はそれほど単純でもなければ、無責任でもなかった。

なのに、後に、あれほど嫌悪するようになり、離婚を切り出すほどにまで至る女のために、父は妻子を捨てた。自身を傷つけるような生き方を選んだ。そして、結局はその後悔にかられながら、長い長い晩年を孤絶に喘《あえ》ぐようにして生きねばならなくなったのだ。

華代は、父の学生時代の友人の従妹にあたる女だった。新潟の造り酒屋の長男だったその友人は、父と同じ東北帝大を卒業後、いったん就職したものの、父親が病で急逝したため生家に戻り、慌ただしく家業を継いだ。

一九五七年、私が五歳になった年に、その友人は仲間たち数人と海水浴に行き、行方がわからなくなった。溺死体で発見されたのは、翌日だった。

かねてより彼と親しくしていた父は、訃報を聞いて葬儀に駆けつけた。その遺族側の座の中に華代がいたのだった。

華代は当時、くだんの造り酒屋を手伝う仕事をしていた。父と華代は亡き友人の思い出話を間にはさむ形で、急速に親しくなった。

そのうち、華代はどうしても上京して働きたい、このまま新潟にとどまって生きていくつもりはない、といった内容の手紙をしきりと東京の父に送ってよこすようになった。その時の手紙はすべて、私たちが暮らしていた家に届けられた。

むろん、幼かった私に記憶はないが、そのことは後に母から聞いた。華代の手紙が何通も立て続けに届くようになり、母は何かがおかしいことに気づいたようだった。

だが、母の密かな不安をよそに、父は熱心に華代の相談に乗ってやるようになった。母がその種の問題にあからさまな不満や嫌悪、嫉妬の感情を示す人間ではなかったのをいいことに、夕餉《ゆうげ》の食卓で無邪気に華代の話題をもち出し、しっかりした人だし、頭もいい、と言ってほめちぎる始末だった。

そうこうするうちに、父が探し、紹介し、間をとりもった会社が華代の勤め先になることに話が決まった。都内にある平凡な会社の、平凡な事務の仕事だったと思う。新潟の華代の両親も、紹介者が父ならば、と初めから信頼しきっていたようで、ついに華代は単身、東京に引っ越して来ることになった。

部屋探しから何から、父はこまめに華代の面倒をみた。当時、華代のために父が選んだアパートはどこだったか。アパートではなく、小さな貸家だったたか。

何故なのかわからないが、私はあのころの父を思い出そうとすると、決まって、父の靴下が干されている、見知らぬ木造の建物の窓辺を思い浮かべる。木製の色あせた洗濯ばさみではさまれ、ロープに吊るされて、風に揺れている父の紺色の靴下を。

華代の父親の名で自宅に送られてきた、「御礼」と書かれた仰々しい熨斗《のし》紙つきの、輸入もののウィスキーを、母は私の見ている前ですべて台所の流しに捨てた。箱に一緒に入っていた手紙も、ちりぢりに破り捨てた。

　当時、めったに手に入らなかったような高価なウィスキーが送られてきたことも母は父に一切、言わずにいた。母は穏やかで、決して感情を荒らげない人だったが、蔭では平気でそういうことができる女でもあった。

　華代の妊娠がわかったのが、その翌年だったか。会社に通うことができなくなって、父が生活費の工面をしてやっているうちに、外で不明な金を使っていることが母に発覚。事実を知った母は、多くを語らず、私の手をひいて家を出た。しばらくの間、母と二人、私は上野駅周辺の小さな旅館を転々として暮らしていた。

　そのうちの一つの旅館では、勝手口の近くの日陰で犬を飼っていた。薄汚れた、痩せた雑種犬で、ほったらかしにされていたためか、白かった毛並みがすっかり灰色になってしまっていたが、犬は私によく懐いた。

　ペコ、という名だった。よく覚えている。小犬のころは、不二家のペコちゃん人形みたいに可愛かったのに、大きくなったらブサイクになった、と古くからいるらしい旅館の仲居が笑いながら言っていた。

　私は日がな一日、ペコと遊んでいた。自分がペコと遊んでさえいれば、旅館の部屋で一人過ごしている母が、存分に泣けるだろう、という思いがあった。

　幼い子供の胸のうちは奇怪だ。そんなことがわかるはずもない、というのに、あの時の私にはそれがわかっていた。

それからまもなく、華代は自宅近所の公園の階段から足をすべらせて転げ落ち、救急車で病院に搬送された。脇腹を強打していた。搬送先の病院で、華代はみごもっていた赤ん坊を流産した。父が母に離婚を申し出たのは、その直後だった。

慰謝料や私の養育費の問題もふくめ、大人たちの泥沼の戦いが繰り広げられていたはずだが、私は当時のことは、あまりよく覚えていない。

母は少なくとも、私の前では平静を装っていた。力はなかったが、いつも微笑んでいた。私の前では決して泣かなかった。涙も浮かべなかったし、父を悪く言うこともなかった。

それが私の母で、父が最後まで別れたことをあれほど悔やんでいた女、久子であった。


法要終了後、参列者はほぼ全員、かねてより用意されていた葬儀社の大型バンに乗り、霊園から車で十分ほどの場所にある店に繰り出した。

精進料理を供する店だった。古民家を改装した、民芸調の平屋建ての店で、大小、ほとんどの部屋が緑滴《したた》る庭に面したガラス張りの個室になっていた。

案内されたのは、昼間なのにうす暗い、間接照明だけがぼんやり灯された黒壁の個室だった。窓ガラスの向こうには鬱蒼《うっそう》とした木立が拡がり、あちこちで光の輪が踊っていたが、生い茂る草に遮られて、光は室内には届いていなかった。

焦げ茶色の、おそろしく長いテーブルをはさんで、全員が着席した。正面には父の遺影と陰膳《かげぜん》が並べ置かれた。

席順は、あらかじめ華代が娘たちと相談して決めていたようだった。私は可奈子から、「衿子さんはここですから」と座席をいち早く指定された。

遺影と陰膳に最も近い席に華代、次に可奈子、千佳……と横一列に並び、テーブルをはさんで、可奈子と千佳の夫二人、可奈子夫妻の長女のあかねが座った。私の席は千佳の隣であった。

華代に優遇されている、と思った。それもかなりの優遇と言ってよかった。

前妻の娘である私が、可奈子や千佳とは違った形で、厄介な病を抱えた父を蔭で熱心に支え続けた、という話は華代の親類筋の人間たちにも、およそ美談のようになって伝わっているらしかった。華代は世間体を考えて、私に自分の娘たちと並ぶ席を用意したのだろうと思われた。

ビール壜が何本もテーブルにいきわたり、人々が互いにそれぞれグラスに注ぎ合うのを待って、華代ではなく可奈子がグラスを手に立ち上がった。

「本日は父、三國泰造の四十九日法要にご参列いただき……」とぼそぼそと続けていたが、途中から、何を言えばいいのかわからなくなったようで、可奈子は華代に何か耳打ちしたり、羞《は》じらったようにふくみ笑いを繰り返したりしていた。

それでも、いかにも勝気そうに胸を張って挨拶の言葉を締め括ると、可奈子は「では、献杯をお願いいたします」としめやかに言った。「献杯」
低い声の唱和が室内に響き、グラスをテーブルに戻す音が続いた。店のスタッフが次々と現れて食事が始まった。

可奈子の夫と千佳の夫は、何か共通の興味深い話題があるらしく、ほとんど周囲を気にせずに、箸を動かすというよりも、ビールばかり飲み続けながら話しこんでいた。華代と可奈子、千佳は三人グループのようになって何事か、しゃべり続けていたし、集まった親類たちも同様に、何組かに分かれてそれぞれ話に興じ始めた。

私と、私の正面にいる十九歳のあかねだけが、会話から取り残された形になった。あかねは、母親である可奈子に似て、ほっそりと肉付きの悪い体型をしていた。整った顔だちなのに、総じて表情の乏しい娘で、そのせいか、もの言わぬ青白い陶製の人形のようにも見えた。

私は食事を続けながら、あかねに微笑みかけた。「あかねさんは、去年、大学に入ったんでしたよね。学部はどこ？」

あかねは無表情に私を見つめ、「文学部です」と言った。「英文科」

「私と同じね」と私は笑顔を崩さずに言った。「私の時代もそうだったけど、英文科は今も女の子が圧倒的に多いんでしょう？」

「そうですね。ていうか、ほとんど全員、女です。男子はうちのクラスに一人しかいませんから」

「ああ、それもおんなじ。私のクラスにも男子は一人だったわ。だからもてるか、って言ったら、それは全然、関係なかったみたいだけど。そうじゃない？」

ふふっ、とあかねは笑った。肩まで伸ばした髪の毛が、やわらかく揺れた。「ほんとですね。うちのクラスのその男子なんか、いつも居心地悪そうにしてます。噂なんだけど、学校に来るたびに緊張しすぎて、そのせいで胃潰瘍になっちゃって、通院してるらしいです」

「それ、ほんと？」

「はい」

「信じられないわね」

「そうですね」

「かわいそうにねえ」

「転校したほうが健康にいいかも」

「それか、いっそ、女になっちゃうか」

私がそう言うと、あかねは、右手を形よくそろえて口を被い、肩を揺すって笑いだした。笑うと愛らしい顔になった。

「楽しそうね。何の話、してるの？」隣にいた千佳が、興味深そうに私たちの間に割って入ってきた。

「あかねさんのクラスには、男子学生が一人しかいない、っていう話をしてたんです」

と私は言った。「その人、胃潰瘍になっちゃったんですって。緊張しすぎて」

「女ばっかりだから、って？　胃潰瘍に？　えーっ？　いくらなんでも虚弱すぎ。ほんとなの？」

「マジほんと」

あかねがそう言った時、腰の後ろに置いてあったあかねの黒いバッグの中で、携帯が賑やかな音楽を奏で始めた。

「メール？」と千佳が訊ねた。

「ううん、電話」

「こういう時なんだから、マナーモードにしときなさいよ」と千佳が軽くたしなめると、あかねはうなずいて、携帯を耳にあてがったまま席を立ち、慌ただしく部屋から出て行った。

千佳はあかねの動きを目で追っていたが、やがてつと、私のほうに身体を傾けてきた。

「あかねがいなくなってくれたんで、今のうちに」

早口で言いながら、千佳は「実はね」と言った。「父のことで、すごい話があるんです。ちょっと衿子さんのお耳に入れときたくて」

「何ですか」

「ビニ本」と千佳は私の耳元で、小声で耳打ちした。「父のね、実家に遺したものの中から、変なビニ本が出てきたんです」

　父がビニ本のたぐいを所有していたからといって、別段、驚く話ではなかった。死後、施設の部屋のダンボール箱いっぱいに、性具やポルノビデオを遺していた人間である。そういう男が、隠れてビニ本を眺めていたことがわかったからといって、今さら不思議がることでも何でもないではないか、と思いながらも、私はうしろめたいような興味を覚えた。

「こんな話、いちいちするな、って母からは叱られちゃいそうですけど」と千佳は言い添え、「それがね」と再び私の耳に口を近づけてきた。かすかに葱《ねぎ》の匂いのする息が私の鼻孔をくすぐった。「ふつうのビニ本ならまだしも、全然、そうじゃなかったんですよ」

「そうじゃない、というと？」

　千佳は軽くため息をついた。葱の匂いが強まった。「おばあさんの裸ばっかり。若い女の人のじゃなくて、おばあさん。それも本当の、すっごいおばあさん」

　私は大きく息を吸った。千佳をまねて、深いため息をついてみせた。性具のあとには、老女の裸が満載されたビニ本が出てきたのか、と思うと、驚きあきれる以前に、ただひたすら可笑しさがこみあげた。

　そうした、絶えることのない性の欲望のほむらを、父はどのようにしてなだめようとしていたのだろう。歩けず、話せず、手も満足に使えずでは、方法はほとんど失われていたはずだ。

唯一の愉しみが、深夜、ひそかに老女の裸を眺めることだったのだろうか。若者が、若い女の裸の写真を見ながら自慰をする時と寸分も変わらぬ想いを抱きつつ、その老いた裸と、誰か恋しい生身の女の裸を重ね合わせ、妄想の中にしばしの愉楽を見出していたのだろうか。

老いた後、若い女よりも、自分とほぼ同世代の女、老いた女を好むようになる男は別に珍しくない。相手を恋しく思えば、年齢を問わず、そこに性的な感情が生まれるのは自然なことだろう。であるならば、老いた女性の裸が、老いた男の性的興奮の対象になったとして、ちっとも不思議ではない。

ワープロの中に残されていた、二人の女性の名前が私の脳裏に甦った。

日出子。ちえ子。

日出子は、短歌仲間だったが、ちえ子という女性とは、間違いなく深い関係だったと思われる。

父と彼女の間に、何があったのか。どうやって出会い、どんなふうにかかわり続けていたのか。どんな肉体的ふれあいが交わされたのか。夫婦ではない、世間に認められた恋人同士でもない、秘密の関係にある二人の間に、どれほど濃密な時間が流れていったのか。

千佳は周囲を気にしつつも、早口で先を続けた。「全員、七十代って感じなんですよ。八十代の人もいたかもしれないわ。とにかくびっくりするくらい、すごいんです。全部、明らかに素人写真でね。気持ち悪くて。カラーもあれば、モノクロもあって。悪いけど、あんなに汚らしい写真を見たの、初めてでした」

「それ、どこにあったんですか」

「父の使ってたベッドのマットレスの下」

「一冊だけ？」

「とりあえずは。茶色の事務用の袋に入れて隠しておいたのをさくらホームに入居する時、持って行くのを忘れたんでしょうね。先日、母が、父のベッドを処分する、って言い出して、業者を呼んでマットレスを上げたら、その袋が出てきたんです。ちょうど、私と姉が実家に行ってる時だったんですよ。業者の人が、こんなものが出てきましたよって言って、私たち、袋を手渡されて。なんだろう、って、姉と二人で、その場で袋を開けてみて、卒倒しそうになりました」

　そこまで千佳がしゃべった時、あかねが携帯を手にそそくさと戻って来た。千佳は咳払いをし、口をつぐんだ。

　ビールではなく、新たに日本酒を注文した人がいるらしく、店の従業員が何本かの徳利を載せた盆を運んできた。

　可奈子がその中の一本を手に取り、陰膳になっている父の猪口《ちょこ》の中に注いでから、周囲の人々に酌をしてまわった。

　私のそばまで来た可奈子は、猪口に酒を注ぎ入れながら、「聞きました？」と耳打ちしてきた。「千佳から、例のこと」

私はうなずいた。

「いやんなっちゃいますよね。ほんと、出てくるもの出てくるもの、ろくなものじゃなくて。薄気味悪いのなんの。正常とは思えない」

私が曖昧に笑い返すと、可奈子は吐き捨てるように言っていた口調を変え、「私と千佳だけ、この後、実家にご一緒しますから」と言った。「衿子さん、家を見に来られるんでしょう？　母から聞きました」

「申し訳ありません、図々しくお願いしてしまったんですが」

「いいえ、そんなこと。ゆっくりなさってってください。父の仏壇もあることですし。私たちもお線香あげられるから、ちょうどよかったです」

料理が次々と供されて、飲むほどに酔うほどに座が賑わった。もう誰も私に話しかけてはこなくなった。

千佳も可奈子も、先程の話題など忘れたかのようだった。座が乱れ、可奈子の夫や千佳の夫、華代の親類筋の人間が私のところにも酌にまわってきたが、ほとんど何も話さなかった。あかねは、再び携帯を手に外に出て行き、木陰で熱心にメールを打ったり、少し深刻そうな顔をして、誰かとしゃべったりしていた。

あらかたの飲食がすむと、全員、部屋の外に出て並び、記念撮影をする、ということになった。

父の遺影を部屋に置き忘れ、誰も手にしていなかったことに気づいた華代が、大笑いしながら、「何のためにこうやって集まったのか、忘れちゃいましたよ」と言った。

居合わせた人々が銘々、どっと笑った。酒には弱いのか、ビールをグラス三分の一、熱燗《あつかん》を猪口に一口二口飲んだ程度だったが、華代はすでに頬と鼻の頭を赤くし、焦点の定まらない目をしていた。

店の人間にデジカメのシャッターを何度か押してもらって、会はおひらきとなった。再び、葬儀社のバンに全員が乗車し、そろって西武新宿線の小平駅まで行った。華代と可奈子、千佳、それに私だけを残し、他の人々は全員、駅前でバンから降りた。

三々五々、帰って行く彼らの後ろ姿を横目に、可奈子が「ああ疲れた」と言って伸びをした。「身内だけとはいえ、けっこう、くたびれるわね、こういうのって」

華代が生あくびをしながら、「しばらくぶりにお酒飲んだら、なんだかちょっと、頭が痛くなってきたわ」と言った。

「少し眠ったら？」と言ったのは千佳だった。母親と似たような生あくびがそれに続いた。

午後三時近くになっていたが、空は翳《かげ》りひとつみせず、よく晴れわたっていた。ウィンドウ越しに差しこんでくる光が眩しかった。車の揺れに伴い、座席の上に載せた父の遺影の上で、光が乱反射した。

遺影の中の父の顔は、妙に生白く見えた。

父が華代と暮らしていた家は、横浜市青葉区あざみ野にある。近辺が宅地開発される以前に人に勧められ、購入していた広い土地を分割して売却。自分のために残しておいた小さな一区画に父が家を建てたのは、一九七〇年代の半ばだったと記憶している。父がS石油の仙台支店長のポストについていたころのことだ。

その家で暮らし、二人の娘を育て、仙台支店に単身赴任し、やがて父は定年を迎えた。関連会社に二次就職したが、さらにそこも肩たたきにあって辞め、アルバイト程度に様々な仕事に手を出しているうちに、かねてより悪くなっていた華代との関係がいよいよ悪化。そんな中、パーキンソン病を発症し、自力での生活が困難になって自ら施設に入るまでの間の、他人に窺い知れない、目に見えない時間が、その家の中に流れ、消えていったのだった。

途中、渋滞にかかったりなどしたため、父の家に着いた時は四時半をまわっていた。日が傾き始め、住宅地の家々は、のどかな日曜日の夕暮れどきを迎えようとしているところだった。

車中、喪服の帯を少しゆるめてうたた寝をしていた華代は、すっかり頭痛も治まったようだった。葬儀社の運転手に型通りのねぎらいの言葉をかけ、急にてきぱきと動き出した華代の後に続いて、私たちはバンから降りた。

あたりに人影はなく、春の夕暮れの香りだけが満ちていた。華代が、「やれやれだったわね。おつかれさま」と誰にともなく言った。

千佳が私を案内しながら先に立って歩き、「ここです」と一軒の家を指さした。

南東に向いた角地に建つ家だった。大きくも小さくもない。今どき珍しい、瓦屋根の数寄屋造り。新築当初、その和風の佇《たたず》まいはさぞかし荘重で、人目を引いただろうと思われる。

だが、半世紀近くたった今、薄茶色の外壁は色あせ、黒い屋根瓦も重たげだった。何より周囲の家並みと調和しておらず、そこだけ時代から取り残されてしまっているように見えた。

門扉は、格子のはまった白木の引き戸。雨風にさらされた白木は薄汚れ、茶色に変色していた。門扉の脇、郵便ポストの錆びの浮いた切り込み口の真上に、「三國」と横書きに彫られた、灰色の石造りの表札が埋めこまれている。門扉の向こうには、玄関に続く日当たりの悪そうな、小砂利の敷かれたアプローチが伸びており、あまり葉つきのよくない、枯れかけたようにも見える細い竹が何本か、植えられていた。

父が建て、父が住んだ家はモダンな洋風の家か、そうでなくても昔ながらの和洋折衷の家だろう、と私は勝手に思いこんでいた。

赤い蔓薔薇《つるばら》が絡まったフェンスとか、ゴルフのパターの練習もできそうな、芝生の庭、飾り模様のついた白い玄関ドア、デッキチェアを二つ並べたベランダ……父はそんな家に憧れ続け、実際、そういう家を建てたに違いない、と決めつけてもいた。

好みの家、好みのライフスタイルについて、父と話した記憶はない。父からきた手紙に、自分が横浜のあざみ野に建てた家についての詳細な説明が書かれていたこともなかった。

だから、父がどんな家を建てたのか、私はまったく知らなかった。知らなくて当然だった。

なのにおかしなことに、私は、父が建てた家が少なくとも和風の家ではない、と思いこんでいた。私の中にはよほど、父と母と三人で暮らした、あの社宅のイメージが強く焼きついていたものらしい。

板橋区にあった社宅。それは、私の人生における唯一の幸福の象徴として、記憶の中に刻まれている家だった。日当たりのいい、芝生の庭のついた、平屋建ての小さな白い、洋風の家。裏には広大な雑木林が拡がっていて、春は小鳥の声、夏は蝉の声に包まれ、秋風が吹けば、日がな一日、葉擦れの音がさわさわと乾いた空気を揺るがした。

どっしりとした石の門柱。木製の両開きの門扉。門を入ると、玄関まで、愛らしく曲がりくねった細い、白い道が作られていた。春ともなると、その道のまわりには、芝桜や松葉牡丹が咲き乱れ、夏には紫陽花が花をつけた。

風呂場とトイレの他に、部屋は全部で三つあった。洋間が一つ。和室が二つ。父はその、茶の間として使っていた畳の部屋に大きな電蓄を置き、休みの日にはレコードをかけた。

パーシー・フェイス・オーケストラやパティ・ペイジ、ダイナ・ショア。広くはないが、芝生の生えそろった庭に、『青いカナリヤ』を歌うダイナ・ショアの声が流れていく。そんな中、父は私を膝に抱き、窓辺で満足げに目を細めながら、煙草をくゆらせていたものだった。

華代が出現する少し前まで、私たち親子はその家で平和に暮らしていた。季節は穏やかに移ろっていった。夜の後には必ず、光に満ちた朝がきた。軒先を打つ、雨の音までもが優しかった。不幸の影、波乱の予兆はどこにもなかった。

駅前の肉屋で飼っていた雑種犬が何頭もの小犬を産んだというので、父が私のために一匹もらい受けてきた。茶色に黒毛の混ざった、元気のいい雌犬《めすいぬ》だった。父は犬にペギーと名付けた。

幼かった私はペギーを家来のように従えて、畑の畦道を走りまわった。ペギーは誰にでもよく懐いた。近所の子供たちは私とペギーをワンセットとして、いつも遊び仲間の中に加えてくれた。

母が与える残飯をがつがつと平らげ、犬は夜になると、裏庭の物置を寝床にして眠った。丈夫で愛嬌がある上、なかなか利発で、庭先にやって来る野良猫をふざけて追い回す以外、さしたるいたずらもしなかった。

そんなペギーが、ある秋の日、首輪をつけたまま、忽然《こつぜん》と姿を消した。待っても待っても、帰って来なかった。

きっと犬とりにやられたんだろう、と父が憐れむように言った。そういう時代だった。

私は毎日、物置に残されたペギー用の、粗末なブリキの餌入れに、それまで同様、残飯を入れてやった。もしかすると夜、お腹を空かせて戻ってくるかもしれない、と母が言ったからだ。

だが、夜が明けて朝になり、祈る思いで物置に行ってみても、餌入れの中の残飯はいつもそのままだった。生乾きの飯粒を雀がついばんでいるだけだった。

自分が愛していたもの、なじんでいたもの、永遠にそこにいると信じていたものが、目の前からふいに姿を消してしまう。あり得ないと思っていたことが起こる。ものごとは変容していく。この世に永続するものは何ひとつない。

姿を消したのは犬だけではなかった。華代に溺れ、夢中になった父が、あの居心地のいい、日当たりのいい家になかなか戻って来ようとしなくなったのも、そのころだった。

私の中の、洋風の白い家の記憶、幸福な日々は、そこで唐突に終わっている。物語の結末に至ることなく、尻切れとんぼのまま、ふいに画面から消えてしまった、出来の悪いドラマのように。

……「さあ、どうぞ、衿子さん、お入りになって」と言う華代に礼を言い、私は父の家の玄関に入った。

玄関は、昔ながらのガラスのはまった格子戸だった。三和土《たたき》は黒っぽい小石をちりばめ、固めたものだったが、ところどころに罅《ひび》が入っていた。靴箱の上には、ひと目で造花とわかる赤いブーゲンビリアの鉢植えが、黄ばんだレース編みの丸い敷物の上に置かれていた。

「こういう玄関は不用心でしてね」と華代が私のためにスリッパを差し出しながら、言い訳するように言った。「いくら鍵をかけたって、ガラスごと壊されたらおしまいじゃないですか。その気になれば、こんなの、簡単に壊せますよ。主人に何度もそう言って、ふつうのドアにしてほしいって頼んでたんですけどね。そのうち病気になって、まごまごしてるうちに、それどころじゃなくなってしまって」

「そうでしたか」と私は言った。

玄関は薄暗かった。掃除は行き届いていたが、あたりには黴《かび》とも埃ともつかない匂いが淀んでいた。

三和土には女ものサンダルしかなかった。父の履物は一切、見当たらなかった。

玄関のすぐ上の板敷きのコーナーには、深緑色の絨毯が敷かれ、壁にそって、古い籐椅子が一つと籐の小さなテーブルが置かれていた。壁に架かっていたのは、山のある風景を描いた陰気な油絵だった。誰の作品なのかはわからなかった。

その向こうが居間と台所とダイニングルーム。左手に風呂場と洗面所が並び、右手に和室が一部屋。和室脇から階段が伸びていて、二階には和室が三つ……可奈子がそういうことをあらかじめ丁寧に私に教えようとするので、それに応えるのに忙しく、あたりをゆっくり観察する間もなくなった。

案内されて入ったのは、玄関正面の居間だった。八畳間に一間の押し入れがついた和室で、襖を隔てた隣には板敷きの小さなダイニング、台所があった。

ふだん、華代はダイニングテーブルを使って食事をすることはないらしく、青いビニールクロスの掛けられた四角いテーブルの上には、海苔の缶や救急箱、梅を漬けた大きなプラスチックの容器、ビスケットの箱などが、堆《うずたか》く積まれていた。

可奈子が居間のサッシ戸を細めに開けた。外の通りを走りすぎていく車の音が聞こえた。

窓には桟《さん》の入った障子がついていた。障子紙は何か所かにわたって破れており、その破れ目には、素材の異なる白い薄紙がいかにも無器用そうにつぎはぎされていた。

華代を手伝って、千佳が台所で湯をわかし始めた。私は「どうかおかまいなく」と言ったが、華代は「いいえ、とんでもない」と作ったような笑顔を向けた。「衿子さん、コーヒー、お好きよね？」

「はい、好きです」

「千佳がね、コーヒーをおいしくいれる名人なのよ。今、おいれしますから」

「ありがとうございます」と私は言った。

母と娘は、小声でひそひそと何か話しながら、食器棚を開けてカップを用意したり、冷蔵庫を開け閉めしたり、何かを洗ったり、缶の蓋を開けたりなどしていた。

居間には、海老茶色の四角い座卓とテレビ、こまごまとした湯飲みやら茶托やらが詰め込まれている、民芸調の水屋があった。光沢を失った座卓の上には、爪楊枝《つまようじ》や爪切り、耳掻き、テレビのリモコン、薬の壜などがいっしょくたに入れられた小型バスケットが載せられていた。薬壜には、輪ゴムが何重にも巻きつけられていた。

　座卓まわりに敷かれている座布団は三枚。茶色の壁には、数字しか印字されていない素っ気ない事務用カレンダーが架かっていた。

　父の仏壇はなく、父のものらしき生活用品も見当たらなかった。父がここで暮らしていた、というはっきりとした痕跡は何も残っていなかった。私はぼんやりと部屋の片隅に突っ立っていた。

　可奈子が台所に行き、「先にパパにお線香、あげてこない？」と華代に話しかけた。「コーヒーでゆっくりするのは後にして。衿子さんだって、まずパパの仏壇、見たいでしょうし」

「そうお？」と華代が曖昧な言い方で返した。「じゃあ、そうしてもいいけど、お湯がもうすぐわきそうなのよ」

「じゃあ、千佳とママはここで支度しててよ。ね、衿子さん、先にお線香、あげてきたほうがいいですよね。ゆっくりするのはそれから、ってことで」

　どちらでもよかった。形式的に線香をあげることよりも何よりも、私は父の家を心ゆくまで見てまわりたかった。父がさくらホームに入居するまで、どんな暮らしをしていたのか。室内はもとより、トイレや風呂場まで、つぶさに覗いてみたかった。

可奈子は私に目配せをし、「じゃ、とにかく先に私たちだけ」と言った。

私は可奈子に促され、居間から出て、仏間として使っているという一階奥の和室に行った。

居間と同じ広さの八畳間だった。掛け軸も何も架かっていない床の間と押し入れ、庭に面した縁側がついている。

土台が腐り始めているらしい。わずかではあるが、縁側は斜めに傾いていた。

縁側の突き当たりには、ダンボール箱が山と積みあげられているのが見えた。すべて、引っ越し業者の社名の入った、真新しいダンボール箱だった。

殺風景な和室である。古びた葡萄《ぶどう》色のサイドボードの上に、仏壇が置かれ、祭壇として使われている他に、家具も生活用品も何もない。

畳敷きの部屋だが、畳にはひと目でアクリルとわかる、淡い黄緑色のごわごわしたカーペットが敷きつめられていた。カーペットにはあちこちに、赤茶けたしみが浮いているのが見えた。

「父が元気だったころは」と可奈子が言った。「長い間、ここが両親の寝室だったんです。私と千佳は二階の部屋を使ってました。ちょうど、この部屋の真上が私の部屋で。高校時代なんか、よく、夜遅くまで友達と電話でしゃべったり、音楽かけてたりしてたもんですけど、そのたびに翌日、父から、ゆうべはずいぶん遅くまで起きてたんだね、って言われて。私の部屋から、この部屋の音はほとんど聞こえなかったんですけど、こここからは二階の部屋の気配が全部、わかっちゃってたらしくて。別に遅くまで起きてたことを咎められたわけでもないのに、いちいち気配が伝わっちゃうことがものすごくいやで、イラついてたこともありましたね」

私は微笑んだ。「思春期にはみんな、そうなりますよね」

「ほんとにね。でも、父が病気になってからは、なんとなく両親がひとつ部屋で寝なくなって、母は二階、父は一人でここで寝起きするようになりましたけど」

「じゃあ、さくらホームに行くまでは、ずっとこの部屋で？」

「ええ。階段が無理だったから、二階には上がれなくなっちゃってましたし。バリヤフリーではないんだけど、ここなら、段差がなくて、そのまま一階のトイレにも行けるし、お風呂に行くのも楽でしたから」

「ベッドを置いてたんですね」

「ええ。このあたりに」と言って可奈子は仏壇に向かって右側の壁ぎわを指さした。

「ベッド脇に勉強机みたいなのを置いて、ワープロはそこに載せて。大学の先生みたいに、しょっちゅう、本やらノートやらを開いたりしてました。床の間は全部、本棚みたいになってて、本を並べてて。母はそれが気にいらなくて、本なんかをたくさん置くから床が傾くんだ、っていつも怒ってましたけど。あと、一人掛け用のソファーも置いて、気分のいい日は、一日中、ソファーに座ってました。全部安物でしたけどね。ベッドなんか、簡易ベッドだったんですよ」

「簡易ベッド?」

「学生が下宿で使ってるみたいな、ぺらぺらの折り畳み式のベッドです。お金、無駄に使いたくない、って。ベッドくらい、千佳とお金だし合って、いいものを買ってやればよかった、って思って。あんな固いベッドに寝かせて、かわいそうだったな、って。今思うと、ちょっと泣けてきちゃいますけど、いまさらね」と言い、可奈子はうすく笑ってみせた。「こんなこと言っても、遅いですよね」

カーペットがそのままだったせいか、部屋には、線香の香りだけではない、かすかに父の匂いがしみついているような気がした。さくらホームの父の部屋で、嗅ぎ慣れていた匂いだった。便臭とも尿臭ともつかない、老いて病み衰えていく人間が発する、酸っぱいような、どこかにすえた甘さが隠されているような匂いだった。

可奈子が、仏壇脇の大きな写真立てに父の遺影を立てかけた。小さな黒い仏壇だった。父は徹底した無宗教者、無神論者で、自宅に仏壇を置くという発想をもたなかった。したがってそれは、父の死後、華代が慌てて用意したもののようだった。白い小菊の花、個別包装されている白い饅頭《まんじゅう》、みかん、りんご、バナナなどが供えられていた。

私は可奈子に勧められて、仏壇の前に立った。蠟燭に火を灯し、線香をあげ、おりんを鳴らし、合掌した。

来たくてたまらなかったのに、決して来るべきところではないところに来てしまったような気がしていた。父が私の与《あず》かり知らない人生を送っていた、与かり知らない想いをつのらせていた、まさにその、中心と呼んでもいいような場所に、私は立っているのだった。

「ありがとうございました」と可奈子が改まったように、私に向かって深々と礼をした。私も礼を返した。

おかしな関係ですね、私たち、と思わず口に出しそうになったが、その言葉は喉の奥にするすると戻されていった。

可奈子や千佳に対する、複雑な、まとまりのつかない想いは、常に私から彼女たちに向けた、束の間の親しみ深い気持ちを奪ってしまう。結局、何も言えなくなる。近づき合うことができなくなる。

部屋は、玄関同様、薄暗かった。可奈子が天井の丸い蛍光灯の、白く長い紐を引いて明かりを灯した。紐はケーキか何かの箱を包んだ時の細いりぼんのようなもので、そこには黒々と、父のものとおぼしき手垢がついていた。

明かりをつけても、部屋はどことはなしに暗かった。そこに流れ、行き場を失って堆積した時間が黒々と、部屋中に付着しているような感じがした。

ぺたぺたとスリッパの音をたてて、華代がやって来た。喪服に、黄色い縞模様の、ポケット部分に赤い苺《いちご》の刺繍がしてある、なんとも子供っぽいエプロンをつけていた。

「支度、できましたからね」と華代は言った。「いつでもあちらにどうぞ」

「ママもお線香、あげたら？」と可奈子が言った。「今、衿子さんにあげていただいたところなの」

「そう？　まあ、じゃあ、そうしようかしらね」

いかにも面倒くさそうに言いながら、華代は慣れた手つきでエプロンをはずすと、軽く丸めて床に置き、仏壇の前に立った。おりんを鳴らし、線香をあげ、軽く手を合わせて、ほとんど間を置かずに、ふうっ、と大きなため息をついた。

「なんだかね、おかしな具合ですわね」と華代は私を振り返り、皮肉めいた笑みを浮かべた。「人が死んで、いなくなって、その人が使ってたものもほとんど処分してしまうと、本当にいたのかどうか、よくわからなくなるもんじゃないですかしらね。こんなふうに手を合わせてても、あんまり実感がなくって」

「ママは相変わらずだわね」と可奈子が喉の奥に呆れたような笑い声をためながら言った。「パパには冷たいんだから。ずっとそうだったから仕方ないけど。意地悪にも年季が入ってるもんね」

たとえその通りだったとしても、私の手前、そうはっきり決めつけられることに強い抵抗を覚えたのだろう。華代は険のある顔つきをし、「何言ってるの」と言って可奈子を睨みつけた。「ちゃんと優しくされてたら、私だってどれだけ尽くしたかわかんないわよ。私はね、受けた愛情にはきちんと、それ以上のお返しのできる人間なのよ。私がパパからどんな扱いを受けてたか、あんたたちなんか、本当のところはなんにもわかってないくせに」

「ああ、ごめんごめん」と可奈子はうんざりしたように言った。「そんなつもりで言ったんじゃないから、機嫌悪くしないでよ。ほら、衿子さん、びっくりしちゃうじゃないの」

「今さら、衿子さんに隠し事したって意味ないでしょ。衿子さんだって、あの人の裏の顔、ようくご存じなんでしょうから」

「あ、あの……」

私が慌てて何か言いかけようとするのを、ひどくこわばった笑みで制し、華代は目をつり上げながら、再びエプロンをつけ始めた。

気まずい空気が流れた。やはり、何か言わねばと私が口を開きかけた時だった。

華代がエプロンを後ろ手で結びながら、可奈子に向かって言った。「あんた、覚えてないの？　パパがどこ行ったのかわからなくなっちゃった時、ママがどれだけ心配したか。ママが本当に冷たい人間だったら、あんなに心配なんか、しないでしょうが」

怒りを隠した早口になっていた。いつものアルトが甲高く聞こえた。

「ああ、あれね」と可奈子が言い、小さく咳払いをし、深く息を吸ってから、私にちらりと目を向けた。「三日間くらい、父とまったく連絡がとれなくなったことがあったんです。どこを探しても居場所がわからなくて、もちろん書き置きとかもなくて。あと一日待って戻って来なかったら、警察に捜索願を出そう、っていうことにまでなって
……」

「それはいつだったんですか」

「そんなことが」と私は言った。父からそんな話は聞いたことがなかった。「それはいつだったんですか」

「二〇〇三年だったかしら。二〇〇二年？　父をさくらホームに入れる前の年だったから、やっぱり二〇〇三年かな。秋だったと思うけど。ね、そうだったよね、ママ」

それには応えず、華代は「まったく」と言った。「あの時は、どこかで行き倒れてるに違いない、って思ったもんですよ。そりゃあもう、私は心配して、あっちこっち電話かけて眠れなくなって、どうすればいいのか、わからなくなって、おろおろして……」

私はうなずいた。「二〇〇三年だったとすると、そのころの父はもう、病気が悪くなってた時ですね」

「ええ、ええ、そうですよ。どんどんひどくなってた時ですよ。すくみ足もひどくなって、ちょっと歩いて、立ち止まって、そのまま転んでぐしゃっとつぶれて、っていう状態でしたから。何を言ってるのかも、私なんか、全然、聞きとれなくなってたし。まったくね、あんな身体で、三日間も、どこで何してたんだか」

「本当ですね。戻って来た時、何の説明もなかったんですか」

「そんなもの、なかったですよ」と華代は言い、忌ま忌ましげに鼻を鳴らした。「ひょっこり、涼しい顔して帰って来ただけでね。私がどこに行ってたのか、いくら聞いても頑として答えないんですよ。そういう時だけ、病気を利用する人でしたからね。ちゃっかりしてるんですよ。どうせ、女の人と一緒だったんでしょうから、しゃべれないのはこれ幸いだったんでしょうけどね」

「ママったら、また。考えすぎよ」と可奈子が苦笑した。「あんな身体で女の人とつきあえるわけがない、って何度言ったら……」

「じゃあ、誰と一緒だったっていうの？　見てられないくらいによたよたして、電車とホームの間に落っこちるような人だったのよ。そんな人が、たった一人でホテルに泊まったり、新幹線やらバスやらに乗ったり、できるわけがないでしょうが。女の人がついていて、一緒に温泉旅行にでも行ったに決まってますよ」

「ママったら、もう」と可奈子が渋面を作りながら、私に笑いかけた。「ごめんなさいね、衿子さん。母はね、そう思いこんでるだけなんです。衿子さんだって想像つくでしょ？　元気だった時ならいざ知らず、悪いけど、あんな状態になった男の人に、若い女の子がわざわざ憧れたり、恋したり、するわけがないじゃないですか。絶対、あり得ないですよ」

「若い女の子とは限らないでしょうが」と華代が毅然と背筋を伸ばして言った。「パパはね、若い子は嫌いだったのよ。興味なかったの。私は昔から知ってましたよ。死んだ後、その証拠が、ちゃあんと出てきたじゃないの。いいわ、もう。ここで、ぐずぐず言い合ってるよりも、はっきり、衿子さんにも確認していただきますから。ちょっと待って」

何が始まるのか、わからなかった。華代は興奮気味に縁側に出て、積まれたダンボール箱の中から一つを抱えおろすと、それを縁側の床に置いた。何か、軽いものが入っているようだった。

「今日はね、この中のものを衿子さんに見てもらって、もし、必要だったら、持って帰っていただこうと思ってたの。ちょうどよかったわ」

私はうなずいた。「父の遺品、ですか」

「そういうことになりますね。アルバムと、古い写真の束。あらかた片づけたつもりだったのに、ついこの間、押し入れの奥のほうから出てきたんですの。悪いけど、私はこういうものにはもう、興味はないし、処分してしまってもよかったんですけどもね。写真に関しては、念のため衿子さんにも見ていただかなくちゃいけないと思って、今日まで残しておきましたの」

華代の、どこか険のある口調から、私はその「アルバム」や「古い写真」というのが、私の母、久子と共に写した写真を意味するのではないか、と推測した。

父は母と離婚した時、ほとんどすべての自分たちの写真を娘である私のために残していったはずである。だが、何かの手違いで手元に置いたままになったものがあったのかもしれなかった。そのため、父の死後、それを見つけた華代が、こうした形で私にそれらを突き返そうとしているのかもしれない、と。

「そんなもの、後でもいいじゃないの」と可奈子が苛立たしげに言った。しかし、華代は聞き入れる様子もなく、私を手招きした。

「すぐ済みますよ。さ、ごらんになって、衿子さん」

その口調の平板さと、感情をひた隠しにしているような目つきから、中に入っているものが何なのか、華代が私に何を見せたがっているのか、わかってしかるべきだったかもしれない。だが、私は愚かにも、箱の蓋を開けるまでそのことに気づかなかった。

中に入っていたのは、紺色の布の張られた古いアルバムが一冊と、茶色く変色したビニールの袋にまとめて入れられている何枚かの、セピア色と化した写真だった。そして、それらの下に、事務用の大きめの茶封筒が見えた。

それは私にも見慣れている封筒だった。かつて、父が勤務していた石油会社の社名が印刷されたものだ。父はよく、書類や手帳を入れたこの封筒を自宅に持ち帰っていた。母と離婚してから私たちを訪ねて来た時も、しばしばこれを小わきに抱えていたものだった。

だが、私は何も気づいていないふりをしながら、布張りのアルバムを手に取った。

「ああ、これは父の卒業アルバムですね」

アルバムには点々としみがつき、表紙の一部が剝げかけていた。父が卒業した旧制新潟中学の卒業アルバムだった。

眼鏡がないと、細かい文字や写真がよく見えない。私は手にしていたバッグから眼鏡を取り出してかけ、ビニール袋に入れられた十枚ほどの大小さまざまな写真を一枚一枚、吟味しつつ眺めた。

見知らぬ顔ばかりが写っている写真だった。どれだけ目をこらして見ても、母、久子の顔はなく、父の顔もなかった。写っているのは軍服を着た若者や、小学生とおぼしき少年、見たこともない中年の男女、白い髭を生やした老人、粗末な着物を着た老女……そんな人たちばかりだった。裏を返してみたが、アルバムから剝がされたような跡が残っているだけで、どこにも但し書きはつけられていなかった。

「父が親しくしてた友達とか、その家族かもしれませんね」と私は言った。「多分、そうだと思います。全然、知らない人ばっかりです。父の弟や妹でもなさそうですし。祖父母の顔は知ってますけど、ここに写ってる人はみんな違うし。これは処分しちゃってもいいんじゃないでしょうか」

「そう？　じゃあ、遠慮なく処分させていただきますね」と華代はエプロンの上で両手をこすりながら言った。「で、そのアルバムはどうなさる？」

「卒業アルバムだったら、父が写ってるはずですし、これだけ、私が持ち帰らせていただきます。それでいいですか」

「もちろんですよ」と華代が答えた時だった。

ふいに可奈子が、「やだ！」と小さく叫ぶように言った。「ママ、それ！　こんなところに！　なんでここにあるの？　捨てたんじゃなかったの？　何よ、やだやだ」

華代は両方の眉を上げながら、冷やかに、居丈高《いたけだか》に言った。「見てもらえばいいじゃないの、衿子さんにも。パパという人が、どんな人間だったか、衿子さんにもわかってもらえばいいじゃないの。そのほうが話が早いじゃないの」

「何考えてんの、ママったら。こんな、こんな……」

可奈子が今にも金切り声をあげそうになりながら、言葉をつまらせた。何事か、と千佳が急ぎ足で縁側にやって来た。

可奈子がダンボール箱を指さした。千佳は示されたほうに目を転じ、「嘘でしょ」と低い声で言った。

私は何も言わなかった。沈黙を守った。そっと手を伸ばし、その茶封筒を手にとった。中に何が入っているか、見なくてもわかっていた。薄くて、印刷が著しく粗悪な一冊の雑誌だった。表紙が半分、めくれ上がっていた。

華代の意図が伝わった。華代はこのおぞましいものを先妻の子である私に見せつけたかったのだ。

残された者同士、共に父を弾劾しようとするためではない。華代は、三國泰造という男が、その稀《ま》れに見る輝かしい学歴や高い教養、知性とは異なる一面を持っていたことを私に知らしめたかったのだ。父の、私に向けた変わらぬ愛など、ただ恰好をつけただけの、まがいものである、と言いたかったのだ。

そんなことを一瞬のうちに頭の中で思い描きながら、私は黙ったまま、パラパラとページを繰ってみた。そうせよ、と華代が言うのなら、いくらでもそうするつもりだった。

裸の老女が大勢、載っていた。カラー写真もあれば、モノクロのものもあった。決して若くない男、見るからに老いた男と、正常位や後背位でまぐわっている写真もあった。老女の秘部がカラーで大写しにされている。老女が目を閉じて、男のものを口にくわえている。垂れた、というより、それが何なのか、すでにわからなくなっているような乳房をもつ老女。肥満して、たるんだ肉の塊《かたまり》にしか見えない老女。恐ろしいほどに厚化粧をしている老女。悶絶しそうな表情で仰向けになっている老女……。

老女たちからのメッセージのようなものが並んでいるページもあった。どんな体位を好むか、どんなことをされるのを好むか、どんな男性が好みか、といったことが個別に掲載されていた。

私はごく短い間に、それらのものにざっと目を走らせた。そして、表情をつゆほども変えぬよう注意しながら、再び静かに雑誌を閉じた。華代に向かって微笑みかけた。

「父はよっぽど、同世代の女性が好きだったようですね」

その時、華代は不思議な表情を返してきた。否定も肯定もしない、軽蔑も嫌悪もない、それは、煙のようにつかみどころのない表情だった。何かのきっかけさえ与えられれば、堰《せき》を切ったようになって、父に向けた呪詛《じゅそ》の念、罵詈雑言を垂れ流し、その実、自分に向けられなかった父の愛を悲しんで、絶望して、小娘のように泣きじゃくりたがっている一人の女がそこに見えた。

私は華代の、父に向けた終生変わらなかった烈《はげ》しい愛憎を感じた。この人は、父が本当に好きだったのだ、父を独り占めしたかったのだ、そのことで長い長い間、この人なりに苦しんできたのだ。

「気持ち悪い。衿子さんたら、よく平気な顔していられますね」と可奈子が吐き捨てるように言った。「だいたい、ママもママよ。なんでこんなものを後生大事にとっておいたりしたのよ」

「だからさっき言ったじゃないの」と華代は言った。「百聞は一見にしかず、っていうことよ。衿子さんにもね、こういうものは見ていただいて、わかってもらったほうがいいのよ」

「意味がわからない」と千佳が頓狂《とんきょう》な声をあげた。「ねえ、もういいからさ。あっち行ってコーヒー飲みましょうよ。こんなもの、ママもいつまでもとっとかないで。ね？」

「衿子さんに見ていただいたから、早速、処分するわよ。といってもねえ、どうやって捨てればいいのかしらね。ふつうの生ゴミの袋に入れて出したら、カラスがつついて、中身が見えちゃうかもしれないし。かといって、古新聞と一緒に束ねて出すのも何だかいやだし。こんなもの、ご近所の人に見られたら、ママ、ここで生きていけなくなるわよ」

可奈子と千佳が、プッ、と吹き出した。華代はそこで初めて、笑顔を見せた。和やかな空気が拡がった。

縁側の窓には白いレースのカーテンが引かれていた。その向こうに、庭が見えた。小さな、三坪にも満たない庭だったが、石や木々をアクセントに、日本庭園ふうに設えられていた。

外はもう暮れ始めていた。ごく近くでカラスがけたたましく鳴きながら飛び去ったので、親子は顔を見合せ、一斉に笑いだした。

私は、千佳のいれてくれたコーヒーを飲み、出されたきんつばを一つ食べた。父の話はあまりしなかった。もっぱらしゃべっていたのは華代で、話題の大半が、四十九日に参列した親戚たちの噂話だった。

それからまもなく、私はタクシーを呼んでもらい、華代に礼を言って、父の家を辞した。発車した車のリアウィンドウ越しに、父の家を振り返った。いかめしい黒い屋根瓦の載った家は、暮れなずんだ四月の空を背に、止まった時間の中、ひっそりと眠っているように見えた。

その晩、マンションに戻った私は、おそるおそる父のワープロを稼働させた。忙しかったせいもあって、父が遺した「覚書」を読むのは久し振りだった。

「覚書」の文書にはそれぞれ、正確な日付がついていない。西暦や年号も明記されていない。それでも、あてずっぽうに文書を開き続けていれば、読んでみたいと願っていた文章に、いつか必ず遭遇することができるはずだった。

読みたいと願った通りのものが、わりとすぐ見つかったのは、単なる偶然か。父が導いてくれたからか。それとも私が父の隠された人生……文字通り、父が自分の柩《ひつぎ》の中にまで持っていった、そうしなければならなかった秘密を知りたい、という、強い欲望にかられていたせいなのか。


『十月五日。小雨。

華代が午後になってどこかに出かけて行った。行き先不明。台所に焼き飯を作っておいたから、腹がへったらそれを食え、と言われた。

また焼き飯だ。絶望的な笑いがこみあげる。昨夜の残り飯にハムの切れ端やら、くず野菜やらをまぜて、フライパンで炒めるだけの脂ぎったしろもの。それをぼくは週に何度も、ここ何年にもわたって食わせられている。こんな身体なのだから、もう少しあっさりした、栄養バランスのとれたものが食べたい、と言っても無駄だ。

華代はもともと料理がうまい女だったが、今のぼくに食わせるための料理など、作りたくもないのだろう。何度も、可奈子や千佳に、焼き飯は食い続けると消化に悪いから、それ以外のものを作ってほしい、と伝言を頼んだのだが、忘れずに華代の耳に入れてくれたのかどうか。あの世には、せめて焼き飯以外のものを食ってから行きたいものだ。

一人で部屋にいて、考えることといったらちえ子のことのみ。甲状腺腫瘍の疑いとは、何を意味するのか。悪性ということか。

ちえ子は相変わらず華代を気づかって、決してこの家に手紙をよこさない。ファックスならぼくの部屋に置いてあるから大丈夫、と何度も教えたのだが、後に残るかもしれないものは送りたくない、という。いかにも控えめな、用心深い、あのちえ子らしいことだが、緊急の時はまどろこしくなって困る。

ちえ子に何かあると、奈緒ちゃんが、男の偽名を使って、ぼくに事情を知らせる手紙をくれることになっている。何もない時には奈緒ちゃんからの連絡も一切なし。だから、一昨日、届けられた手紙には驚天動地。青くなった。

ぼくと違って、いつまでも元気だとばかり信じていたちえ子の身体に腫瘍が発見されたとは。にわかには信じがたく、かといって信じないわけにはいかず、こうやって、重苦しい気分でちえ子のことばかり考えている。

外は秋雨。少し肌寒い。会えなくなって何年になるのか。病がぼくから奪っていったものは数知れないが、中でも失って最もつらかったのは、ちえ子と分かち合う時間だった。今はもう、彼女が重い病にかかっているかもしれない、というのに、会いに行って看病してやることすらできなくなってしまった。なんという体たらくか。今更、とわかっていながら、この自由の効かなくなった肉体に怒りを覚えるのみ』

『十月六日。晴れ。

我慢できなくなって、さっき、ちえ子に電話。この家の、この部屋に、ぼく専用の電話を引いてくれた可奈子に感謝。

華代は居間の戸をしっかり閉じ、テレビの「水戸黄門」を観ていたので、気づかれる心配はなかった。だいたい、華代に限らず、今では家族の誰もが、ぼくが誰かに電話をかけることがある、とは想像もしていない。華代にいたっては、ぼくの部屋にファックスと電話を置くことすら、不要だ、と言ってきたほどだ。

歩けない、しゃべれない身体になった人間には、もう、外部との連絡など、不必要と考えるような女を妻にしたのはぼくだ。悔やんだところで致し方ないが、やりきれない思いばかりが残る。

ちえ子と電話で話したのは何年ぶりか。一年？　二年？　もっとか。

絶え間なく続く吃音。興奮し、緊張するとなおさらそれがひどくなる。声らしきものは出るのだが、言葉にならない。永遠にやまないかと思われるほどの、口腔の震え。口が奇妙な形に歪み、喉が塞がったようになって、息が詰まってくる。

それでもぼくは、ちえ子に話しかける。諦めずに、言葉にならない言葉を発し続ける。

ちえ子は相手がぼくであることをすぐに察してくれたばかりか、辛抱強く、ぼくの吃音につきあってくれた。ぼくを傷つけないよう注意しながら、ぼくが言いたい

大丈夫、と。

言葉を代わりに言ってくれた。

大丈夫よ、とちえ子は言った。心配してくれてありがとう、でもほんとに大丈夫、と。

甲状腺の腫瘍は良性と思われるが、切ってみなくては最終判断がつけられないとのこと。入院予定は今月二十日。翌々日、手術。

案じるぼくに、ちえ子は思っていたよりもずっと明るい声で、泰造さんの言ってること、よく通じるわよ、と言った。私にはなんでもわかるわよ、いろんな話、できるわよ、と。

ぼくは泣けてきて仕方がなかった。こんなふうに言ってくれるのは、ちえ子しかいない。重い病かもしれないというのに、ちえ子は自分のことはさておいて、明るくそう言ってくれる。ちっとも変わっていない。

気がつくと、ぼくは自分でも信じられない計画を口にしていた。そんなことを口にするつもりはなかった。考えてみたことすらなかった。なのに、その言葉が口をついて出ていた。不思議だった。

さらに不思議だったのは、ぼくの言ったことはたった一度で、ちえ子にうまく通じてくれたことだ。

ほんと？　とちえ子は驚きの声をあげた。ほんとなの？　大丈夫？　無理してほしくない。でも、嬉しい。会いたい。泰造さんに会えればどんなに嬉しいか、と言った。会えるんだったら、私のほうから、泰造さんの家の近くまで出ていく、とも言ってくれた。

だが、ぼくは断固として断った。ぼくが仙台まで行く。ぼくが仙台の、ちえ子のあの部屋まで行かなければ意味がない。どんなにあの部屋が懐かしいことか。死ぬまでにもう一度だけ、あの部屋で過ごすことをどんなに夢みてきたことか。この機会を逃したら、多分、もう二度と行けない。二度とあの部屋で二人で過ごすことはできなくなる。これが最後だ。

あと何か月かしたら、ぼくは完全に自由がきかなくなるだろう。でも、今、ぼくはまだ、無理をすれば少しは歩ける。少しは話し言葉が人に通じる。通じない時のために、ワープロで印刷した文章を持参する。ちえ子のマンションの住所も、駅からの行き方も、そこに印刷しておく。

行くから、とちえ子に言ったぼくの言葉は、ここ何年かのうちで、もっとも明瞭な発音になっていた。

嬉しい、とちえ子は繰り返した。

行くよ、ちえ子。待っていてくれ。何があっても、這ってでも、必ずきみに会いに行く。吃音まじりにそう言って、電話を切った後、はたと強い不安にかられた。

ちえ子に会うのは本当にしばらくぶりだ。ちえ子はぼくの、この変わり果てた姿を見てどう思うだろう』

6

父が勤務していたS石油は、一九四二年、中小三つの石油会社を統合して設立された。以後、私の知る限り、大過なく順調に営業成績を伸ばし、一九八五年には業界最大手の別の石油会社と合併して、現在に至っている。

父が定年退職したのは、一九八三年。社が合併される直前だった。S石油が単独で、戦後日本の高度成長を担っていた時代、父は一企業戦士としてやみくもに働き続け、そして、日本経済が飽和状態に至る直前に、定年を迎えたということになる。

一九六四年六月には、マグニチュード7・5の新潟地震が発生。新潟港近くにあるS石油の新潟製油所が、大きな被害を受け、十五日間にわたって燃え続けるという惨事が起こった。

当時、小学六年生だった私の記憶には、奇妙な光景が焼きついている。学校の屋上から、級友たちとみんなで、黒煙をあげる製油所の火災を眺めていた、という記憶である。屋上の手すりにしがみつき、街並みのはるか彼方、新潟の方向にキノコ雲のごとく立ち上る、黒い雲を呆然と眺めていた自分が今も鮮やかに思い出せるほどなのだが、考えてみれば、東京大田区の、たかだか三階建てほどの校舎の屋上から、いくらなんでも新潟のコンビナート火災が見えるはずもない。目の当たりにしたとしか思えずにいるあの光景は、寝苦しい夜に見た、ただの夢だったのか。両親の離婚後、うちに訪ねて来ていた父から見せられた、週刊誌や新聞に載っていたものだったのか。それとも、父が私に話してくれた火災の凄まじさが、頭の中に勝手に作り出した映像となって焼きついていたということなのか。

S石油に入社当初、父は人事部にいたが、後に営業部に配属された。以後、ゆっくりとではあるものの、人並みな昇進を続けていった。

とはいえ、私をふくめた三人の子供のための養育費、生活費を捻出し続けることがどれだけ大変だったか、想像するにあまりある。

私の母は、父と離婚後まもなく、かねてから親しくしていた函館の大きな百貨店の社長の口利きで、都内の系列店での仕事を得ていた。給料の点でも優遇されていたので、私たち母子はなんとか生活には困らずにいられた。だが、母のために相応の慰謝料を支払った後、私の養育費を送り続けねばならなかった父の苦労は、どれほどだったことだろう。

誰よりも美意識を重んじていた父に、金策のために走り回るような人生はまったく似合わなかった。麻雀をたまにやる程度で、ギャンブルとも無縁だった。

おそらくは差し迫った必要にかられていたのだろう、父は株に手を出した。そして、信じがたいほどの大儲けをしたのである。

その金で、父は私たち母子に、恵比寿のマンションを買い与えた。次いで、数年後、自らの終の住処を横浜のあざみ野に建てたのである。

支店長として、父が仙台支店に赴任したのは一九六八年。仙台支店長時代は長く続き、私が大学を卒業して出版社に就職した当初も、父はまだ仙台にいた。少なくとも、十年近くの間、彼は仙台で暮らしていた計算になる。

父の仙台への赴任が決まった時、可奈子は小学校に入学したばかりで、千佳にいたっては、まだ五つかそこらだった。二人とも幼く、受験勉強をしなければならないような時期でもなかったのだから、家族全員、仙台に引っ越すことも、充分、あり得ただろうと思う。まだあざみ野の家もなく、一家は社宅住まいをしていたのである。しかし、父は単身赴任を選んだ。

見知らぬ土地での生活を華代が頑《かたく》なに拒否したとも考えられるが、それはかりでもないだろう。大騒ぎして子供の学校の転校手続きをし、引っ越しをすませて、やっと落ちついたと思っても、わずか二、三年、悪くすれば一年後に、再び、無情にも転勤の辞令が出ないとも限らない。

転勤族にはよくあることだ。次にいつ、どの土地に行かされるかわからない、というのは、本人のみならず、家族にとっても頭の痛い問題である。子供たちの教育や学校問題のために、有無を言わせず単身赴任を選ぶ者は、当時から数多くいた。父だけが珍しかったわけではない。

私は一度だけ、そんな父を仙台に訪ねて行ったことがある。当時、私は出版社に就職し、文芸編集部に所属。単行本を作る部署の新人編集者として仕事をしていた。

体調をくずし、長らく入院していた仙台在住の老作家が、めでたく退院の運びになった、という一報が入ったのは、新人二年目のころだったと思う。先生にご挨拶する、いい機会だから、というので、私は上司と共に、作家の退院祝いと称し、仙台に出向くことになった。

まだ東北新幹線が開業する前のことである。ちょうどそのころ、社では件《くだん》の老作家の全集を作るための作業が始まっていた。その打ち合わせも兼ねていたため、滞在が慌ただしくなるのを避けるべく、その晩は仙台で一泊し、翌朝早く、東京に戻るということに話が決まった。

だが、私たちが仙台に到着し、これから伺います、と作家の自宅に電話をかけたところ、二時間ほど後にしてくれないか、と言われた。作家に急な私用が入ったとのことだった。

二時間程度なら、時間をつぶす方法はいくらでもあった。書店をまわるなり、街を散策するなりしていればよかったのだが、私は唐突に、父に会いに行ってみようと思い立った。どうせ仙台まで来ているのだから、ちょうどいい機会ではないか、と思った。

自分では、ごく軽く思いついたに過ぎないつもりでいた。だが、本当にそうだったのかどうか。

上野駅で東北本線の特急列車に乗った時から……いや、上司に老作家への挨拶と退院祝いを兼ねて、一緒に仙台に行こう、と言われた時から、私の頭の中では、父に会いに行くべきかどうか、ということが、密かな迷いとして執拗にぐるぐると回り続けていたのかもしれない。

父が支店長を勤めているS石油仙台支店は、東一番丁通りのはずれに建つ、五階建てのビルの中にあった。住所は知っていたし、代表の電話番号も知っていた。だいたいの場所の見当もついていた。

私は上司に「実は、親類が仙台に住んでいるので、挨拶だけしてきます」と告げた。何故、挨拶してくるのが「母と別れた父」であると正直に言えなかったのか。「親類」としか言えなかった自分に、私は自分でも気づいていなかった、父へのこだわりを感じた。

前もって知らせているわけではないので、父が社にいるかどうかはわからなかった。接待ゴルフに行っていて、終日、戻らないのかもしれないし、出張に出ている可能性もあった。

どうせ留守なのだろうから、名刺だけ置いて帰ってくればいい、と私は思った。むしろ、そうであってほしいと願った。

だが、受付で名前を告げ、応じた女性が電話で取り次ぐや否や、二分と待たされぬうちに、父がいとも軽やかな足どりで階段を駆け下りて来た。

「やあ」と言い、父は目を大きく見開き、満面の笑みで私の前に立った。「びっくりだねえ。電話くらいかけてくれればよかったのに」

「こっちも急な出張だったから」と私は言い訳した。

父は受付にいた若い、小太りの、目の大きな女子社員に、「僕の娘」と言って私を紹介した。

「まあ、支店長のお嬢さまで」と受付嬢が大きな目をさらに大きく見開きながら、慌てて立ち上がった。「同じ苗字でいらっしゃるので、あれ、って思ったんですけど。いつも支店長にはお世話になっております」

彼女が深々とお辞儀してきたので、私もそれ以上に深く礼を返した。

会議があるので、一時間くらいしか時間がないけど、少しくらい遅れてもいい、せっかく来たんだ、お茶でも飲もう、と父は言った。「近所にいい喫茶店があるよ。衿子の好きそうなケーキがたくさん並んでるから、ごちそうしよう」

颯爽《さっそう》と歩き出し、ビルから出た父の後を追いながら、「ちょっと待って」と私は呼び止めた。父が路上で立ち止まり、おっとりとした表情で私を振り返った。

「せっかくだけど、時間がなくて」と私はせかせかした口調で言った。「ちょっと顔を見に来ただけだし、私も仕事で、約束の時間に遅れるわけにはいかないから」

父は濃紺の、皺《しわ》ひとつない背広上下を着て、白いシャツに光沢のある水色のネクタイをしめていた。会うのは本当に久し振りだったが、彼は若々しく見えた。当時、五十二、三歳だったと思うが、四十一、二と聞いても驚かないほど、溌剌《はつらつ》としていた。

　私にはそれが、どことなくいやだった。気に食わなかった。

　仕事で出向いた地方都市で、母と別れ、別の女と結婚した父の会社を訪ね、父の顔を見てこようと思った自分自身が鬱陶しく感じられた。どうせ留守だろうと思いながら訪ねて行ったというのに、まるで待っていたかのように、社にいて、嬉しそうに私をお茶に誘い出した父がいやだった。

　そして、その父が、くたびれた中年のサラリーマンなどではなく、ぴんと背筋を伸ばし、何やら活き活きと清潔に、澄んだ声で話し、町も世界もすべて自分の支配下にある、といった自信たっぷりの顔つきで、通りを大股に歩いているのも、我慢ならなかった。

「仕事ってどんな？」と父が訊ねた。

「作家との打ち合わせ」と私は答えた。「全集、作ってるの」

「そうか。仙台に住んでる作家もいるんだね」

　私はうなずき、老作家の名を口にした。父は「へえ、それはすごい」と言った。「衿子はあの人の担当編集者になったのか」

「今はまだ、使い走りみたいなものよ。今日会うのも初めてなんだもの」

「衿子は人に好かれるから大丈夫だよ。それにしてもすごいね。本当にすごい」

「そんな……。別に大したこと、ないじゃない」

父は微笑んだ。「で、帰るのはいつ？」

「今夜」と私は嘘をついた。

一泊する、と言えば、父は夜、どこかで会いたいと言ってくるだろう。別れた父と、なじみのない街で食事をしたり、酒を飲んだりしたいとは思わなかった。だいたい、父と話すこと、話したいことは何もなかった。なのに、何故、自分は父を訪ねたのか。

「残念だなあ」と父は言った。本当に残念そうな口ぶりだった。「せっかく仙台まで来てくれたっていうのにねえ。こんなことでもなければ、衿子と会えないのに。でも、仕事なんだから、仕方ないね。うん、仕方ない」

ふいに、情けない表情がその顔いっぱいに拡がった。

この人は今、この通りの真ん中で、泣きだすのではないか、と私は思った。泣きださないまでも、目に涙を浮かべるのではないか。

だが、父は再び笑顔を私に向け、「わかった。じゃあ、行きなさい」と言った。「元気でいるんだよ。身体をこわさないようにね」

私はうなずき、「パパもね」と言った。

「ママは元気？」

「元気よ」と私は言い、軽く手をあげた。「じゃ、私、ここで」

「うん。気をつけて。まさか、衿子が訪ねて来てくれるとは思わなかったから、嬉しかったよ。またおいで」

私はそれには応えず、黙ったまま父に背を向けた。わけもなく泣きたくなっているのは自分のほうだ、と思ったとたん、本当に視界が曇り始めた。

ちょうど目の前の横断歩道の信号が、青の点滅を始めたところだった。私は大慌てで交差点を渡った。渡り切ったところで、そっと振り返ってみた。

通行人が行き交う東一番丁の歩道に、まだ父が立っているのが見えた。私を見送っているらしき父は、人波の中にいつまでも私の姿を探しているのだった。

曇り空の、春浅い日の午後だった。車道の片隅に、黒く汚れた根雪の塊《かたまり》が少し残っていた。

私が仙台にいる父と会ったのはその時だけである。私が担当することになった老作家は、その年の暮れ、急逝した。夫人が朝起きて作家の部屋に行ってみたら、冷たくなっていた、という話だった。故人の意思で通夜も葬儀も行なわれず、翌年の春、開かれた「偲ぶ会」の会場も東京だったから、私が仙台に行く必要はなくなった。

父が「覚書」の中に書き残していた女性、ちえ子、という人は、単身赴任中の父が仙台で知り合い、恋におちた人で、仙台に住んでいた女性だと考えて間違いなかった。

華代はどのくらいの頻度で父を訪ね、仙台まで行っていたのだろう。可奈子たちがまだ幼かったから、そう頻繁に仙台まで行くことはできなかったはずだ。

父が妻子のもとに帰ることがあったとしても、せいぜい月に一、二度で、毎週末というわけにはいかなかったに違いない。新幹線が開通していなかったあのころ、東京と仙台の往復は今ほど容易ではなかった。

　いつなのかはわからないが、父は仙台に赴任した後、何らかの形で「ちえ子」という女性と出会ったのだろう。二人はただの遊び心などというものではない、真剣な思いを交わし合うことになったのだろう。やがて父は仙台支店長から、東京の本社に戻り、定年を迎える。

　その後、パーキンソン病を発症。症状は悪化の一途をたどり、しゃべることはおろか、歩くことも、手を使うこともおぼつかなくなりながらも、二人の関係はおそらくは文通という形で、密かに続けられた。やがて会うことも叶わなくなり、時が流れ、ついに力尽きそうになった時、これが見納めとばかりに覚悟を決め、父は単身、家族に黙って仙台に向かったのだ。

　華代の勘はあたっていたことになる。父はさくらホームに入居する前の年、ぎりぎり、まだかろうじて杖を使えば歩行することが可能だった時に、残された力を使い果たすようにして、仙台に行ったのである。ちえ子と会うために。ちえ子の部屋で、二人で過ごすために。ちえ子と最後のひとときを分かち合うために。ほんのわずか、三日間だけ、姿をくらましたのである。

　だが、華代が言っていたことの中には、ひとつだけ、誤りがあった。

　見ていられないほどよたよたして、言葉も通じないような人間が、一人でホテルに泊まったり、新幹線やバスに乗ったりはできないはずだ、旅行の途中、誰か女がそばについていたに決まっている……と華代は断定的に言っていたが、それは違う。

父は多分、本当にたった一人で、仙台まで行ったのだ。誰の助けも借りず、転びかけたり、息を切らしたりしながらも、衰えて死にかけている虫のように、這いつくばるかのごとく、駅構内を進み、ほとんど動かなくなった指を使って切符を買い求め、あるいは、漸う《ようよ》困り果てて、首から下げた「パーキンソン病患者です」と書かれているカードを人に見せ、しかるべきことを手助けしてもらいながら、まさに決死の思いで仙台の、ちえ子の部屋まで行ったのだ。

ちえ子、というのはどんな女性だったのか。何をしていた人だったのか。どのようにして知り合い、どのようにして愛し合うようになったのか。ちえ子は独身だったのか。夫や家族と別れ、一人で暮らしている人だったのか。子供がいたのか、いないのか。

何もかもがわからないままだったが、私は不思議なことに、ちえ子、という女性の像を頭の中に容易に思い描くことができた。

どちらかといえば、背は高いほうだが、大柄というわけでもない。均整のとれた美しい身体つき。父と同世代、もしくは少し下の女性。和服の似合う、日本的な美人だが、スタイルがいいので、どんな洋服でも着こなせる。

話し方は優しく、穏やか。笑い声が少女のように愛らしい。ころころとした、鈴を鳴らすような笑い方。いかにも楽しげに、天衣無縫に笑い続け、居合わせた人を和ませる。

総じて控えめで、出すぎたまねは決してしないが、必要とあれば、自分の意見を口にする。時には父がしてやられるほど、はっきりとものを言う。気丈で明るい。少々のことでは驚かないし、へこたれもしない。起こったことを受け入れて、一人でいることにも平然としていられる。情が深く、めったに人の悪口を言わない。人の前では決して涙も見せない。泣く時はいつも一人……。

そんなふうに好き勝手に想像の翼を羽ばたかせてみながら、私は時に、自分の思い描く「ちえ子」の像に、ぎょっとする。

「ちえ子」がいつのまにか、私の母、久子になっている。久子そのものになり代わっている。

そんな馬鹿な、と思う。だが、いくら否定しても、ただの他人の空似だ、と自分に言い聞かせても、私の中での「ちえ子」は「久子」になってしまう。互いが限りなく近づいて、やがて同一人物になってしまう。どこからどこまでが自分の母なのか、どこからが「ちえ子」なのか、いつしか区別がつかなくなる……。

父の四十九日法要が終わり、ひと月近くたった五月半ば過ぎのこと。さくらホームから私あてに封書が送られてきた。

大きめの茶封筒に入れられたものだった。父亡き後、ホームとの事務的なやりとりはすべて終わったはずだったし、そもそも、そういったことはすべて、妻である華代か、もしくは長女の可奈子が引き受けていたのだから、私の出る幕はなかった。ホームと私とがやりとりしたのは、父の遺品を送ってもらった時だけで、以後、連絡を取り合ったこともない。

不審に思いつつ、茶封筒を開けてみると、一通の封書と、清楚な花柄模様のついた便箋に書かれたメッセージが出てきた。封書の宛て名は、さくらホームの三國泰造。差し出し人の名は、紫色のスタンプを使った住所印として押されており、そこには「小松日出子」とあった。

二つ折りにされた花柄模様の便箋には、横書きの愛らしい文字で、次のように記されていた。

先日、三國泰造様あてに、小松日出子様よりお手紙が届きました。小松様は、ご生前の三國泰造様をお部屋まで訪ねてみえられたことがあります。確か、一度だけだったと思いますが、よく覚えております。三國様の短歌のご友人であると、ご丁寧にご挨拶もいただきました。

ですが、大変、勝手ながら、女性名でのお手紙ということもあり、華代様や可奈子様、千佳様に転送すべきものではない、と判断させていただきました。これまでお傍で、ご家族のご様子を拝見して参りました者の一人として、先に衿子様にお見せし、ご判断を仰ぐべきだと思ったのです。

もしも大変な見当違いのことを申し上げているのでしたら、これほど失礼なことはない、ということも充分、承知しております。どうか、お許しくださいますよう。

なお、このお手紙は先月末にホームに届いていたようなのですが、私が個人的な事情で数日のお休みをいただいていたのと、ゴールデンウィーク後、ホームでの行事が多かったことなどが重なり、衿子様に転送するのがすっかり遅れてしまいました。ここに重ねて、深くお詫び申し上げます。


末尾には「ケアマネージャー　井村」とあった。

私は井村の気遣いに深く感謝した。父の死後、父あてに届いた手紙を事務的に、差出人の名も確かめず、何でもかんでも、ひとまとめにして華代に転送されていたら、いずれはとんでもない騒ぎになっていたに違いない。

「小松日出子」というのが、父の残した「覚書」の中にも登場してくる、短歌仲間の女性であることは、私にもすぐにわかった。

とりたてて深い関係があったわけでもなさそうで、趣味を分かち合って親しくしていただけの、文字通りの女友達だった様子である。

だが、そうした存在が明らかになっただけで、華代がどのような反応を返してくるか、おおよその見当がついた。華代は父の女性関係には何よりも敏感で、父に向けた憎悪の大半の理由がそこにある以上、今更のように、トラブルのたねになるようなものをわざわざ見せるには及ばない。同様の理由で、可奈子や千佳にも、生前の父の女性関係にまつわる余計な情報を与えまい、とする井村の判断は、見事なまでに正しかった。

私は同封されていた「小松日出子」からの封書の封を切った。白い上等な和紙の便箋数枚には、ペン字が流麗に並んでいた。人を威嚇《いかく》しない、あくまでも優しい、女性らしく柔らかな、美しい文字であった。

内容を読むまでもなく、そこには初めから「小松日出子」なる女性の、知性と品性が鮮やかに透けて見えた。

花は散り、若葉の緑がやわらかく雨に濡れています。木立は日毎に緑色を濃くしていくようです。そのうち、はなみずきの白とピンクが映えるようになることでしょう。

いかがお過ごしでしょうか。自然はこんなにも美しく装いを変えてゆくのに、三國さんがどうされているのか、何もわからないまま、時間だけが空しく流れてしまいます。

お手が完全にご不自由になられたことは存じていましたが、こうまで何のご連絡もいただけない日が続きますと、心底、不安になります。ワープロを打つことがおできにならなくなっても、三國さんなら、何か別な形で連絡をくださる、ホームの介護の方々に頼んででも、必ずそうしてくださる、と固く信じているものですから。

毎日毎日、私は郵便屋さんのバイクの音ばかり気になって、配達の音が聞こえるたびに、耳をすませています。あ、来た、と思うと、いてもたってもいられなくなって、走って玄関脇の郵便ポストを見に行きます。でも、そこに三國さんからのお葉書や封書を見つけることはできません。誰よりも待ち望んでいる方からのお便りはなく、ああ、また今日も、としょんぼりして部屋に戻ることが日課になってしまいました。

実は、三月初めだったと思いますが、意を決して、あざみ野のご自宅のほうに葉書をお出ししました。時候のご挨拶と、三國さんのご体調を案じる文章を短く綴《つづ》っただけのものです。

わざわざご自宅まで葉書をお送りしたのは、何か特別な理由がおありになって、一時期、ご自宅のほうに戻られているのかもしれない、と考えたからでした。もしもそうだとしたら、どんなに嬉しいでしょう。ご自宅に戻って、ご家族水いらずでいられる、ということは、ご病気の状態が少しよくなられた、ということですものね。

そして、もしもそうだとしたら、お手がご不自由になられた三國さんに代わって、奥様から短い返信がいただけるかもしれない、とも思いました。今から思えば、図々しいことでお恥ずかしい限りですが、私にはそれが、一縷《いちる》の望みでした。

それなのに、三國さんからも、もちろん奥様からも、相変わらず何のご連絡もいただけません。よもや、入院なさったのではないだろうか、と想像すると、どれだけお辛い思いをしていらっしゃることか、と案じられて、いよいよ不安が嵩じてまいります。以前、三國さんが何度か入院された時も、一時期、連絡が途絶えました。その時と同じかもしれない、という、いやな想像もわいてきます。

三國さんが誰よりも愛しておられる衿子さんと連絡をとり、伺ってみる、という方法もありました。ですが、大きな出版社で文芸誌の編集のお仕事をされている、という以外に、衿子さんのお勤め先に関しては詳しいことが何もわかりません。

あんなに何度もお手紙を通して、三國さんの、父親としての衿子さんに向けた思いの数々を伺っていたというのに。衿子さんについては、いろいろなことを教えていただいたというのに。どうしてまた、一番肝心なこと……衿子さんが勤めておられる会社を確認しておかなかったのだろう、と深く悔やまれます。

ホームに電話をして、ご様子をお訊ねしてみればいいじゃないか、と夫からは言われております。私も確かにその通りだと思っているのですが、でも、もう一度だけ、本当にもう一度だけ、最後の望みを託して、この手紙をお送りしようと思います。

以前は、読んでくださるだけでいい、お返事など、いただかなくても思いは通じる、と信じておりましたのに、どうしたことでしょう。もし、私の不安に何の根拠もなく、三國さんがお元気でおられたのなら、「いちいち返事をしなくてはいけないのは面倒だ」と、うんざりされるかもしれませんね。そうだったとしたら、これほど嬉しいことはありません。

ここのところ、よく、三國さんのお作品を一人で諳《そら》んじております。どれ一つとして忘れることなどできません。それぞれ一つ一つの歌に、三國さんのたどってこられた人生がそっくりそのまま、こめられているのですから。

われ征きて流離の果てにこの沓《とお》き北の港に母逝き給う

このお歌は、一九七五年に三國さんが初めて朝日歌壇に入選なさった時のものでした。同様に初めて私が、三國さんのお作品に触れることができたのも、このお歌を通してでした。

ひとたびも君のみ声を聞けぬままに言語障害すすむは哀し

ホームをお訪ねした際に作りました私のこの歌を、三國さんは涙をこぼしながら聞いてくださったものです。はらはら、はらはらと、三國さんのお顔を伝って流れた涙を昨日のことのように思い出します。
また、あのようなひとときをもてますように。どうか、どうか、お元気で。

小松日出子

三國泰造様

私はこの手紙を三度、繰り返し読んだ。胸熱くさせながら、胸焦がしながら読んだ。愛情あふれる、友情あふれる手紙だった。使われている言葉の数々はもちろんのこと、行間ににじみ出ている彼女の想いが、素直に伝わってきて、まさに人柄がしのばれる手紙だった。

こんな手紙をもらったら、父に限らず、どんな人でも心が洗われることだろう。世の中にこれほど優しい、思いやりのこもった手紙を書ける人がいったい何人いることか。そして父は、彼女から送られてくるこの種の手紙に、いったいどれほど慰められていたことだろう。

父が朝日歌壇に投稿し、初入選したという歌を声に出して詠みあげてみた。私は短歌に関しては門外漢だ。よくわからない。だが、いい歌だ、と思った。

父が趣味で短歌を作っていることは知っていたし、朝日歌壇に入選した、ということも手紙か何かを通して、教えられた記憶がある。だが、詳しいことは何も知らなかった。むろん、入選作がどんなものだったのかも。

父の母親……私の祖母にあたる人と、私は会ったことがない。父と母が結婚した少し後、まだ私が生まれる前に、胃癌で他界したと聞いている。

入選したという短歌は、その母を失った哀しみを詠んだものだった。いかにも父の作らしい、父が書いたことが素直にうなずける歌だった。

祖母にとって、長男は誇りだった。自慢の息子であった。そんな息子を可愛がるあまり、「泰造がやることは、全部正しい」と言い切ってしまうような人だった。たとえ、父が多少、行儀の悪いことをしても、開けた戸を開けっ放しでいても、叱ろうともせずに目を細めていた、という。

このエピソードを半ば呆れ、半ば面白おかしく話してくれたのは、姑と同居していたことのある私の母だ。「ママはいつも、パパが開けっ放しにしてしまう部屋の戸を次から次へと閉めて歩いたものよ」と母は言っていた。

「お坊ちゃん育ちの人」……というのが、母の、父に向けた、変わることのない形容だった。そして、そのほめ言葉は、終生、母自身を支え続けたと思う。

離婚しなければならなくなった時も、離婚後も、母は、「お坊ちゃん育ち」の父を受け入れた。決して拒まなかった。母の中のどこに、そんなやわらかさがあったのか、私には計り知れない。だが、ともかく母は、最後のところで、父を恨むことなく、いられたのだ。

結局は父もまた、そんな母に対して終生、変わらぬ情を抱き続けた。おかしな夫婦だ。それならば、大変な思いをしてまで別れる必要はなかったのに、と誰もが言うだろう。だが、人生はそう簡単には括《くく》れない。すべて、人が通りすぎてきたことは必然だったと考えるしかない。私自身が通りすぎてきた過去が、どうあがいても避けることのできない、必然のからくりの中にあったのと同じように。

土曜日の晩の八時半だった。遅過ぎず早過ぎず、ちょうどいい時間帯だろう、と考えた。

私は小松日出子からきた手紙の封筒を手にし、裏側の、紫色のスタンプで押された差出人の住所と電話番号をしばし眺めた。携帯を使ってかけようとしたが、それはやめにし、自宅の電話の子機を手にとった。

迷いはなかった。明日ではいけない。遅すぎる。どれほど嘆き悲しまれようと、一刻も早く、この小松日出子という女性に、父の死を知らせなければと思った。

住所は東京都練馬区になっていた。集合住宅ではなく、一戸建ての家に住んでいるらしい。電話はファックスと兼用になっている。

子機の番号ボタンを押すと、呼出し音が鳴り始めた。どんな人なのか、わからない。年が幾つなのか、子供が何人いるのか、何をやってきた人なのか、何も知らない。知っているのは、父の短歌仲間だということだけ。だが、父あてに送られてきた手紙を一通、読んだに過ぎないというのに、私は「小松日出子」の全容がすべてわかってしまっているような気分に包まれていた。

ほとんど緊張はなかった。気持ちは穏やかに凪《な》いでいた。何かひっかかるものがあるとしたら、父の死を、この気品に満ちた心優しい女性に知らせなければならない、ということだけだった。

「もしもし。小松でございます」

澄んだやわらかな女性の声が、丁重にそう応じた。年齢はわからない。若い女性の声のようにも聞こえる。だが、この声の持ち主が日出子に違いない、と私は確信した。それは、今しがた読んだ手紙の文面そのものの声だった。

「夜分、恐れ入ります。初めてお電話さしあげます。私、三國泰造の娘で、三國衿子と申しますが、小松日出子さんはいらっしゃいますでしょうか」

相手が、はっ、と息をのむ気配があった。

次いで、「衿子……さん？　三國さんのお嬢さんの、衿子さんですね？」と言った。「私が小松日出子です。ああ、本当に衿子さんなんですね。まあ、どうしましょう。嬉しいわ」

「はじめまして」と私は言った。「いつも父がお世話になっていたようで、ありがとうございます」

「いえ、そんな……。こちらこそ。まあ、衿子さんからお電話いただけるなんて、夢のようです。心臓がどきどきしています。本当にはじめまして。お父様からはいつもいつも、衿子さんのお話を伺っていましたから」

「そうですか。ありがとうございます」

　言葉が詰まるのを感じた。日出子のうきうきしたような、待ちかねていた恋人から電話をもらった時のような、心底、嬉しそうな声を耳にしながら、私の中に迷いが生じた。一瞬、父の死を知らせるのをやめようかと思ったほどだった。

「あのう、実は」と私は言った。言葉が途切れるのが怖くて、ひと思いに続けた。

「……父が亡くなりました」

　日出子は息を止めてしまったようにも思われた。受話器の奥に暗い沈黙が拡がった。

「そんな」と日出子が低く言った。呻くような言い方だった。短い吐息がそれに続いた。

「……いつ、ですか」

「今年の三月四日です。二月に急に状態が悪くなって、入院させまして、口からものを食べられなくなったので、胃ろうを作って……本人も元気になる、と頑張っていたんですが……最後は脳梗塞でした」

　日出子の反応を待ったが、無言だった。私は続けた。「小松さんが父宛てに送ってくださったお手紙が、さくらホームのほうから、今日、私のところに転送されてきたんです。父がワープロの中に残した文章がたくさんありまして、父の死後まもなく、私はそれを読んでいたので、小松さんのお名前を存じていました。それで、これはどうしても、早く父の死をお知らせしなくちゃいけない、と思いましてお電話を……」

すすり泣きの声が聞こえた。鼻をすすりあげる気配があった。

「ごめんなさい」と日出子は言った。「だらしがないですね。せっかく衿子さんが知らせてくださったというのに、ごめんなさい」

「……お気持ち、よくわかります」

「あのようなお身体なので、お返事がいただけないのも当然だと思っていたんです。これまでもこういうこと、ありましたから。でも、本当のことを言いますと、今回はなんだか胸騒ぎがしていました。ああ、でも、それにしても……」

「いただいたお手紙に、住所とお電話番号があったので」

「ええ、ええ。ありがとう、衿子さん。私のような者にも知らせてくださって」

「お手紙、読ませていただきました。短歌を通して父と知り合われたようですね」

「朝日歌壇に」と日出子は言い、「ちょっと失礼」と言って鼻をかみ、「申し訳ありません、取り乱してしまって」と言った。「朝日歌壇に、三國さんが投稿なさる少し前から、私も同じように歌を作って投稿していたんです。三國さんが初入選された後でしたか。朝日新聞社を通して連絡をいただいて。私はね、お恥ずかしいのですが、それまでに下手な歌がいくつか入選しておりまして、お父様がそれをお気に召してくださっていたようで。新聞社気付の、それはそれは嬉しいお手紙をいただいて、それがご縁の始まりでした。

「何年ごろのことでしょうか」

「お父様のお手紙をいただいた時ですか？　一九七〇年代です。半ばころだったかしら。ええ、そう。一九七五、六年くらいだったかと」

「日出子さんのこと、ご年齢とかご家族のこととか、何もわからないまんまなんですが、全部わかっているような気もしています」と私は言った。「父が心を許した方ですから」

「衿子さんたら」と日出子は言った。しばし沈黙が流れた。「……年齢はね、もうすっかりおばあさんで、お父様より一回りほど下なだけです。夫との間に子供が三人で、孫が四人おります。夫は昔、高校で生物の教師をしておりまして、私は国語の教師でした」

「そうでしたか」

「お父様にお会いするのに、さくらホームに行った時も、夫が一緒だったんです。夫もお父様のこと大好きでしたから」

「今度、いろいろなお話、たくさん聞かせてください。お願いします」

「もちろんです。なんでもお話ししますよ。ああ、でも、衿子さん、お辛いでしょうね。私などより、もっと衿子さんのほうが。いえ、衿子さんと永遠に別れなければならなくなった三國さんご本人は、もっとお辛かったことでしょうね」

それには応えず、「長く父を支えていただいて」と私は言った。喉が詰まりそうになった。視界がうるんだ。くちびるを嚙んだ。「……ありがとうございました。心からお礼申し上げます」

「お礼を言わなければならないのは、こちらのほうです」受話器の向こうで、日出子がまた、鼻をすすりあげた。

私は自宅住所と電話番号、携帯番号など、必要な情報をすべて日出子に教えた。私たちは「近々、お目にかかりましょう」と固く約束し合った。

電話を切ろうとして、私は慌てて言い添えた。「父のところを訪ねてくださった時の小松さんの歌、心にしみました」

「ああ、あれ」と日出子は言った。「本当の気持ちをお詠みしただけです」

「ひとたびも君のみ声を聞けぬままに言語障害すすむは哀し」と私は電話口で、日出子の歌を読み上げた。いい歌ですね、と繰り返した。

その晩、私は久し振りに、父を想って泣いた。沈黙したまま逝くしかなかった父と、父の死を知らされた時の、日出子の気持ちを想って泣いた。


空には梅の花が、土には福寿草が、春の光をいっぱいに浴びています。その光の中から嬉しいお便りが届きました。思いがけないお便りに接して、今日は一日、うきうきしております。

歌友《うたとも》……何てよい言葉でしょうか。三國さんのような方に、歌友なんて呼んでいただけて幸せいっぱいです。

わが歌に熱き思いを寄せたまいし君の消息絶えて久しも

……とかなしい思いを詠まずにはいられなかった時もありました。でも、三國さんの美しいお言葉の詰まったお便りをいただくだけで、そんな寂しい日々のことなど、吹き飛んでしまいます。

戦時下の貧しい時代も、はるか遠くに過ぎ去ったように見えて、思い出すたびに、昨日のことのように甦ってまいりますね。お便りに書いてくださった、三國さんの学徒出陣までのくだりと、そして、敗戦を知った時のくだりを、ああ、そうだったのか、と思いながら、何度も何度も、心熱くしながら読み返しました。

そう、昭和十八年といえば、それまであった文科系学生の徴兵猶予が停止されて、学徒出陣開始となった年でした。三國さんも、まだ旧制中学を卒業し、外語大に進学なさったばかりの時だったというのに、入隊しなくてはならなくなったのですね。

その年の十二月一日、幾十万という学徒たちが、それぞれの想いを胸に秘めながら出陣していきました。三國さんもその日、中国に向けて出発されたとのこと。そして、昭和二十年の、あの敗戦の日を迎えることになったのですね。

中国の天津で、陛下の玉音をお聴きになった由《よし》。私は三國さんよりも少し年下ですが、お手紙を読み、自分が天津で三國さんの隣に立ちながら、陛下の御声を耳にしたことがあったかのような錯覚を覚えました。思わず震えそうになってしまいました。

敗戦の翌年春、無事ご帰還なさって、佐世保から列車で東京に向かう途中、お眼にされたという焦土、焼け野原のひどさ、そして通過した広島のひどさについても書かれてありました。本当にその酷さは、いかばかりであったことでしょう。

三國さんは、その時のお気持ちを「虚脱した」と書いておられました。それ以外、言いようのない光景ばかりが延々と続いて、せっかくご無事で帰還を果たされた、というのに、夢もしぼみ果ててしまわれたのだろうと想像できます。

戦死、未帰還、一家離散はもとより、大勢の若者が、みずみずしい志を捨てねばならなかった時代でした。そうしなければ生きていくことができない、極貧の時代でもありました。

そんな中、懸命に前を向いて生き抜いてこられて、学ぶことを決して諦めず、どこよりも難易度の高かった旧制帝大の入学試験に見事合格された三國さんの並々ならぬご苦労とご努力は、足元にもおよばない私などが、軽々しく言葉で言い尽くせるものではありません。そして三國さんは、年経て今もなお、御心の中に熱くみずみずしい思い、お若いころと何ら変わることのない夢を宿されているのです。

そんなすばらしい方と、「心の通う」歌友になれたなんて、何と贅沢なことでしょうか。私は今、改めて、幸せをかみしめております。

でも、ご病気のことはとても心配でなりません。どうか、神様、これ以上、悪くなりませんように、三國さんをこれ以上、苦しませないでくださいますように、と今日も私は、木々に花に、空に大地に、祈りを捧げております。私にできることはそのくらいのことしかありませんが、それでも祈りはきっと神様に届くと固く信じております。

今までにいただいた、三國さんからのお便りはすべて保存してあります。いつ読み返してもいいように、ファイルの中に丁寧におさめています。

お便りの中に記されていた、三國さんの御歌の数々も、折りにふれ、読み返しておりました。今ではもう、諳《そら》んじることができます。中でも、とりわけ私が好きな御作品をいくつか、ここに抄出させていただくことにして、このたびの嬉しいお便りのお礼といたします。


入隊の迫る日友と黙して聴きしポーラ・ネグリの暗き旋律

夜を徹しマンを論ぜし朝のニュース徴兵延期停止を告げる

プーシュキンを隠し持ちたる学徒兵を見逃せし中尉の瞳を忘れず

南海に戦火ひろがり青春の不安に耐えて読みしは「魔の山」

……最後の二つの御作は、朝日歌壇に入選されました。そして、三國さんはすでにご存じだろうと思いますが、プーシュキンの御作のほうは、早大教授でいらっしゃるF先生が、世界文学全集のプーシュキンの月報に、引用してくださっています。もし、その月報がお手元になければ、後日、私のところにあるものをコピーしてお送りいたしますので、おっしゃってくださいね。F先生は、朝日歌壇に掲載された三國さんの御作にたいそう感動されたようです。私もそれを知り、どれだけ嬉しかったことでしょう。

御歌の中の「学徒兵」というのは、きっと、三國さんご自身なのですね。それにしても、なんと美しい御作でしょうか。改めて詠み上げてみるたびに、心震えます。三國さん、どうかいつまでもお元気で。いつかお会いしたい、という夢を抱きつつ、三國さんのお身体と御心の平穏を心から念じております。

小松日出子

三國泰造様

春を待って溢れ咲いた桜も、昨夜来の春の嵐に惜しまれながら散っていきました。二〇〇六年三月三十日。長い長い年月、抱き続けていた私の夢が、ようやく実現したその日、あっという間に時は過ぎて、桜花のように去ってしまいました。

どれだけこの日がくるのを待ち焦がれたことでしょうか。時が流れ、私は老い、三國さんは病を得て、私と三國さんは、結局、一度もお目にかからぬままに人生が終わってしまうのではないか、歌を通して手紙でやりとりをするだけの間柄でいなければならないのではないか、などと考え、悲観していたこともあります。

でも、その日はやってきました。神様への願いは通じたのです。

待って待って、待ち望んでいたこの日、涙、涙で言葉は交わせなくても、何という満ち足りた時間であったことでしょう。「生きていてよかった」という幸せと余韻をかみしめています。

この夢のような訪問を実現させてくれた三國さんと、私の夫に感謝しております。娘時代から、有名な方向音痴、地理音痴の私は、夫がついて来てくれなかったら、まっすぐに三國さんのいらっしゃるホームまで、辿り着くことができず、途中でさんざん道に迷ったり、逆方向の電車に乗ったりして、三國さんをお待たせしてしまったに違いないと思います。

想像していたよりも、お元気なご様子に心の底から安堵いたしました。発語もお声もなくなっても、あの湧き出ずる涙に、三國さんのなみなみならぬ豊かな感性を感じ、ああ、人間は何とすばらしいことか、と感動いたしました。

美しい肉筆で私にお手紙をくださったあの頃と、まったく変わらぬみずみずしい御心は、老いや病とは無縁です。その泉が涸《か》れることは決してない、としみじみ思ったことでした。

三國さんがご不自由な御手で取り出して、私どもに見せてくださった沢山のお写真……お嬢様がたの写真を拝見して、お嬢様たちとは、いろいろなご事情はおありになったにせよ、御三方とも深い深い、三國さんの愛の温床から、育《はぐく》まれていったのだなあ、そして、今、ご病気とたたかっておられるお父さまを支えているのも、その三人のお嬢様がたなのだなあ、と、私まで幸せな気持ちになりました。

特に溺愛しておられる衿子さんの写真を前になさると、三國さんのお顔がいっそうほころんで、目がきらきら輝いて、それはそれは幸福そうな表情になられるのが、見ていて嬉しくてたまりませんでした。衿子さんは、三國さんの自慢のお嬢様なのだと、改めて思ったことでした。

でも、私が文字表を使っての「会話」に不慣れだったため、勝手がわからず、三國さんはさぞかし、イライラなさったのでは、と恥ずかしい思いでおります。帰り道、夫からも、もう少し文字表をきちんと読み取ってさしあげなければ、三國さんに気の毒だよ、せっかく話したいことがたくさんおありだったろうに、と言われました。ついつい、気持ちばかりが急いて、お話ができるような気分になって、私ばかりがおしゃべりしてしまったような気がしています。この次に伺う時は、もっと上手に、文字表を読み取れるようにしておきますので、どうかお許しくださいね。お会いした喜びは、いつしか寂しさとかなしさに変わっていくような気がいたします。またね、という言葉に託した気持ちのすべて、また三國さんのおそばに行きたい、と願う気持ちのすべてをお伝えして、またの日を待つことにいたします。ホームの方々は、私や夫にもとてもよくしてくださいました。くれぐれもよろしくお伝えくださいませ。

かなしいことは考えず、またお会いできますようにとだけ祈りつつ……。

みこころに言葉溢れむ息のごとききみのみ声を全身で聴く

新薬の発見の夢に目覚むればきみとんとんとんと歩み来ませり

小松日出子

三國泰造様

7

私が『季刊文芸』という、季刊の文芸誌編集部に配属されてから、もう二十年以上たつ。

『季刊文芸』は、昭和四十年、東京オリンピックが開催された翌年に発刊された。以後、月刊誌化されることもなく、休刊の憂き目にあうこともなく、定期的に年に四度ずつ、刊行され続けてきた。

表紙の装画を手がける洋画家は、八十も半ばに近づいたが、未だ毎号、健筆をふるってくれている。『季刊文芸』という題字も、その画家の手によるもので、今ではシンボル的なロゴマークと化している。

活字離れが進む中、実売数は減少の一途をたどってはいるが、熱心な小説ファンはいつの世にもいる。世代を問わず、毎号購読してくれている読者は少なくない。歴史ある刊行物として扱われるようになったせいもあり、社内で廃刊の噂を耳にしたこともなかった。

『季刊文芸』編集部に配属されるまで、私はずっと書籍を編集する文芸編集部に在籍していた。当時、単行本の校了日は月に一度、必ずめぐってきた。担当している作家が増えれば増えるほど、一度に抱えなければならない仕事量が雪だるま式に増えていき、悲鳴をあげることもしばしばだった。

　そのころに比べれば、髪を振り乱さねばならないような時期は大幅に減った。季刊誌なので、校了は年に四度。仕事のリズムは月刊誌よりもはるかにゆるやかで、楽といえば楽な仕事環境ではあった。

　だがそれでも、締め切りと校了前後の時期は、連日、帰宅は深夜になった。作家の原稿が遅れることは日常茶飯だったし、予期せぬトラブルが起きることもしばしばで、そんな時は徹夜を余儀なくされた。

　やっと一冊仕上げれば、休むことなく次号、またその次の号の企画会議や打ち合わせが待っている。一段落したらしたで、担当作家との会食や出張、取材旅行への付き添い、自社主催の文学賞の候補作選出などで忙殺される。そして気がつくと、また次の号の締め切りが近づいている、といった按配だった。

　年々歳々、仕事量が増えていくような気がしないでもない。あと少しで定年を迎えるというのに、若い編集者たちには任せることのできない気難しい作家の仕事は、決まって私にまわされてくる。大物作家同士の対談や鼎談などが企画されると、別の媒体であることもおかまいなしに、私に声がかかり、作家たちのお相手をせよと命じられる。

　新人賞を受賞してデビューした新人作家の、受賞第一作の原稿に朱を入れ[illegible]悩み多き新人たちにアドバイスをしてやったりする、といったカウンセラーのような役割も、ことあるごとに私にまわってきた。作家以上に悩み、人づきあいが下手な新人編集者たちを相手に、叱ったり、励ましたり、おだてたり、時には飲みに誘ってやったりもしなくてはならない。それも仕事のうちだった。

だが、仕事に忙殺されている、という状態が、私は嫌いではなかった。それは、余計なことを考えずにいられるがゆえの、至福の時でもあった。

時間に追われ、やるべきことを必死になってこなし、大勢の人と会い、愛想笑いを繰り返し、あれやこれやの面倒ごとをてきぱきと片づけ、膨大な量のゲラと顔をつきあわせていなければならない時、感情を司《つかさど》る脳は一時的に麻痺してくれる。あらゆる私的な感情の群れも鈍麻されていく。深い泥のような疲れは、胸に渦巻く複雑怪奇な感情を押しとどめ、無駄な思考を排除してくれるのに役立った。

いくら眠っても眠り足りず、それどころか目覚めれば、次の疲労が待ち受けている。時間はたちまち過ぎ去り、朝がきて夜が始まる。しかしそんな時間の流れは、一種の愉楽でもあった。ひと仕事終えた後のビールやワインのためだけに、自分は生きている、と思えるような状態が長く続くことを私はどこかで歓迎していた。

疲れた後のアルコールだけが見せてくれる、束の間のまぼろしがある。離婚後、私は何度か、そんなまぼろしを見たいと願った。そして、そのたびに、誘い誘われるようにして男と寝た。

別段、それほど気乗りもしないのに、「愛してる」と男の耳元に囁《ささや》いた。男からも「愛してる」と囁かれた。男の大きな手で顔をはさまれたり、抱きすくめられたりすると、胸に温かなものが満ちて、いっそうその男のことが好きになっていくような気分になった。

だが、まぼろしはじきに醒《さ》める。酔いが醒めると共に、まぼろしもまた消えていく。胸はもう躍らなくなる。それなのに、一度見たまぼろしは、否応なしにあとを引く。また次のまぼろしを求めたくて仕方がなくなる。

そのたびに私は仕事に没頭した。再びまぼろしが現れるのを待つために、心身をいじめぬくようにして、仕事に溺れた。

……そんなふうにして繰り返されてきただけの自分の人生のいったいどこに、父が存在していたというのか。父はどこに、かかわっていたというのか。

父からもらった手紙、葉書、ごくたまに……ほんのごくたまにかけ合う電話。短い、ありきたりな近況報告と、気取った会話。元気？　まあね。がんばってるようだね。なんとかね。身体に気をつけるんだよ。パパもね……。

互いに決して本音を言わず、あくまでも機嫌のいいふりをして。赤の他人に向けるような、穏やかな愛想笑いを繰り返して。

父の人生と私の人生は、これまで交わったことがなかったのではないか。私の線と父の線は、一度も交錯しなかったのではないか。

その二本の線は、しかし、なだらかな放物線を描きながら、父の人生が終わりに向かう途中、思いがけずふわりと近づき合ったのだ。あれほど縁うすく離れ離れに伸びていた二本の線なのに、いつのまにか交わり、よじれ合うようになって、あげく、固い結び目ができそうなほど、しっかりと結ばれたのだ。

いい気なものだ、と自分でも思う。父がまだ元気だったころ、仕事が忙しいこと、自分と母を捨てた男は拒絶すべきだという信念を理由に、私はめったに父とかかわろうとしなかった。難病に苦しみ始めた時も、そんな父のために時間を割こうとはしなかった。かろうじて父という人間がごく身近にいることに目覚め、父のために時間を作ろうという気になったのは、父がさくらホームに入ってからでしかない。

私は長い長い間、親のことをまともには考えなかった。同じマンションの隣に暮らしていた母のことも。父のことも。

仕事を終えれば、まっすぐに家には帰らず、決まってどこかの静かなうすぐらい店に酒を飲みに行った。連れの男相手につまらない議論をし、笑い、とめどなく話し、冗談めかして男の太ももに手をあて、やがて男からも腰に手をまわされた。

時にそれは、一夜の情事にもなった。まぼろしは簡単に生まれ、生まれるまでにかかった時間の倍の速さで消えていった。それが私の人生だった。

闘病中だった父はどうだったのか、と考える。父もまた、日々、まぼろしを見ていたのか。だが、それは私の見ていたまぼろしとは、まったく次元の異なるものだったのではないのか。

父は娘の私などよりも、ずっと欲望に忠実だったような気がする。父は烈《はげ》しい情をもつ人ではあったが、反面、こわいほど理知的で頭がよかった。自分の中にあふれ出る過剰な感情を整理し、まとめあげ、歌や手紙に託して表現するという、優れた資質に恵まれていた。

しかし、だからこそ、父は時として、深い暗闇の底に潜んでいる、見る必要のない魔物までも覗きこんでしまったのではないか。そんなふうにも思える。

ふつうの人間には見えない魔物。たとえ見えてしまったとしても、咄嗟《とっさ》に目をそらせばすむはずだった魔物を、父はあえて、まじまじと覗きこんだのだ。

つまり、それが父の欲望の正体だったのだ。


六月半ば、『季刊文芸』の夏の号の校了が終わった翌日のこと。木曜日だったが、私は熱を出し、久し振りに寝込んだ。

校了の間中、風邪気味だったのが、終わったとたん熱が上がった。深夜遅く家に戻り、すぐベッドに倒れこんだものの、翌朝になっても熱は下がらず、ひどい寒けに襲われた。

その週は、これといった会議も約束もなかったので、私は社に連絡し、今週いっぱい休むと告げた。疲れからくるものだろう、と思い、市販の風邪薬を飲んで、またベッドに横になった。

風邪薬のせいなのか。ひどく疲れていたせいなのか。生ぬるい泥の中をもがくような眠りにおち、はたと気づくとすでにあたりは暗くなっていた。

計ってみると、八度一分の熱があった。何も食べずにいるのはよくない、と思い、よたよたと起き上がっておかゆを炊いた。幸い、冷蔵庫に食材はひと通り、そろっていたので、買い物に行く必要はなかった。炊きあがったおかゆに生卵をまぜ、しょうゆをたらし、しそ昆布の佃煮と共に食べた。

雨の降り続く蒸し暑い晩だったが、蜂蜜を入れたホットウィスキーを作って飲み、また横になった。寝ている間に大量の汗をかいた。次に目覚めたのは、翌金曜日の昼ころで、熱は少し下がっていたものの、完全とは言えず、身体はふらふらしていた。

近所のクリニックに行くことも考えたが、出かけること自体が億劫《おっくう》だった。私はその日いっぱい、寝たり起きたりしながら、ぼんやりテレビを眺めたり、肩のこらない本を読んだりし、疲れるとまた眠った。

土曜日になると、やっと少し状態がよくなった。私は三日ぶりにシャワーを浴び、身体と髪の毛を丹念に洗った。

食べるものはまだ充分あったので、その日もまた、一歩も外に出ずに過ごした。一階エントランスホールにあるメイルボックスに、新聞がたまっていることが気になっていたが、パジャマを脱ぎ、見苦しくない服装に着替え、エレベーターを使って階下に降りるのは、まだ億劫だった。

その週、私が最後にメイルボックスを覗いたのは、水曜日の深夜だったから、すでに三日分の新聞と郵便物がたまっている計算だった。しかし、寝込んでいる間に速達がきた様子はなかった。仕事に関する重要な郵便物のほとんどは会社あてに送られてくる。急いで郵便物を調べに行く必要はなかった。

翌日曜日は、珍しく梅雨の晴れ間が覗き、朝から気持ちのいい晴天が拡がった。熱がすっかり下がり、気分もよくなっていた私は、シャワーを浴びてから、洗濯したてのTシャツとデニムに着替え、部屋を出た。

エレベーターで一階まで降りてみると、案じていた通り、メイルボックスの差し込み口から新聞がはみ出しているのが見えた。ダイレクトメールや広告ちらしが中に収まりきれず、そのうちの何枚かが、床に落ちている始末だった。

メイルボックスの鍵を静かに開け、こぼれそうになる広告ちらしのたぐいを次から次へと引っ張りだし、新聞を小わきに抱えた。ダイレクトメールや口座引き落としの明細書など、ひとまとめにして手にし、広告ちらしだけをホールの片隅に備えられているゴミ箱に捨てて、再び部屋に戻った。

玄関先で新聞の束をシューズボックスの上に載せ、うすぐらい中、立ったまま、郵便物をざっと調べた。

私信とおぼしきものはなかったが、中に、見慣れた「さくらホーム」のロゴの入った茶封筒があった。わずかな厚みが感じられた。裏を返してみたが、差出人の名はなかった。

　その場で封を切ってみると、白い四角い封筒が出てきた。さくらホームの三國泰造に宛てられた手紙だった。

　差し出し人の住所氏名は手書きで書かれ、仙台市の林奈緒《はやしなお》、という名になっていた。封筒には、さくらホームの井村による小さなピンク色のメモ用紙がクリップで貼りつけられており、そこには、「六月十日に、ホームに送られてきた三國泰造様あての手紙です。転送させていただきます。取り急ぎ失礼いたします」とだけあった。

　奈緒、という名に確かな記憶が呼び覚まされた。父と、父の恋人であるちえ子という女性の間をとりもち、男の名前を使って父のもとにちえ子に関する情報を送り続けてきた人物の名であった。

　私は他の郵便物や新聞をそのままにして居間に戻り、ダイニング用の椅子に座った。「林奈緒」からの封書の中に入っていたのは、四つ折りにされた白い紙だった。パソコンのワープロ機能を使って印刷された、横書きの手紙を私は指先を緊張させながら、そっと開いた。


　おじさま、お元気でいらっしゃいますか。お身体のご様子はいかがですか。リハビリの成果はありましたか。長い間、ごぶさたしてしまって、本当にごめんなさい。

さっき思い出してみましたら、私はおじさまが施設に入居されてから、一度くらいしかご連絡さしあげなかったような気がしています。施設に送る手紙は本名のままでいい、とおっしゃっていただき、いつでも好きな時にお便りすることができるようになったというのに。さぞかし、おじさまはお怒りになっておられたことでしょうね。

何から書けばいいのか、わかりません。この手紙を書くのも、ずいぶん迷いました。何もお知らせしなくても、いいのではないか、とも考えました。このままにしておいたほうが、おじさまのためになるのでは、と思いまして。

でも、以前、おじさまから、ちえ子おばさんのことは、どんな小さなことでもいいから、何か変わったことがあったら、必ず知らせるように、ときつく言われたことを思い出しました。私が何もお知らせしないでいたら、おじさまとの約束を破ることになります。それに、もしおじさまが後で知ったら、かえってつらい思いをなさるだろう、と考えると、やっぱり何も言わないでおくことはできなくなりました。

おじさま。悲しい悲しいお知らせです。五月十五日に、ちえ子おばさんが亡くなりました。

詳しい経過についてはこれから書きますが、その前に、私はどうしても、おじさまに謝らなければなりません。どんな小さなことでも変化があったら連絡する、と約束していたのに、本当のことを言うと……本当にごめんなさい……ずっと前から、私はその約束を破っていたのです。

　おじさまがちえ子おばさんに会いに、仙台にいらしてくださった翌年の暮れ、おばさんのガンが肺に転移していることがわかりました。体力もなくなってきていたし、一人住まいでは不安だろうというので、新潟の加代子《かよこ》おばさんが熱心に勧め、おばさんは仙台のマンションを引き払って、加代子おばさんのところに身を寄せながら、入院手術をする、ということに決めたのです。

　引っ越しは、私はもちろんですが、みんなにも声をかけて、手伝わせました。加代子おばさんとちえ子おばさんは、昔から仲がよかったから、何の問題もないどころか、さびしい独り暮らしだった加代子おばさんは大喜びでした。いい病院といいお医者さまにも恵まれて、手術はとてもうまくいったのです。

　でも、ちえ子おばさんは、絶対にそのこと（仙台を引き払って新潟に引っ越したことは、おじさまにお知らせしましたが、転移ガンの手術を受けたことはお知らせしませんでした）はおじさまに知らせてはいけない、と私に言ってきました。

　どうしてなの、と聞いたところ、施設に入るしかなくなったおじさまに、金輪際、余計な心配はかけたくない、とのことでした。おじさまを心配させたら、おじさまのお身体にさわるのだから、絶対にだめよ、と言われました。

　ちえ子おばさんの気持ちはよくわかったので、私はあえて、その通りにしました。その代わり、元気になったら、私が付き添うから、一緒におじさまの施設に会いに行こうね、ということもよく話していたんです。ちえ子おばさんは、その話になると、本当に嬉しそうでした。どんな服を着ていこうかしら、痩せてしまったから、着物のほうがいいかしら、とうきうきしながら言っていたこともあります。

でも、二〇〇六年の四月でしたが、ちえ子おばさんは加代子おばさんの家で脳梗塞の発作をおこし、倒れました。生命はとりとめたのですが、経過はほんとによくなくて、半身不随になり、ことばもうまくしゃべれなくなってしまったんです。

お医者様は、リハビリをがんばれば、ある程度、身体の機能を回復させることはできる、と言ってくださったのですが、おばさんはリハビリに全然、前向きではありませんでした。そして、そのうちどんどん衰弱していって、ついに寝たきりになってしまったのです。

最後のほうは、加代子おばさんが探してきてくれた老人病棟のある病院に転院して、ずっとそこにいました。二か月に一度くらい、加代子おばさんが自宅に連れて帰って、そのたびに私も時間の許す限り、仙台から駆けつけたりしていましたが、おばさんの衰弱が激しく、次第に動かすこともできなくなっていきました。

今年の三月の半ばころに、一度、危篤になりました。懸命の治療で、なんとか危機を脱しはしたのですが、意識はずっと戻らなかったみたいです。

五月十五日、午後二時半、ちえ子おばさんは息を引き取りました。死因は心不全とされました。でも、加代子おばさんに言わせると、それは違う、自分で選んで衰弱死したのよ、ということでした。

本当に、ちえ子おばさんの最後は衰弱死のようなものでした。痩せて顔も変わってしまって、何の反応もなくなって、あんなにきれいだったおばさんは、もうどこにもいませんでした。

おじさま。本当に本当に、こんな悲しいお知らせしかできず、ごめんなさい。あんまり申し訳なくて、書いていても涙が出てきます。

私が初めて、ちえ子おばさんの店で、ちえ子おばさんがおじさまと一緒にいるところを見たのは、三十年以上も前のことになります。今でもはっきり、あの時のことを思い出すことができます。

ちえ子おばさんは、私が知っているどんな女の人よりも美しくて、おじさまは誰よりもハンサムでした。本当の恋をすると、みんなこんなにきれいになるんだなあ、と感激したことを覚えています。おふたりが並んでいる様子は、まるで美しい映画の中のワンシーンのようでした。

それ以来ずっと、私の中では、おじさまとちえ子おばさんは憧れのカップルでした。世間に何と言われようと、おじさまとちえ子おばさんは、私にとって最高の組み合わせだったのです。

おじさまが仙台まで来てくださって、私が特別に呼ばれて、ちえ子おばさんのマンションまでお邪魔した時（お邪魔虫でしたね）、ちえ子おばさんは甲斐甲斐しくおじさまのために魚をおろしていました。これから、泰造さんの大好きなおさしみを作るのよ、って張り切っていましたっけ。

それまで見たことがないくらい、おばさんは元気で、活き活きしていました。昔に戻ったみたいでした。そんなおばさんの後ろ姿をおじさまがにこにこしながら、でも、ちょっと心配そうに見つめていた、あの優しい光景を忘れることができません。

ちえ子おばさんのお骨は、新潟の鶴見《つるみ》家のお墓に埋葬しました。お通夜もお葬式もせず、家族葬にして、静かに弔いました。

遺品整理といっても、仙台を引き払う時にほとんどのものは処分してしまったようで、ちえ子おばさんの持ち物は少なく、おじさまにお送りできるような遺品が何もなかったことが、ちょっと残念です。でも、ちえ子おばさんは、おじさまに向けた、生涯変わらぬ愛を残しました。それだけは確かです。

私がおじさまたちのために連絡係を務めて、少しでもお役にたてたのなら、本望です。どうかおじさま、お気を強くもって、おばさんの分も長生きしてくださいね。ちえ子おばさんはいつまでも、おじさまのもとにいるはずです。天国からおじさまをお守りするはずです。

書きたいことはたくさんありますが、今日のところはこのへんで失礼いたします。梅雨明けまでは、まだ時間がかかります。時節柄、お身体をご自愛くださいませ。

三國泰造様

林奈緒

読み終えて、私はしばし放心した。

窓の向こうに、梅雨の季節とは思えないほど、青々と晴れわたった空が見えた。ベランダに置きっ放しの、あまり元気のよくない鉢植えのポトスの葉が、前夜までの雨の名残か、濡れたように活き活きと輝いていた。

気を取り直して、封筒の差し出し人の住所を確認した。仙台市泉区、とあった。

林奈緒、という女性が、亡くなった鶴見ちえ子とどんな関係にあるのか、はっきりしたことはわからなかった。「ちえ子おばさん」と呼んでいるのだから、おばと姪《めい》の関係と考えてもよさそうだった。

転移したガンの入院手術のために仙台を引き払い、新潟の「加代子おばさん」のもとに身を寄せたという。その「加代子」という人は、ちえ子の実の姉か妹にあたるのか。奈緒が「加代子おばさん」と書いているのだから、そうなのかもしれなかった。

つまり「林奈緒」にはおばが二人以上いて、うち一人がちえ子だったということになる。ちえ子の遺骨を埋葬したのが、新潟の鶴見家の墓だというのだから、ちえ子は新潟の出身と考えてよさそうだった。

どのような経緯があったのかはわからないが、ちえ子は仙台に暮らすようになり、仙台で何かの店を始めたのだろう。父は仙台に単身赴任中、その店に出入りし、彼女と恋におちたのだ。映画の中のワンシーンのように美男美女だった、と林奈緒が書いているのだから、父とちえ子は似合いのカップルだったのだろう。

だが、長々と綴《つづ》られた奈緒からの手紙の中に、私が推測できることがあるとしたら、せいぜい、そのくらいだった。

林奈緒の年齢もわからなかった。既婚なのか、独身なのか。何の職業についているのか。子供はいるのか。奈緒は何故、父とちえ子の連絡係を引き受けるようになったのか。世間で言う不倫の関係にある二人を我がことのように熱心に支え、応援してきた理由はどこにあったのか。

ちえ子は店を営んでいた、というが、何の店なのかは書かれていなかった。飲食店だったのか。洋品店だったのか。食料品店？　雑貨店？　いや、洋品店や雑貨店に父が足繁く通うとは思えないから、やはり飲食店だったに違いない。

仙台の裏通りにある、ごく小さな、目立たない、しかし清潔な雰囲気に満ちた小料理屋を連想した。その店に父が何かのきっかけで通うようになり、女将である、独り身のちえ子を見そめた。そういう物語なら、容易に想像することができた。

あるいはその店は、小料理屋ではなく、スナックかバー、もしくはクラブのたぐいだったのかもしれない。だが、ちえ子という女性には、断然、小料理屋のほうが似合うような気がした。

いずれにしろ、私が当てずっぽうに推測できるのは、その程度だった。奈緒からの手紙には、長いわりには具体的なことは何ひとつ書かれておらず、私が奈緒の手紙の中から拾い上げることのできる情報は少なかった。

とはいえ、父がこの、鶴見ちえ子という名の女性と愛し合い、長い間、恋仲にあったことだけは確かだった。

父は華代に隠れて、仙台でのちえ子との関係を続けた。父が東京本社に戻ってからは、会う頻度こそ激減しただろうと思われるが、環境が変わっても、二人の気持ちはおそらく、何ひとつ変わらなかったのだ。

ちえ子のほうが自由がきいたはずだから、仙台から父に会うために、何度も上京していたのかもしれない。父は父で仙台出張のたびに、ちえ子のところに立ち寄り、そうやって、密かな関係は、細く長く続けられていたのだろう。

だが、そのうち父の病が発症した。会いに行くことはおろか、連絡をとることすら難しくなった。ちえ子が上京してきたとしても、電車を乗り継いで約束の場所まで行くこともできなくなってしまった。

やがて、ちえ子も発病する。不自由な身体をおして、父が仙台のちえ子の部屋を訪ねたのを最後に、父はすべてを振り切るように、さくらホームに入居した。

それでも少しの間は、奈緒を連絡係にして、奈緒経由で手紙のやりとりができていたのかもしれないが、やがて父の病状は悪化。ワープロのキイボードも打てなくなる。指が動かず、しゃべることもできないため、一切の通信手段は絶たれた。

ちえ子はちえ子で、度重なる重い病に急速に衰えた。そして、衰えたまま、すべてを諦めたかのようになって亡くなった。

……とどのつまり、奈緒の手紙から、おぼろげながら私が知ることができたのは、そういった流れに過ぎなかった。

ふいに私は、この林奈緒、という女性とむしょうに話したくてたまらなくなった。父の死をこの女性に知らせたい、と思った。

手紙は、六月十日にさくらホームに届いたという。私が発熱しなければ、もっと早く読むことができたのに、と思うと、焦れるような感覚にとらわれた。

奈緒に父の死を知らせるべきである、という義務感はなかった。それよりも、林奈緒、という、父とちえ子の連絡係を務めた女性に、一刻も早く父の死を知らせ、彼女がどんな反応をするのか、知りたくなった。そのうえで、父とちえ子のことをつぶさに聞き出してみたくなった。

ちえ子の姪だとすれば、ざっと計算しても、奈緒の年齢は私と近いはずである。どんな生活を送っているのかは不明だが、携帯電話を持っていない人とは思えない。

せめて携帯の番号がわかれば、と思った。父の遺品の中からアドレス帳を探し出してくれれば、中に奈緒の携帯番号が書き留められているかどうか、調べることができる。

だが、私はすぐに、その考えを改めた。父の死を林奈緒に知らせるのに、いきなり携帯に電話をかけるのはあまりに非常識のような気がした。

あろうことか、三國泰造の実の娘を名乗る女から、携帯に電話がかかってきて、三國泰造の死を告げられたら、奈緒は慌てふためくだろう。ちえ子が亡くなる二か月半近く前に、三國はすでに死亡していたのだ、と教えられたら、どれほど言葉を失うだろう。

父とちえ子の関係は、世間的には「許されない」ものだった。にもかかわらず、間をとりもち、応援する立場をとっていた奈緒は、わざわざ電話をかけてきた娘の私を烈しく警戒するに違いなかった。

逆の立場だったとしても、やはり私は相手を警戒するだろう。何の魂胆があるのか、と疑い、身構えるだろう。

電話などかけてはいけない、と私は自分を戒めた。父の死を告げるにしても、あっさりとした葉書を書くにとどめておくべきだった。多くの知人に形式的に送る、年末の喪中葉書さながらに。

そう考えると、いくらか気持ちにまとまりがついた。私は林奈緒からの手紙をたたみ直し、封筒に戻して、父の遺影に手向《たむ》けた。

おりんは鳴らさなかった。線香も焚《た》かなかった。

そっとしておいてやりたかった。死者に向かってそんなふうに思うなど、妙な話だが、本当にそう思った。まるで生きている者に向かってそうするように、私はそしらぬふりをして、父の遺影から眼をそらした。

車椅子の中で背中を丸め、ともすれば右側に大きく傾いてしまう上半身をなんとか、汚れたクッションで支えながら、声もなく嗚咽《おえつ》している父の姿が眼に浮かんだ。想像の中の父の、痩せて角張った小さな膝の上には、林奈緒からの手紙が載っている。もうこれで、すべておしまいだ、終わってしまった、とでも言いたげに、父は顔を大きく歪め、口を曲げながら、聞き分けのない子供のような顔をして、さめざめと泣いている。

私は父に何も話しかけない。慰めたり励ましてやったりもしない。馬鹿ね、とも言わない。いい思いをしたんだから、いいじゃないの、とも言わない。何を言っても無駄なのだ。

父がもし生きて、この手紙を読んだとしたら。その時、私がそばにいたのだとしたら。私はただ、泣きくずれている父のそばに突っ立っているだけだったろう。せいぜい、涙で濡れそぼった頬や、滴《したた》って糸を引いている鼻水を、ティッシュで拭ってやることくらいしか、できなかっただろう。

人生の終わりが目前に迫っている、老いた男。そんな男が、どういういきさつであれ、かつて真剣に愛したことのある女の死を知り、人目もはばからず泣きくずれたとして、不思議はない。

しかし、その喪失の嘆きに寄り添うのは、きわめて難しいことだろうと思う。人は誰でもたった一人で死んでいくが、喪失の哀しみもまた、同じなのだ。銘々が、孤独のうちに受け入れていくほかはない。

……そんなことを考えながら、私は父の遺影の前から離れ、のろのろとキッチンに向かった。何か食べるものを作ろう、と思った。

さしたる食欲があるわけでもなかったが、このままじっとして、あれこれ思いをめぐらせていたら、せっかく下がった熱が再び上がってきそうな気配があった。しばらくまともなものを口にしていなかったので、全身から力が抜けていくような感覚があった。

いつものように、湯をわかしてマグカップ一杯分のコーヒーをいれ、ボウルにミルクと卵を割り入れて粉と共にかき回し、簡単にできるパンケーキを焼いた。トマトときゅうり、レタス、ブロッコリーの芽を使ってサラダを作り、細く切ったハムとチーズを上にのせた。レモンとオリーブオイル、塩胡椒を手早く混ぜ合わせ、ドレッシングにしてサラダにかけた。

できあがったものをダイニングテーブルに運び、腰をおろしてテレビをつけた。観たいと思える番組は何もなかった。窓の外には、よく晴れた六月の午後の空が拡がっていた。

リモコンを使ってテレビを消音にし、ナイフとフォークを使ってパンケーキを切り分けた。溶けたバターがメイプルシロップといい具合に混ざり合い、いい香りが立ちのぼってきた。しばらくぶりに食欲をそそられた。

音のしないテレビ画面に流れているのは、サスペンスドラマの再放送だった。山中から死体が発見されたシーンが、大写しにされた。

小太りの中年女が、苦悶の表情で眼をむき、くちびるの脇から血を流しながら藪の中に転がっている。まわりを取り囲む捜査員の中から、刑事らしき男が一歩前に進み出てきて、死体を見おろした。

死体役の女優の顔と首が、画面いっぱいに拡がった。設定年齢よりもはるかに若く見える、白いなめらかな首すじのあたりで、女優の頸動脈がどくどくと健康的に、大きく鼓動しているのが、一瞬、はっきりと映し出された。

そのとたん、画面が切り替わって、CMが始まった。掛け捨て医療保険のCMだった。

食事を続けながら、私は父の罪悪感について考えてみた。

ちえ子と深いかかわりを続ける中、父は華代に対する罪の意識をどのように処理していったのか。それとも、華代に対する罪の意識など、初めから何もなかったのか。

そもそも、何故、父はちえ子にそこまで溺れたのか。父とちえ子が並んでいると、その美男美女ぶりが、美しい映画の中のワンシーンのようだった、と林奈緒は書いていた。

初めて仙台に行き、父の会社を訪ねた時のことが甦った。私の前に現れた父は、五十を過ぎた男とは思えないほど、溌剌としていた。

　あのころ父はすでに、仙台でちえ子と出会い、恋におちていたはずである。父が醸し出していた艶《つや》やかな男の色気は、ちえ子がもたらしたものだったのは間違いない。当時の自分が、たとえ何も知らなかったにせよ、そんな父に不快感を覚えたのも、自然なことだったろう。

　私はまだ若く、自分で作り上げた理屈だけを武器にして生きていた。その理屈の中では、父はあくまでも、「自分や母を見捨てた男」だった。父に華代以外の女性がいる、と知ったら、心底、おぞましいと思ったかもしれない。

　まして、華代の立場になれば、断じて許しがたいことだったと思う。華代でなくても、私の母、久子が知ったとしたら、やはり、平静ではいられなかっただろう。

　父は遊び人ではなかった。情を交わした女の数で、男の価値を決めたがる低俗な人間でもなかった。

　だが父は、遊び人の男が妻を泣かせる以上に、生涯にわたって二人の女を苦しませたことになる。そして、その二番目の妻から、最終的には酷《ひど》い仕打ちを受けることになったのだ。

「父がしゃべれなくなったのは、これまでのバチがあたったからだ、って母が言ってました」……可奈子から、そんな話を聞いた覚えがある。

　その時、私はまだ、ちえ子の存在は知らずにいた。たぶん、可奈子や千佳も知らなかっただろうし、彼女たちは今も知らない。

早くから気づいていたのは華代だけである。どこまで具体的に知っていたのかは不明だが、仙台に単身赴任してから、父に女の影がちらつき始めたことを華代はすぐに察知した。華代はそんな父を憎み、憎みながらも、いとも不可解な執着心をみせつつ連れ添い、あげく、父が難病を患っているとわかって、冷やかに突き放したのである。

音のないテレビ画面に、再び、サスペンスドラマが映し出された。刑事役の俳優たちが、口をぱくぱくさせて、何かしゃべっている。動きだけが見えて、声は聞こえてこない。

車椅子の中の父の、乾いた、色のうすいくちびるからもれてきた、深いため息を思い出す。それは病の床にある人の、苦しげな吐息のように切れ切れだった。

パパったら、ため息までどもっちゃってる、と可奈子がからかい、千佳がそれを聞いて爆笑し、何がそんなに可笑しいのか、姉妹の笑いが止まらなくなったのを見たこともある。姉妹を前にした父は、情けない顔をして黙りこくっていた。

私をふくめ、どんなにか娘たちと、まともな会話を交わしたかったことだろう。施設の職員たちにも、どれだけ言いたいこと、頼みたいこと、不満を感じることをぶちまけたいと願っていたことだろう。

「便秘気味だけど、便秘薬は癖になるので飲みたくない。代わりに、毎食後、りんごを食べさせてほしい」と職員に伝えるのに、長い時間をかけて「べんぴ」「くすり、いや」「りんご」という文字を文字表の上で拾って指さそうとする。なのに、うまく指が、一つの文字の上で停止してくれない。

やることを山ほど抱え、いつも時間に追われている若い女性のヘルパーが、途中、万事理解したと言わんばかりの笑顔を作って父を遮り、「わかりました。便秘薬を処方するよう、ナースに伝えておきますね」と言う。

父は眉をひそめ、深いため息をつく。いやいやをするように首を横に振り続ける。しかし、ヘルパーはそれを見て「もう大丈夫ですよ」と言い、にっこりと微笑みかけてくる。

そして、その日の夕食後には早速、うやうやしく小皿に入れられた便秘薬が差し出されてくる。生唾が出るほど食べたいと願っていた好物のりんごを口に入れることは、夢のまた夢になる。

ナースがやって来て、「ほうら、三國さん、便秘のお薬ですよ。飲みましょうね」と猫なで声を出す。父は顔をそむけ、再び切れ切れのため息をつく。

「どうしました、三國さん。これをお飲みになれば、明日はきっと、快調ですよ。保証します」

それでも父は拒み続ける。ナースは困惑し、「おいやなんですか」と聞いてくる。「お薬がほしい、とおっしゃったと聞いてますけど。違うのかしら」

父は口を固く閉じたまま、車椅子の中で身を縮めている。いつになったら、りんごが食べられるのか、わからないと思うと、気ばかり焦る。死ぬまでりんごを食べさせてもらえないのではないか、と思う。

父は顔を上げ、ナースを見つめる。口を半開きにし、息を吸い、手始めに「り」という音を出そうと試みる。

だが、口を開いたとたん、たちまち、くちびるや舌や口腔、喉が落ち着きを失い始める。今にも震え出そうと待ち構えているのが、よくわかる。

それでも父は力をこめて、「り・ん・ご」と言ってみようとする。簡単だ。三つの音さえ出せればいいのだ。

「り」という発声。口を少し横に拡げ、舌先を少し上顎につけて、ぽんと一回、弾ませる。オッケー。できた。

だが、父の口の中で、「り」という音は、ひとたび発せられたとたん、止まらなくなってしまう。

りりりりりりりり……。

マスクをかけたナースが、きれいにマスカラが塗られた大きな目を瞬いて、父の顔のほうに身体を傾けてくる。次の言葉が出てくるのを辛抱強く待とうとしているのがよくわかる。

ナースの身体からは、かすかに石鹼の匂いが漂ってくる。その胸元は豊かに、健康的に張っている。

父は焦る。なのに、何度やってみても、「り」の音だけが続いてしまう。次の「ん」

という音と、どうしてもつなげることができない。りりりりりり……。鈴虫でもあるまいし、と父は思う。苦い笑いがこみあげる。

ナースが父の口元に耳を近づけ、「さあ、諦めないで、三國さん。続けてみてください」と言う。「り、の次は何でしょう」

「りりりりりり……」

またしてもだ。父はうんざりして、口を閉ざす。

「あ、ごめんなさい。うっかりしてました。文字表を使えばいいんですよね。あら、どこにいったのかしら。いつも、この車椅子の背のところにはさまれてあるはずなんですが。ないですね。お部屋に忘れてきちゃったんですね。取ってきましょうか」

もういいよ、いいんだよ、無駄だよ、と父は思う。力なく目をそらし、黙りこむ。

取ってきましょうか、と言ったくせに、ナースはその場から動こうとしない。男性職員の一人がナースに近づいて来て、何か話しかける。ナースは職員と何かひそひそしゃべっている。

父は憮然として黙しながら、「り」の音で始まる単語を思いつくまま、並べてみる。リス、りんどう、料理、領収証、りぼん、両足、リモコン……。山のようにある。ありすぎる。

「三國さん、結局、諦めちゃいましたねえ」職員との話を終えたナースが、からかうように言う。「でも、わかりました。そんなにお飲みになりたくないのなら、便秘のお薬はまたにしましょう。もう少し、様子を見させていただくことにして」

にこやかに微笑し、彼女は、父の痩せて尖《とが》った肩に軽く手を触れる。「り、の次に何がくるのか、また伺わせてくださいね」

ナースは去っていく。その、ピンク色のナース服に包まれた後ろ姿をぼんやりと見送りながら、父はふと、「リ、ボ、ル、バ、ー」という単語を思いつく。

最後の自由、最後の権利を保証してくれる道具。りんごよりも何よりも、今ここにあったらどれほど気が休まるか、と思えるであろう、唯一無二の道具……。

「バチがあたって」、父はそんなふうになった、と華代は言った。そして、そんな父を憎々しげににらみつけ、鼻先で笑って小馬鹿にした。父の言いたいこと、頼みたがっていることを理解してやろうとする努力を放棄した。そればかりか、父が何か言おうとすると、眉間に皺をよせ、「何言ってるか、わかんないのよ!」と怒鳴った。

思うように身体が動かせないばかりか、話もできなくなった父は、それに耐えた。耐えるしか、生きていく術がなかった。

哀れな晩年だったと誰もが言うだろう。自業自得、と言う人もいるかもしれない。だが、そうだろうか。

私は必ずしもそうは思わない。父自身も、自分のことをとりたてて哀れだとは思っていなかったのではないか。

晩年、華代の心ない仕打ちを受けるようになってからも、父が日々、思っていたのは、華代への怒りではなく、華代という女を相手に戦い疲れた自分自身についてだったろう。よく言えば、父にはその種の客観性、言葉を替えれば、独りで生きていくための強さがあった。華代は、何よりもそんな父が憎くて仕方がなかったのかもしれない。弱りきった父が、全身全霊を自分に預けて、助けを乞うてくるのを今か今かと待っていたのかもしれない。

だが、父は華代に助けを求めなかった。華代は父に復讐し、父は、華代のそんな復讐を甘んじて受けながら、老いさらばえた蓑虫《みのむし》のようになった。そして、自分自身の内側に引きこもり、沈黙し、一切の天命を受け入れたのだ。

二〇〇六年四月。父は「さくらホーム」で軽い脳梗塞の発作を起こした。その場に居合わせたのは私だった。

林奈緒からの手紙には、ちえ子もまた、二〇〇六年四月に、「加代子おばさん」の家で脳梗塞になった、とある。偶然とはいえ、おそろしいほどの共時性である。

その日、私が訪ねて行ったのは、夕方四時前だったか。父の部屋で文字表を使いながら、短い会話を交わしたり、私が手がけている仕事の話を聞かせてやったりしているうちに、まもなく夕食の時間になった。

施設では、健康状態に問題のない入居者はすべて、一階の大食堂で食事をとることになっている。私は父の車椅子を押してやり、一緒に大食堂まで行った。

その日は会った時から、どことなく父の顔色が悪いことに気づいていた。表情も、いつも以上に虚ろだった。風邪でも引きかけているのではないか、と案じ、部屋に入って来たケアマネージャーの井村に訊ねてみたのだが、その兆候はない、という。

部屋では私が持って行ったプリンをいつものように食べていたから、食欲がないわけではなさそうだった。顔色が悪く見えたのは気のせいだろうと思い直し、私は食堂の、父の定席に車椅子を停めてやった。

入居者の平均八割が女性で、男性は少ない。入居してきても、ほとんどが女性より早く天寿を全うしてしまうため、長く居続けることがない。

ただでさえ少ない男性入居者だったが、中でも父が気に入り、心を許していたのは牧田だけだった。父に、無修正のポルノビデオを貸していた男である。大食堂では、牧田と並んで、一つテーブルで食事をとるのが習慣になっていた。

その時も、牧田は先に席についており、私の顔を見るなり、嬉しそうに「やあやあ、ごぶさた」と言った。「今日は一人？」

「はい。三人で来たかったんですが、予定が合わなくって」

「いいよねえ、娘さんが三人もいるなんて。しかも美人ぞろいときてる。三國さん、幸せだね。ね、三國さん」

呼びかけられた父は、車椅子の中で無表情のまま、頰の一部をぴくりと動かしただけだった。

「しかし、まったく、今日もまずいメシだよ。うんざりだよ」

「そんなにまずいですか？」

「まずいよ、まずい。それでも、食わないと死んじゃうから、毎日、我慢して食ってんだよ。一本でいいから、熱燗《あつかん》のお銚子でもつけてほしい、って何度も言ってんだよ。そうしてくれたら、メシに文句言わないようにするから、ってさ。それなのに、つけてくれたためしがない」

　私が笑うと、牧田は不自由ではない右手の親指と人指し指を使って、猪口《ちょこ》の形を作り、口もとに運んでみせた。「これだよ、これ。これがないと、やってらんないよ、実際。わかる？」

「はい、ようく、わかります」

「月に一度、外に飲みに行ってるんだけど、月に一度っきりじゃねえ」

「でも、牧田さん、楽しそうですね。このへんにも飲みに行けるところ、あるんですね」

「あるある。でも、言っとくけど、ろくな店じゃないよ。ろくな女もいなくてさ。年増ばっかり。そりゃあそうだよな。銀座や六本木じゃないんだからね。贅沢は言えないよ」

「行くときはおひとりで？」

「そうだよ。タクシー使って、びゅーっ、とね。でも、ほんとはさあ、お父さんと一緒に飲みに行きたいんだよ。いつか二人で行こう、って誘ってるんだ。ねえ、三國さん。そうだよね。三國さんも、そういうとこ、嫌いじゃないから、楽しみにしてるんだよね」

牧田が笑顔で話しかけるのだが、前傾姿勢の父は、固まった石のようになって、黙っているだけだった。

このような状態になった人間でも、入ることのできる店が果たしてあるのだろうか、と思ったが、私は「パパ、よかったね」と言った。「牧田さんに連れてっていただいたらいいじゃない。車椅子で行って、堂々と楽しんでくればいいわ」

「そうだよ。大いばりでいいんだよ」

半身不随ではあっても、赤ら顔の、さほど老いを感じさせないつややかな肌の牧田は、がっしりとした体格を維持していた。そんな彼と並んでいる父は、空気を抜かれて萎《しぼ》んでいる、色褪《いろあ》せた風船のように見えた。

やがて、トレイに載せた食事が運ばれてきた。その晩はこれといった予定がなかったので、私は父が食事を終えるまでつきあうことに決め、父と牧田の正面の椅子に腰をおろした。

当時の父はまだかろうじて、自力で食事をとることが可能だった。箸は使えなかったが、スプーンかフォークがあれば、時間をかけながらも、あらかたのものは口に運ぶことができた。刻み食にもなっていなかった。

私は牧田と冗談を言い合いながら、二人の食事風景を見守った。誰も来ない日、牧田と父は、日に三度、こうやって並んで、ほとんど何も話さずにもくもくと食事をとっているのだ、と思った。牧田と父の二人に、哀れを覚えた。歩けず、手も使えず、という状態だったとしても、しゃべることが可能だったなら、父の人生の最晩年はまったく異なるものになっていたことだろう。牧田との関係もそのひとつだ。

陽気で遊び好きの牧田につられて、若いころの武勇伝を自慢し合い、楽しむこともできたかもしれない。そのうち、ちえ子のことも、牧田に打ち明けていたかもしれない。それよりも何よりも、日に三度の食事のたびに、隣同士に座りながら、互いに日頃の鬱《うっ》憤《ぷん》晴らしをし合ったり、女房の悪口を言い合ったり、よからぬ計画を立てたりなどして、楽しめたに違いないのだ。

また、牧田にとっても父は、人生の幕引きを前に辿り着いた施設で、思いがけずできた、気の合う友だった。それなのに、相手の症状はどんどん重くなり、ついに文字表を使わねば何の意思疎通も叶わなくなってしまった。牧田もさぞもどかしく、さびしいことだろう、と私は思った。

そんなことを考えながら、目の前にいる父を見守っていた時だった。私はふと、父の異変に気づいた。

前傾姿勢になったまま、手にしたスプーンで茶碗蒸しをすくい、口に運ぼうとするのだが、口角が右側に大きく歪み、口を開けることができずにいる。スプーンはふるえ、茶碗蒸しがこぼれ落ち、首にかけたビニール製の水色のよだれかけの上をすべり落ちていった。

見ると、口角のみならず、右のまぶたも、右の頰も、すべて傾《かし》いでしまっている。子供がふざけて、顔がまひした病人のまねをしている時のように。

私は騒ぎにならないよう、できるだけ静かに椅子から立ち、父のそばに行った。「パパ、なんか変ね。どうしたんだろう。顔、歪んじゃってる」

隣の牧田が、父の顔を覗きこむなり、「ほんとだ」と言った。「ありゃりゃ。大丈夫かな」

私や牧田が何を問いかけても、父は黙りこくっていた。念のため、車椅子の背に入れてある文字表を差し出してみたのだが、文字を指そうともしない。

私はそばを通りかかった職員に声をかけた。まもなくナースがやって来た。マスクをかけた若いナースは、その場で父の血圧を計り、心音を聞き、運動機能を確認した。いくつかの質問が繰り返されたが、父は相変わらず黙りこくったままだった。

ちょっと心配ですね、とナースが言った。脳梗塞の初期症状である可能性も否定できない、ということだった。

ただちにホームの管理室と連絡が取られた。井村が小走りにやって来た。ホームの車を用意したので、今すぐ、脳神経科の専門病院にお連れします、と言う。

井村ではない、他の女性職員に付き添われ、父は病院に向かった。私も同行したかったのだが、車椅子の父を除き、運転手の他に一名しか同乗できなかったため、後からタクシーで駆けつける、ということになった。

「俺も脳梗塞の初めには、あんなふうになったんだよ」と牧田が気の毒そうに言った。「俺の場合はもっとマヒがひどかったけどね。それでも、こうやって生還したんだから、お父さん、もし頭の血管がちょっと詰まったんだったとしても、大丈夫だよ」

　ホームが手配してくれたタクシーが来るのを待っている間、私は可奈子の携帯に電話をかけた。父の顔が突然、歪み、マヒして、食事がとれなくなった、脳梗塞の前兆かもしれないというので、今、病院に運んだ、と伝えたのだが、可奈子は、さほど驚いた様子もなかった。

「前にも顔が歪んでたことがありましたよ。あの病気って、よく、いろんなところが歪むじゃないですか。でも、そのときはちょっと気になったんで、お医者にみてもらってほしい、って井村さんに頼んだんですけど、結局、検査の結果、なんでもない、って言われて。だから、きっと、今回もなんともないですよ」

　そんな悠長なことは言っていられないのではないか、と思ったが、黙っていた。私は父が運ばれた病院の名を教え、詳しいことがわかったら連絡します、と言った。

「衿子さん、今、どこにいらっしゃるんですか」

「まだ、さくらホームにいます。これからタクシーで病院に行くところです」

「わざわざそんなことまで。なんだか申し訳ないような……」

「いいえ、全然。ここから病院までは、車でほんの十分くらいだそうですから」

「だって、こういう時は、本当だったら、私か千佳が行かなくちゃいけないのに」

言い方がまずかった、と思ったのか、可奈子は慌てたようにつけ加えた。「でも、一番付き添うべきは、私たちなんかじゃなくて、母なんですよね。父のことになると、相変わらずツンケンしちゃって、ほんとに困ってます」

タクシーが来た旨、連絡があった。私はそれ以上、何も言わず、可奈子との通話を終えた。

運ばれた病院での診察の結果、父は、ナースが案じていた通り、脳梗塞の初期発作を起こしていることがわかった。更なる検査と治療のため、二週間ほどの入院が必要と言われ、さくらホームの職員が入院手続きをすませた。

父は半身のまひ症状が出ていたものの、比較的元気で、意識はしっかりしていた。病院が用意してくれた寝間着に着替え、ベッドに横たわった父は、しきりと何か、私に言いたげにした。理解してやろうと試みたのだが、何を言いたがっているのか、よくわからなかった。

つらいの？　と訊ねると、仰向けになったまま、首を横に振る。早く発見できてよかったね、と言っても、やはり、首を横に振る。そのうち麻痺した顔を大きく歪め、今にも泣きだしそうになる。

点滴を受けている腕に触れ、軽く手を握ってやった。ひんやりとした骨ばった手が、私の手を力なく握り返してきた。

四人部屋だった。急なことだったので、個室は空いていない、という話だった。父の他に三人の男性患者が寝ているはずだったが、どのベッドも、四方をカーテンに囲まれ、静まり返っていた。医療機器の単調な機械音だけが、あちこちからばらばらに聞こえてくるだけだった。

可奈子に事の次第を伝えなければならなかった。すでに九時半をまわっていた。私は父に「そろそろ行かなくちゃ」と言った。「明日も会社だし。可奈子さんには今から、パパのこと、伝えておくからね」

父は黙って目を閉じた。顔は半分、ねじ曲がったままだった。大きく歪んだくちびるの端から、白くにごったよだれが流れていた。

そのよだれをタオルの先で拭いてやってから、私は「じゃ、またね」と言った。そっとベッドから離れた。父は動かなかった。

ベッドまわりのカーテンを閉じてやろうとして、もう一度、父の顔を遠目に眺めた。苦痛も不安も哀しみも感じられなかった。その顔からはただ、深い諦めしか見えてこなかった。

脳神経科の専門病院は、想像していたよりも小さかった。人影のない、うすぐらい一階ロビーの片隅では、清涼飲料水の自販機だけが、場違いなほど色鮮やかに、皓々《こうこう》と明かりを灯していた。私はその自販機を見つめながら、可奈子に電話をかけた。

父が入院したこと、明日から検査を受けること、父の入っている部屋が四人部屋であることなどを手短に教えると、可奈子は「個室はとれなかったんですか」と訊いてきた。

「父は相部屋は絶対にいや、っていう人ですから」

「私もそう思ったんですけど、今夜のところは個室は全部、ふさがってるって言われて」

「そうですか。じゃあ、仕方ないですね」

「空いたらすぐに個室に行かせてほしい、って、今日の段階で、私から頼んでおけばよかったですね。気づかなくてごめんなさい」

「いえ、そんな」と可奈子は言った。「そういう意味じゃなくて……。明日、私がそちらに行った時に、個室を頼んでみますから大丈夫です」

「明日は来られますか」

「ええ。なんとかして行きます。母や千佳にも連絡して、もし、行けるようだったら一緒に。でも、母は絶対行かないと思いますけど」

それには応えず、私は父の脳梗塞を早期発見できたことを喜んだ。「早く気づいて本当によかったです。担当の先生からもそう言われました。この分なら、おそらく後遺症は残らないだろう、って」

「このうえ、脳梗塞の後遺症まで抱えられたら、もう、お手上げですよ。冗談じゃない」と可奈子は吐き捨てるように言い、ふうっ、と短く吐息をついた。「それにしても、衿子さんがいてくださってよかった。衿子さんが発見してくださらなかったら、手遅れになってたかもしれないですもの」

「いいえ、私が発見しなくても、誰かが気づいてくれたと思います。ひと目で、おかしいとわかるマヒが始まってましたから」

「ほんとに何から何まで、お世話様でした」と可奈子はごく儀礼的に言った。「ありがとうございます。もうこんな時間ですし、お疲れの出ないようになさってくださいね」

私たちは簡単な挨拶《あいさつ》をし合って、会話を終えた。誰もいないロビーに、時折、外の通りを走る車のヘッドライトの明かりが滲んでは消えていった。

私はロビーの壁に張ってあったタクシー会社の電話番号に電話をかけ、タクシーを呼んだ。十分程度かかると言われた。

その間に、もう一度、父の様子を見てこようかとも思ったが、ひどく疲れていた。自動販売機で温かい缶コーヒーを買い、それを飲んだ。

軽い頭痛がしていた。うすぐらい病院のロビーに一人で座っていると、ついぞ感じたことのない種類の、どうしようもない孤独感と虚しさのようなものを覚えた。

何故なのか、よくわからなかった。行きたい場所はどこなのか、会いたいのは誰なのか、会いたい人間がいるのかどうか、すべてのことがまるでわからなくなった。自分のいる場所、自分のしていること、自分とつながっているものたち、自分の辿ってきた時間、これから辿ろうとしている時間、それらすべてがわからなくなったような感じがした。

私は慄然《りつぜん》としながら、タクシーを待ち続けた。

父の予後は、思っていたよりも順調だった。素早い措置が功を奏したようだった。脳の画像診断では、脳梗塞の他にも脳萎縮がみとめられたが、それがパーキンソン病の影響によるものなのか、アルツハイマーを疑うべきなのか、はたまた、ただの加齢によるものなのかは現段階では判別しがたい、と医師は言った。

電話で言っていた通り、可奈子が病院側と交渉し、入院三日後に父は個室に移された。初めのうち、可奈子と千佳は交代で見舞いに通っていたようだが、父の容態が落ちついたとわかってからは、足を運ばなくなった。

父はよほどさびしかったのだろう。あと二日で退院できる、と言われた日、私が仕事のやりくりをして見舞いに行くと、ベッドの上に起き上がった姿勢で私を迎え、「おぅ、おぅ」と声をあげて目を細めた。

顔色もよくなり、あんなにひどかった顔半分のマヒも治っていた。病院の支給した水色の寝間着に包まれた身体は、またひとまわり痩せ衰えたようにも見えたが、目には輝きが戻っていた。髭も剃ってもらっているようで、顔つきが全体的に小ざっぱりとしていた。

「よかったね、元気になって」と私は言った。「もうすっかりいい感じね。全然、後遺症もないみたいじゃない。ほんとによかった」

　父はがくがくと首を揺らしながらうなずいた。窓の小さな、狭苦しい個室だった。窓の外には、立ち並ぶ民家やマンションが見えた。天井と壁は白に近いピンク色だった。あちこちに何かの染みがこびりついていて、それが少し不吉だった。

　ベッド脇に備えつけられた小型テレビ、小型冷蔵庫、サイドチェスト以外、何も置かれていない。見舞い客用の丸椅子が二脚、片隅に積まれてあるだけだった。

　私は、チェストの上にあった紙コップに洗面台の水道水を注ぎ、買ってきたごく小さなブーケを活けた。

　部屋には、可奈子たちが見舞いで持ってきたようなものは見当たらなかった。花はなく、本や雑誌もなかった。父の車椅子には、見慣れた父の薄手のカーディガンがたたまれてあったが、おそらくそれは、さくらホームの人間が持ってきてくれたものだろう、と私は思った。

「もうすぐ退院だから、花なんか飾っても無駄になっちゃうかもしれないけど」と言いながら、ブーケをさした紙コップをチェストの上に飾った。父はうすい笑みを浮かべ、静かな目をしてそれを見ていた。

「今日はね、ひと足早く、退院のお祝いよ」と私は言った。「なんでも食べられる、って聞いてるから、これ買ってきた」

父の好物の一つ、水ようかんだった。まだ少し時期が早く、上等な水ようかんを探すのに苦労した、と言うと、父はまた、うすく微笑んだ。くちびるのあたりに、軽いひきつれが残っていたが、顔つきや表情は、ほぼ元通りだった。

サイドチェストの扉を開けると、未開封の紙皿が入っているのが見えた。私は紙皿の上に水ようかんとプラスチックのスプーンを載せ、丸椅子をベッドに近づけた。

「気分、いいみたいね」

父はうなずいた。声というよりも、かすれた音のようなものが喉の奥からもれた。左腕を上げ、何かを指さそうとしている。

窓のカーテンを指しているように見えたが、違うようだった。車椅子のほうに指が向いている。

「わかった。文字表ね」と私は言い、すぐさま、車椅子の背のポケットから、文字表を取り出してやった。「すごいじゃない。もう話せるんだ。すばらしい回復力ね」

上半身を起こしている父の、薄い布団がかけられた太もものあたりに文字表を載せた。

「さあ、おしゃべりしましょ。何?」

その日の父は、すこぶる快調だった。あたかも、脳梗塞の治療を受けたことにより、かえって脳内の血管が浄化され、全身の機能に好影響を与えたかのようだった。文字表を指す指の動きは、前よりもなめらかになったように感じられた。時間はかかるが、何よりその動作は以前と比べて力強く、的確だった。

『え・り・こ・に』と文字が一つずつ示されていく。『か・ん・し・ゃ・し・て・い・る。い・へ・ん・を・す・ぐ・に・み・わ・け・て・く・れ・た』

「ほんと、あの場にいられてよかった。あの日、夕食の前に私が帰っちゃってたら、気づいてもらえるのが遅かったかもしれないものね」

『え・り・こ・の・お・か・げ』

「そう言ってもらえると嬉しい。ほんとによかった」

『ぱ・ぱ・は』と父の人さし指が、不器用ながらも動き続ける。指先も手首も腕も、肘の関節も、二の腕までが連動し合うかのようにかすかに震え、文字と文字の間をさ迷ってはいるが、それでもきちんと、指は最後には、目指す文字の上に着地する。

『ま・だ・だ・い・じ・ょ・う・ぶ』

「だ」の字を二度、繰り返して指ささねばならないので、私のほうで読み間違えはしたが、すぐに意味は通じた。

「そりゃあ、そうよ」と私は明るく言う。「まだまだ、全然大丈夫。脳梗塞になったって、こんなに短期間に元通りになれるんだから。根が丈夫なのね。その調子よ。もしかするとパパは、百まで生きられるかもしれない。そんなに生きてどうする？」

　父は口を半開きにし、笑っているような顔をした。私も笑った。

　個室の引き戸の外で、院内アナウンスが流れている。外廊下は少し騒がしいが、室内は静かである。

私は父と二人、水ようかんを食べ始めた。父は時々、スプーンをうまく口に運べず、前歯にぶつけ、肝心の水ようかんをこぼしてしまう。私はティッシュでそれを拭ってやる。

「おいしいね」と言うと、父はうなずく。のどごしのいい甘い水ようかんが、父の、痩せて皺だらけになった咽頭をなめらかに流れ落ちていくのが見えるような気がする。

外はよく晴れていて、窓の外には光が見える。少し首を傾ければ、青空も眺められる。あと数日で五月だった。

水ようかんを食べ終え、買ってきたペットボトルの温かなお茶にストローをさしこんで父に与えた。父は口をすぼめてストローをくわえ、ちゅうちゅうとお茶を飲んだ。

何故、そんな話になったのだったか。私が問わず語りに、会社での仕事の話をし、今、どんな作家とつきあっているか、どんな作品を担当しているか、などということを父に教えている時だった。

若手男性作家と、老大家と呼ばれてもおかしくない、七十代の男性作家との対談が組まれた時の話だ。対談テーマは「人生における後悔について」というものだった。

若手作家は、僕は終始、滞りなくうまくやってこられたので、後悔は何もない、といった姿勢を崩さずにいた。老大家がそんな彼に対し、次第に不快感をあらわにし始めた。「そんなはずはない。きみは自分をごまかしているだけだ。傲慢なだけだ」と老大家は言い放ち、若手作家はそれを聞いて、ただちに応戦する構えをみせた。その後、感情的な議論に発展してしまい、対談はこじれにこじれた。編集者たちは二人をうまく取りなすのに大変な思いをした。

その折の顚末を話したところ、父は目を丸くし、いとも興味深そうに聞き入った。

「おかしい話でしょ？　結局、その大先生は席を蹴って帰っちゃうし、若い作家はぷりぷりしながら担当編集者を連れて飲みに行って酔いつぶれちゃうし。どっちもどっちで、さんざんだったんだけど、でも、なんかね、最近はそういう真っ正直な喧嘩ができる作家が少なくなってるから、私にはすごくおもしろかった」

父は「うう」と唸った。私が笑いかけると、父もまた眉を下げ、確かに笑顔とはっきりわかる表情を作って私を見た。

「でもさ、後悔したことのない人なんか、いないわよね」と私は言った。「長く生きてれば、生きてるほど、後悔の量も増えていくんだろうし。それが当たり前だもの」

そして、ふとした思いつきで、私は父に訊ねた。「ねえ、パパ。パパに後悔することがあるとしたら、それは何？」

父は長い間、考えこむような顔つきをしていたが、やがて文字表に目を落とし、右手の人さし指で文字を探し始めた。

「か」。次は「ぞ」。そして最後に指さしたのは、「く」……だった。

「家族」と私は声に出して言った。言ってから、思わず父の顔を見た。

どういうわけか、その時、私の胸の奥底で何かが熱くうねり出した。うねったものは急激に体内を駆けめぐり、鼻の奥までが熱くなってくるような気がした。

父は、かすれた声を出して短く笑った。その声は、病気の犬のする乾いた咳のように聞こえた。


林奈緒の手紙が転送されてきてから、一週間後。私は奈緒あてに葉書を書いた。

父、三國泰造あてに送られてきた手紙が、さくらホームから長女である私あてに転送されてきたということ。残念なお知らせをしなければならない、ということ。父、三國泰造は二〇〇九年三月四日に亡くなった、ということ。そして最後に、父への生前のご厚情に心からお礼申し上げます、と結んだ。

他のことは一切、書かなかった。奈緒が書いてきた手紙の内容についても。それを読んで、どう思ったかということも。むろん、鶴見ちえ子という女性についても。

初めから終わりまで、誰に読まれてもいいような、きわめて常識的な内容の、短い文面を心がけた。末尾には、私の住所と名前を書き添えた。

携帯の番号も書いておこうかと思ったが、少し考えてやめにした。もし奈緒から携帯に電話がかかってきたりしたら、質問攻めにしたいという気持ちを自制できなくなる可能性があった。

林奈緒とはこれ以上、深いかかわりを持たないほうがいい、というのが私の出した結論だった。複雑で、問題だらけだった人間関係の中、最後まで心を寄り添わせた父とちえ子のことは、騒がずにそっとしておいてやりたかった。それが父へ向けた最大の供養のような気もした。

書き終えた葉書を私は翌日、出勤途中に見かけたポストに投函した。梅雨に戻り、雨が降りやまなくなった日の朝だった。濡れた赤い郵便ポストの脇には、紫陽花がたわわに咲きほこっていた。

8

七月の半ばには梅雨も明け、明けたかと思うとすぐに猛烈な暑さが始まった。私が小松日出子を訪ねたのは、そんな日盛りのころのことだった。

練馬区に住む日出子に都心まで来てもらい、ホテルのラウンジで待ち合わせるのはどうか、とも考えた。だが、いくら日出子が父よりも若いとはいえ、暑い中をわざわざ出てきてもらって、身体にさわるようなことがあったら申し訳がたたない。礼を尽くす意味でも、自分のほうから日出子の自宅を訪問すべきだろう、と思い直した。

土曜日の午後一時半ころに、という約束だった。私は恵比寿を出る時に手みやげ用の和菓子とフルーツをあしらった冷たいゼリー菓子を買い、電車に乗った。

家族構成は教えられていたが、現在の住まいに住んでいるのが何人なのか、夫婦二人なのか、それとも息子や娘、孫たちと一緒に暮らしているのか、何も知らなかった。私は道中、手みやげの量が少なすぎたのではないか、とそればかり気にしていた。

一時二十分ころ、指定された地下鉄の駅で降りた。改装されたばかりなのか、広々とした真新しい駅だったが、乗降客は少なかった。暑さのせいかもしれなかった。

地上に出てみると、駅のそばの舗道沿いに、一台の白い小型車が停まっているのが見えた。日出子からはあらかじめ、「駅から少しあるので、夫と一緒に車でお迎えに行きます」と言われていた。

じりじりと照りつける陽射しの中、すぐに車の助手席側のドアが開き、日出子らしき小柄な女性が降りてきた。

膝下まである涼しげな濃紺のギャザースカートをはき、ペパーミントグリーンのTシャツを合わせて着ている。長めに伸ばした髪の毛を、首の後ろで一つに束ねている。想像していたよりもずっと若く、颯爽として見える。

日出子は、遠くから満面の笑みで私を見つめた。そして、穏やかで聡明な、羊のように優しい雰囲気をたたえながら、急ぎ足で私に近づいて来た。

「三國衿子さん、ですね」

「そうです」

「小松です。衿子さん、まあ、お暑い中をわざわざお越しくださって……」

私たちは今にも泣きだしそうな顔をして微笑み合い、「はじめまして」と言ってお辞儀し合い、何を言えばいいのか、わからなくなって、また微笑み合った。近くの街路樹で、油蟬《あぶらぜみ》が気負ったように、低くけたたましく鳴いていた。

促されて乗車した車の運転席には、日出子の夫が座っていた。見るからに日出子よりも年上の男だった。ほっそりとした体型。頭髪は禿げあがっているが、眉が若者のそれのように太くて黒い。

もともと口数が少ないのか、照れ性なのか、私に向って軽く会釈しただけで、彼は静かに車を発進させた。エアコンを効かせた車内には、クラシックの室内楽が静かに流れていた。

助手席に座った日出子と、後部座席にいる私とは、すぐにあたりさわりのない女同士の会話を交わし始めた。今年の夏は暑くなりそうだ、といった天候の話。練馬が毎年、どれだけ暑くなるか、という話。窓の外を流れていく街の風景について。

「ふだんのお買い物は、このへんに来るんですよ」と日出子が窓の外の商店街を指さして私に教える。

隣で、「ここだけじゃないだろう」と日出子の夫がぼそりと言う。

「そうね。あっちのスーパーにも行くわね」と日出子がやわらかく同意する。

あっち、というのがどこなのか、わからぬまま聞いていると、「今日は午前中、孫たちが来ていて、さっき帰ったところなんですよ」と日出子は後部座席にいる私を振り返り、にこやかに話題を変える。それは近所に住んでいる息子だか娘だかの子供たちで、小学三年生と一年生であり、二人ともプールが大好きだそうで、上の子はついこの間、平泳ぎができるようになった、などという説明が続くのだが、私は熱心にうなずきながらも、ほとんど上の空だった。

日出子は、何か話さねばならない、沈黙を作ってはならない、という気持ちで、なんでもいいから話しているに過ぎないように感じられた。私も日出子も、まるで示し合わせたように、父の話に触れることをあとまわしにしていた。父の名前すら出さなかった。私たちは狭い車の中で、奇妙な共犯関係にあった。

　区画整理されないまま残された、古い庶民的な住宅地だった。道が随所で交叉したり、突き当たったりしている。両側には築年数の古そうな、小さな二階建ての民家が建ち並び、集合住宅はほとんど目につかない。小松夫妻の家は、そうした界隈の一角にあった。木造モルタル二階建て。玄関脇に車を停めるための、屋根つきの小さなスペースがついている。
　二、三段の外階段を上がると、正面が玄関ドアになっており、ドアの左右には、たくさんの鉢植えやプランターが、手製とおぼしき棚の上に置かれている。どの鉢、どのプランターの中の花木も、日頃の手入れのよさを物語るように、みずみずしい花を咲かせている。
　中に、いくつもの大きな青い花をつけた朝顔があった。碁盤の目のように渡されたナイロンひもを蔓《つる》代わりにして、伸びている。

「わあ、大きくて立派な朝顔ですね」私は感嘆の声を上げた。「昔、よくこういう朝顔が、東京のあちこちで咲いていたのを覚えてます」

「ええ、ええ。そうでしたね。最近は少なくなってしまいましたけどね。衿子さんのおうちにもありました？」

「はい。やっぱり同じ青い朝顔でした」

父と母と三人で暮らしていた板橋の家。茶の間の縁先を出てすぐのところに、父は細い麻縄を軒下まで張りめぐらせて朝顔を育てた。今と違い、たいした世話もしなかったはずなのだが、朝顔は毎年、いちめんに大輪の青い花を咲かせ、心地好い日陰を作った。母はスケッチブックを片手に、時々、その朝顔をクレヨンでスケッチした。私は母のまねをして、青いクレヨンを使い、へたな花の絵を描いた。日曜の午後、父は朝顔の前に私を立たせ、人形を抱かせて、カメラのシャッターを押した……。

車を駐車させていた日出子の夫は、裏口から家に入ったのか、姿が見えなくなった。私は日出子のあとに従って、玄関の中に入った。

光の射さない、小さな玄関だったが、壁も天井もどこもかしこも、無数のちまちました心温まる小物類で飾りたてられていた。

絵はがきや家族の写真が壁いちめんに貼られている。天井からは愛らしいモビールがいくつか下がり、シューズボックスの上の小型水槽では、無数のグッピーが泳いでいる。家庭の匂い、もくもくと営み続けてきた清潔な生活の匂いが、そこにあった。

目の前の左側奥がトイレ、その脇から細い階段が伸び、二階に通じている。正面がダイニングキッチン。その奥に和室が見える。少し蒸し暑かったが、どこか北向きの窓が開いているのか、時折、吹き抜けていく涼やかな風が感じられた。

ふいに私は、烈しい既視感のようなものに襲われた。見たことも来たこともない家だというのに、自分がはるか昔にこの家に住み、この家で幼少時代を送り、誰だかはわからないが、きわめて近しい、心ゆるせる人たちと共に生活を営んでいたことがあるような気がした。

「狭いところでごめんなさいね」と日出子が言い、手早く私にスリッパを勧めた。「さあ、どうぞ。おあがりになって。そのままお二階のほうに。まあ、なにしろ古い家なもんですから、階段が急で。お足元、気をつけてくださいね」

日出子に続いてゆっくり階段を上がった。二階には、続き部屋になっている小さな和室が二間あった。奥の座敷には、清潔そうな白いクロスのかけられた座卓と座布団が用意されていた。

私のためにあらかじめエアコンをつけておいてくれたようで、部屋は涼しくなっていた。すり硝子《がらす》のはまった窓を通し、外の光が仄白《ほのじろ》く射していた。

「衿子さん、本当にようこそ、おいでくださいました。どんなにお目にかかりたかったことでしょう」

改まって畳に両手をつき、深々とお辞儀をしてきた日出子を前に、私も慌てて座布団から腰をはずし、頭を下げた。手みやげに持ってきた、和菓子とゼリーの箱を畳の上にすべらせた。日出子は大仰なほどの礼を言って、それを受け取った。

一通りの挨拶が済んでからも、日出子はまだ、父については何も語り始めようとはしなかった。何やらいそいそと、スカートの裾《すそ》を翻《ひるがえ》しながら動きまわって、隣の部屋から、桜色の布巾《ふきん》をかけた大きな盆を運んでくるなり、麦茶だの、フルーツの盛り合わせだの、お菓子の盛られた大鉢などを座卓の上に並べた。

「何もおかまいできませんが、こうやって全部、お茶やお菓子の用意をしておけば、あとはゆっくりお話に集中できますでしょ。いちいち私が席を立っていたら、おしゃべりが中断されてしまいますから。だから、初めに全部、こうやって……」

話している途中、階段をふみしめる音がし、踊り場から日出子の夫が顔を覗かせた。

「おい、アイスクリームがあるじゃないか。暑い中、いらしていただいたんだから、ほら、早くしないと」

彼が小箱を宙に掲げてみせると、日出子は「あら、いけない。そうでした」と弾かれたように立ち上がり、それを受け取りに行った。

「これ、この近所の小さなお店のね、まだ若いご夫婦が手作りで作って売ってるアイスクリームなんですけど、それはそれはおいしくて評判なんですよ。うちでは夏にお客様がいらっしゃるといつも、これを先にお出しすることにしてるんです。高価なものでも何でもないんですけど、甘みがやさしいし、汗がひくのが早くなりますから。孫たちは、冬でも食べたがりますけどね。衿子さんも、よかったらお味見してみませんか」

私は礼を言い、差し出された小箱の中のカップアイスクリームを受け取った。日出子の言う通り、食べやすそうな小さなサイズの、素朴な感じのするバニラアイスクリームだった。

古いエアコンの音と、まわり続ける扇風機の音をかいくぐるようにして、どこかで風鈴が鳴る音が聞こえていた。アイスクリームはたまご色をしており、ちょうどいい具合に溶け始めていて美味だった。

「おいしい」と私はスプーンを手にしたまま言った。「とってもおいしいです」

自分は食べようとせず、私に向かってうちわで風を送ってくれていた日出子は、こぼれるような笑みを浮かべつつ、「よかった」と言った。

「いいですね、こういうおうち」と私はあたりを見回し、しみじみ言った。「なんだか懐かしい感じがして。昭和の時代の、子供のころを思い出します」

「築五十年になるんですよ。今ではもう、ご覧の通りのぼろ家ですけどもね。住み始めた当初は新築で、当時としてはおしゃれな家だったのに」

「ご結婚されてまもなくこちらに？」

「そうです。仕事しながら三人の子供をここで産んで、育てて、下手な短歌をいくつも作って、気がつけば、あっと言う間に時間が過ぎて、いつのまにかおばあさんになってました。まるで、玉手箱を開けた浦島太郎みたいね」

私がくすくす笑うと、日出子も手を口にあてがい、肩を揺すって笑った。

日出子は山梨の出身で、県内で教鞭をとっていたころに、生物の教師だった夫と出会い、結婚。その後、夫婦で東京に出て教師を続けてきたのだという。

「父も一緒に、このお宅に伺うことができたら、どんなによかったでしょう」と私は言い、食べ終えたアイスクリームのカップをそっと座卓に戻した。「あ、でも、今、もしかしたら、父はこのお部屋にいるかもしれませんね」

日出子は少しいたずらっぽく微笑した。「いらっしゃいますよ、きっと。三國さんはいつでも衿子さんと一緒のはずですから」

「私というよりも、日出子さんに会いたくて、どきどきしながらここに来てるんじゃないかと思いますよ」

風鈴の音が聞こえた。階下は静かだった。聞こえてくるのは風鈴の澄んだ涼しげな音色と、エアコンの低く唸《うな》る音、扇風機が首を振るかすかな音だけだった。

私が麦茶を口にふくむと、日出子は静かに微笑み、「なんだか」と言った。「夢みたい」

「本当に」

「三國さんのお嬢さんの衿子さんが、わが家にいらしてくださって、こうやって目の前に座ってらっしゃるなんて」

「はい」

「似てらっしゃるのね、目鼻だちがお父様とそっくりよ」

「子供のころ、よく言われていました。私よりも父の方が、目がくりっとしていて、西洋ふうの顔だちでしたけど」

「三國さんの、自慢のお嬢さんですものね。書いてくださる手紙の中ではね、三國さんは他のおふたりのお嬢さんがたについてはあまり触れてこられなくて、ほとんどが衿子さんに関することばかりでしたよ。本当に、それはもう、衿子さんのこと、可愛がっておられて」

「考えてみたら、ひどい親ですよね。自分勝手に生きて、さんざん家族をふりまわして。他にも娘が二人いるのに。彼女たちがそのことを知ったら、きっとものすごく怒るでしょうね」

私が冗談めかしてそう言うと、日出子は鷹揚《おうよう》に笑った。「私にも三人子供がいるので、そういうことって、よくわかりますね。親はもちろん、自分の子はみんな可愛いんですけれど、その中でも一番可愛い、一番いとおしい、と思える子が必ず一人いるんです。もちろん、それは決して他の子たちには知られないようにするし、知られちゃいけないし、配偶者にも勘づかれないように努力しますけど、でも、自分だけがわかってるんですね。自分だけの中にしまっておきながら、それでも可愛くて可愛くて、仕方がない子、っていうのがいるもんなんですね」

「そういうものなんでしょうか」

「ええ、そうだと思いますよ」

「父にはね、幼かった私を捨ててしまった、っていう罪悪感といいますか、強い負い目があったんだろうと思ってます。面と向かってそのことについて話したことは一度もありませんでしたけど。私を捨てた時から、父は重たい十字架を背負っていたんですね。

つまり私はその十字架そのものだったんでしょうね。だから父は、私に特別に目をかけてくれてたんじゃないか、って」

ふだん、そんなふうに改まって考えることはめったになかった。自分が父にとっての十字架そのものだった、などということが頭をかすめたこともない。だが、ひとたび、思いつきのようにして口にしてみると、本当にそうだったのではないのか、と思えてきて、私の気持ちは自分でも信じられないほど、ざわめいた。

「捨てた、なんてとんでもないですよ」と日出子は控えめに反対意見を述べた。「いろいろお父様にもお考えがおありだったのでしょう。たぶん、身を切られるような、おつらい選択をなさったんです。そのことでずっと苦しむことになる、ってわかっていらして、そう決断なさったんです。お父様は、衿子さんのことを本当に愛しておられたのよ」

私は日出子を見つめ、瞬《まばた》きし、目を伏せた。「そうですね。そうなのかもしれません」

「何かお身内のことで、複雑な事情を抱えていらっしゃる、というのは存じていましたし、前の奥様との間に衿子さんがいて、再婚された奥様との間に二人のお嬢さんがいる、ということも早いうちからお手紙の中に書いてくださってましたけど……でも、詳しいことをこまごま打ち明けてこられたことは一度もなかったですね。お父様はね、紳士でしたから」

私は曖昧《あいまい》にうなずき、目を上げた。「紳士というよりも、ただのカッコつけ屋だったんじゃないですか？　日出子さんのような、プロの歌人の方と歌のやりとりをさせていただいて、悦に入ってたりして。よく考えると、図々しいですよね」

「あら、衿子さん、ほめてくださって嬉しいけど、私はプロなんかじゃないんですよ。歌人、なんていうのもお恥ずかしい。とってもとっても、そこまでは。ただ、歌が好きで、若いころから歌を作り続けてきただけですから。お父様も歌がお好きで、お好きなだけじゃなくて、本当にすばらしい歌をお作りになって……結局、それが私とお父様のご縁につながったわけですから、ふしぎなものですけれど。衿子さん、私が、お父様のお作りになった歌で、何が一番好きか、おわかりになる？」

「さあ、日出子さんが父に送ってくださった手紙の中には、たくさん、父の歌が書かれてありましたけど」

「好きなお歌はたくさんあるんですよ。全部好き。でも、中でもね、私が一番好きなのは、あの、プーシュキンの本が出てくる……」

「ああ」と私はうなずいた。「ええっと、何でしたっけ。そうだ。『プーシュキンを隠し持ちたる……』」

暗記していた父の歌を私がそらで詠み始めると、すかさず日出子が朗々と後を続けた。

「『……学徒兵を見逃せし中尉の瞳を忘れず』」

私たちは顔を見合わせて微笑んだ。

「私もその歌、好きです。プーシュキンの本っていうのは、『オネーギン』だったのかしら」

「たぶん、そうね」

「私、文芸編集者をやってるくせに、プーシュキンは、一冊も読んだことなくって」

「私も読んだのは『オネーギン』だけ。でも、本当に素敵なお歌です。情景がすぐ浮かびますもの。あの学徒出陣の悲しい光景の中に、プーシュキンの本を出してくるなんて。もしそれが『オネーギン』だったとしたらなおさらね。プーシュキン一種の悲恋物語でもありますからね。ロマンチストだったお父様ならではのお歌だわ」

それからしばらくの間、父に関するとりとめのない雑談が続いた。私が、出された麦茶を飲んでしまうと、日出子がポットの湯を使って緑茶をいれてくれた。私のために小皿にフルーツや菓子を取り分けてくれた。

やさしく、ゆったりとした時間が、たゆたうように流れていった。日出子は初めて会った人には思えなかった。親類でもない。友人でも知人でもない。言ってみれば父の友人であり、亡き父を通して知った人に過ぎない。にもかかわらず、日出子はずっと昔からよく知っている、誰よりも心やすく話のできる人のように感じられた。

「あのう」と私は、食べやすくカットされたメロンにフォークをそっと刺しながら言った。「日出子さんは、父の私生活について、どの程度、ご存じだったんでしょうか」

「私生活？」

「つまり……その……わかりやすく言うと、女性関係です」

日出子は一瞬、目を見開いたが、すぐに、ゆらりと上半身を揺らして、花開いたように笑った。「そういう色っぽいお話は、私にはなんにも教えてくださらなかったですよ」

「やっぱり、そうですか。そうだろうと思いました」

「ご家庭の複雑なご事情のことも、それほど詳しく手紙に書いてこられることはありませんでしたし。そういう意味では、女性関係に限りませんけど、特別な打ち明け話のようなものは何も……」

私は内心、こんな話まで日出子の耳に入れる必要があるのかどうか、と迷った。父が日出子に、ちえ子との関係を仄めかしもしていなかったのだとしたら、黙っているべきではないのか、とも思った。

だが、父に関するすべてのことを日出子と共有したいと願う気持ちが、意思とは無関係に、どんどん膨《ふく》れ上がってきた。こらえようがなくなった。

私は「実は」と言った。「私も父が亡くなって初めて知ったことなんですが、父はある女性と、長い間、恋愛関係にあったみたいなんです。一時期の遊びではなく、本心からつきあっていた、というのか」

「まあ」と日出子は言った。

その時、日出子の顔に、一瞬、それとはわからぬ静かな閃光のようにして走り抜けていったものを、私は見逃さなかった。

瞬時にして生まれ、生まれた瞬間、日出子の中に、厳《おごそ》かに吸い込まれていったが、それは明らかに、嫉妬と呼ぶにふさわしい何かだった。

やはり、言わずにおいたほうがよかったか、と咄嗟《とつさ》に後悔したが、後の祭りだった。私は日出子の顔色の微細な変化に、何も気づかなかったふりをして、これまでに知ったことを日出子に打ち明けた。

相手は、父が仙台に単身赴任中に出会った女性であること。以後、ずっと密かに関係は保たれていたが、父の病気がわかってからは、ほとんど会えなくなり、代わりに女性の姪にあたる人がメッセンジャーガールの役を引き受けてくれていたこと。やがて、その女性が病に冒されたとわかり、父が最後の力をふりしぼって仙台まで行ったこと。以後、父は施設に入居し、二人の間ではほとんどやりとりが途絶えたままだったが、つい最近になって、その女性が亡くなったことを知らせる手紙が父あてに届けられ、それが私のところに転送されてきた、ということ……。

全部聞き終えると、日出子はまっすぐに私を見つめて訊ねた。「その方が亡くなったのはいつごろなんですか」

「父が亡くなってから、二か月くらい後だったようです。五月十五日、って書いてありました」

「まあ、じゃあ、お父様が逝かれてまもなくだったのね」

「はい。脳梗塞で倒れてから、ずっと状態が悪かったみたいで。何をやっていた方なのかもわからないし、いろんなことは、姪御さんからきた手紙から類推するしかないんですが、年齢は父よりも少し年下じゃないかと思います」

「そういう方がいらしたなんて」と日出子は言い、少し伏目がちになりながら、ぱちぱちと少女のような瞬きを繰り返した。「そんなに深く愛し合っていらしたなんて」

「最後に、仙台まで会いに行った時は、横浜の父の自宅で家族が大騒ぎになったそうです。父が行方不明になった、って。だってその時、父はもう、ほとんどしゃべれなくなっていましたし、歩くのもおぼつかなかったんです。自宅にいても、すくみ足になって、廊下で転んでしまうような人だったのに、いったいどうやって、一人で電車を乗り継いで仙台まで行ったのか、私にも未だに想像がつきません」

「仙台の、その女性のお宅まで、たった一人で行かれたのかしら」

「そうみたいです」

「ご家族に黙って？」

「ええ。どこに何をしに行って、いつ帰る予定なのか、真っ赤な嘘でもいいから、書き置きのようなものを残せばよかったのに、なんにもなかったみたいで。しかも、三日くらいその女性宅に泊まっていたらしいです。つまり、その三、四日の間、父の行方は完全にわからなくなっていたことになりますよね」

　ふうっ、と日出子は深いため息をついた。「情熱がなければできないことですね。何事にもまっすぐに、一生懸命、向かっていかれる方だったんですね、お父様は。女性を愛する時も、本気で愛する方だったのでしょうね」

「さあ、それはどうでしょうか」と私は曖昧に言った。「……ごめんなさい、つまらない話をお聞かせしてしまって。もしかすると父は、日出子さんに、そういう一連のことを手紙で書いていたんじゃないか、とちょっと思ったものですから、つい」

「いえ、いえ、いいんですよ。私にまで、そんな大切なお話を教えてくださるなんて、とても嬉しいです」と日出子は言った。言ってから小首を傾げるようにし、少し乾いた声で笑った。「でも……その仙台の方が羨ましいわ」

「羨ましい？」

「だって」と日出子は私を見ずに、白いテーブルクロスの一点をぼんやり見おろしながら言った。「だって、三國さんにそんなに愛されて……」

風鈴の音がちりちりと続いた。日出子はつと顔を上げ、私を見てにっこりと微笑んだ。

「私なんか、ホームのお父様をお訪ねして、お別れした後になって、握手するのを忘れたことに気づいて、ああ、どうして、って、残念でならなかったんですよ。夫が一緒だったもんですから、なんとなくそういうことに気がまわらなかった、ということもありますけど、握手くらい、していただけばよかったわ、って。結局、指一本、私は三國さんに触れたことがないまま、永遠にお別れしなければならなくなって……だから、今のようなお話を伺うと、ちょっぴりね……」

私には日出子の気持ちが深く理解できた。日出子にとって、父は恋人ではなかった。父にとっても同様だった。あえて言うのなら、二人は昔流に「ペンフレンド」と呼ぶのがもっともふさわしいかもしれなかった。

清らかな関係。互いに配偶者がいて、家族がいて、そのうえで互いを気遣い、歌を通して折々の胸のうちを綴り合う。

日出子は夫に三國泰造について詳しく語り、時には父からきた手紙を見せたことすらあったかもしれず、日出子の夫はむろん、自分の妻と三國泰造という男との関係をつゆほども疑うことがなかった。それどころか優れた歌を作る妻の、優れた短歌仲間として受け入れ、応援し、その病の深刻さを憂えて、妻と連れ立って施設を訪問してくれたのだろう。

一片の疾《やま》しさもない関係。ある意味では、交わした言葉の数々、重みに比べ、疾しさがなさすぎた関係。そして日出子は、その、隠し事の一切ない、清潔な関係を誇りとしながら、父を慕い続けた。聖母のごとき愛を注ぎ続けた。そのうえで、今、父に恋人がいたことを知り、複雑な想いの中にいるのだった。

何か気のきいた、冗談めいたひと言を返したかった。そうしなければ、と思った。だが、適当な表現は見つからず、私はただ、阿呆のように困惑した微笑を返しているしかなかった。

そのうち、日出子のほうが先に、気恥ずかしそうに笑いだした。「ああら、私ったら。本当に三國さんにやきもちを焼いたりして、馬鹿みたいですね。いい年をして。ああ、お恥ずかしい。忘れてくださいね、衿子さん」

私がうなずく間もなく、日出子は「そうそう」と言い、中腰になって立ち上がったかと思うと、隣の和室に準備しておいたものらしい、二冊のファイルを抱えて戻って来た。緑色と青のファイルだった。

「私ね、ここに、お父様からいただいたお手紙、全部、ファイルしてあるんです。今日は衿子さんに、これをお見せしたくて」

「父からの手紙を全部？」

「ええ。お父様に限らず、大切な方からのお手紙は、いつもこうやってまとめておくんです。読み返したくなったら、いつでも読み返せるでしょう？　でも、こんなに大切にしているのは、お父様からの手紙だけです。朝日歌壇の編集部のほうから転送されてきた手紙もありますよ。ほら、これ。若くって、青年みたいに溌剌とした文字をお書きになって」

私の隣に座った日出子が差し出してきたのは、緑色のファイルのほうだった。手紙は一枚一枚、透明なファイルの中にさし挟まれていた。

コクヨの縦書きの便箋に、万年筆を使ってびっしりと並べられている、どこか人懐こそうな丸みを帯びた文字。それは、まぎれもなく、元気だったころの父の文字だった。

『前略。突然、見ず知らずの者からの手紙にさぞ、驚かれたことと存じます』……という文章で始まっている。便箋八枚にわたって綴られたその手紙は、朝日歌壇に入選したいくつもの小松日出子の歌への賛辞で埋め尽くされていた。

便箋とは別に、東京都千代田区有楽町の、朝日新聞社気付「小松日出子様」という宛て名が書かれた封筒まで残されていた。

「この一通のお手紙がこなかったら、私は一生、三國泰造さんを存じあげないままで終わっていたんですよね。そして、衿子さんと出会うこともなかったし、今日、衿子さんがこの家にいらっしゃることもなかったのよね」と日出子は感慨深げに言った。「そう思うと、本当に不思議で」

私は父の手紙をざっと流し読みした後、そこにあった小松日出子の歌の一つを声に出して読み上げた。

「『老い父の湯あみ助けてぬるる手に　はるかに逝きし母の星ふる』……」

父が日出子の作の中で、もっとも好きな歌だということだった。この歌を朝日歌壇の中に見つけ、深い感動に包まれ、いてもたってもいられなくなって、失礼を省みず、こうしてお手紙を書きました、という一文があった。

「お父様は、その歌を本当に好きでいてくださったようで」と日出子が言った。「結局、自分の作ったその歌が、私とお父様を引き合わせてくれたことになるんです。本当に何もかもが不思議でなりませんね。私の歌がお父様の御心を打たなかったら、こういうお手紙もいただけなかったんですから」

目がファイルから離れなくなった。父の文字を追いかけていると、時を忘れた。時間がぐるぐると渦を巻き、自分が茫洋とした意識の塊になって、その中に吸い込まれていくような感じがした。

「衿子さん、それ、お持ち帰りになってくださっていいんですよ」
日出子の声に我に返った。「え？　このファイルをですか？」
「全部、衿子さんのものですから。それはきっと、初めからこうなることがわかってい
て、衿子さんのために私がまとめたものだったような気がしているの。そうとしか思え
ませんもの。私はもう、記憶のなかに、お父様からいただいたお手紙の一つ一つを刻み
こんでいますから大丈夫。あとは衿子さんに委ねて……」
「でも、こんな大切になさっているものを……」
「それはもう、私のものではなく、衿子さんのもの。お父様も、ご自分が書かれたもの
が衿子さんのもとに保管されるのなら、本望ですよ」
「じゃあ、いったん持ち帰って、全部コピーして、お返しします。お約束します」
「いえいえ、お忙しいのだから、そんなことなさらなくてもいいの。コピーなんかしな
くても、本当に私、全部覚えてますから」
「でも、いくらなんでも、こういう特別なものをいただいてしまうわけにはいきません。
読んだ後、お返しにあがります。そうすれば……」
日出子は私の言っていることが聞こえなかったふりをし、「あらあら、そのまんまじ
ゃ、持ちにくいですよね」と言った。「気づかなくてごめんなさい。後で紙袋か何か、
ご用意しますからね。ねえ、衿子さん、そんなことより、今日はね、実は夫にも手伝って
もらって、ささやかなお食事を用意しましたの。召し上がって行ってくださいますよね」

「お食事、だなんて、そんな……」

「お夕食には早すぎるし、おひるにしては、遅すぎますけど。ほんとに粗末な家庭料理ばっかりで、お恥ずかしいんですが、お父様を偲《しの》んで、私たちで献杯しようと思って」

言うなり、日出子は楽しそうに立ち上がり、階段の踊り場まで行って、夫に声をかけた。夫は階下で、日出子の合図を待ち構えていた様子だった。すぐに「あいよ」と野太く応える声が聞こえた。

日出子は再び戻って来ると、「下に用意してありますから、さあ、どうぞ」と笑顔で言った。

その後、私は小松家の居心地のいい、ぬくもりのある茶の間で、座卓を囲み、小松夫妻とのひとときを過ごした。日出子の作った五目ちらしや焼き魚、野菜のかき揚げなどはすべて、この上なく美味だった。

意外にも、夫妻とも酒をたしなむようで、冷酒を勧められた。私たちは父に献杯をした後、酒を酌み交わした。

父の話はあまりしなかった。話したのは、夫妻に関係する話題と、私の仕事の話、私が仕事を通じて知り合った著名な作家のエピソードばかりだった。

そうした話の中で、何の脈絡もなかったのだが、日出子が折り紙の話を始めた。孫たちに鶴や奴さんの折り方を教えてやると、小さな子は夢中になって覚えようとするんですよ、と日出子は言った。

夏の午後、早いうちから飲み始めた冷酒のせいか、日出子は少し饒舌《じょうぜつ》になっていた。子供の学校教育の話、情操教育の話がそれに続いた。

その途中、ふと何か思い出したように、日出子が手元のおしぼりを畳み直しながら、しばし口を閉ざした。次いで、歌うような言い方でこう言った。「三國さんのお部屋の引き戸にもね、私、折り鶴を貼ったんですよ。赤い折り鶴でした」

「違う違う。赤じゃなかったよ。橙色《だいだい》だった」と横で日出子の夫が訂正を促した。

「あら、そうでしたっけ。赤じゃなかったかしら。赤だったわよ」

「橙だったよ。三國さんの前で鶴を折ろうとした時、持っていった折り紙の中から、どの色がいいですか、って、三國さんに伺ったら、三國さんが橙色を指さしたじゃないか」

「赤じゃなかった？　赤のほうがきれいよね、って言ったような記憶が……」

「いや、橙色だった。絶対に」

夫妻の微笑ましいやりとりを聞きながら、私の中に、漣《さざなみ》のように押し寄せてくる記憶があった。父の遺品整理のために、さくらホームに出かけた日のことだ。

部屋の引き戸の、父のネームプレートの脇に、二羽の折り鶴がテープで貼られていた。以前はなかったはずのものだった。誰が折ったのだろう、とちらりと思った。そのすべてを覚えていた。

「橙色でした」と私はそっと二人の間に割って入りながら言った。「確かに橙色の、二羽の小さな鶴でした」

私の正面に座っていた日出子の目に、淡い水が浮かんだように思った。日出子は微笑し、黙ったままうなずき、また微笑してから言った。「やっぱり衿子さんは、そういうものを目に留めてくださっていたんですね」

風鈴がのどかに鳴った。窓の外を駆け抜けていく子供たちの笑い声が聞こえた。

「あの鶴、剝《は》がして持ってくればよかった……」

そうつぶやいた自分の声は、慣れ親しんだ肉親に向かって言っているかのように聞こえた。

透き通った風の中に、コスモスの淡い水色の花びらが揺れ、秋の跫音《あしおと》が近づいてきました。お元気でいらっしゃいますか。

こうしてあたりに初秋の気配が感じられる頃になると、私は毎年独りになりたくなります。少年の頃からそうでした。今年も年甲斐もなく、ロマンチックになりながら、歌壇を通して知り合った貴女《あなた》の誠実で真摯な、教育者としての厳しい生き方を前にして、己《おの》れを恥じております。

先日は早速、お返事有り難うございました。いつもながら美しいペンの跡が、お歌の示す通りの人への温かい愛とひたむきな求道者の横顔を浮き彫りにしていて、身もひきしまるのを覚えます。

老い父の湯あみ助けてぬるる手にはるかに逝きし母の星ふる

というあの格調の高い、情感溢れるお歌を又しても思い出し、そっとくちずさんでいます。秋はとりわけ、追憶の季節なのでしょうか。亡き母のことが思い出されます。

今日もまとまりのない、つまらないことを書いてしまいました。明日からの三連休はゴルフと読書で有効に過ごそうと思っております。そして、久し振りに歌を作ってみようかと。

夏の疲れの出る季節と聞きます。どうかくれぐれもお身体をおいとい下さいます様、お祈り申し上げます。さようなら。

三國泰造

九月二十二日

小松日出子様

〜〜〜〜〜〜〜〜〜〜〜〜〜〜〜〜〜〜〜〜

美しいお手紙と歌集を七月十七日に受け取りました。お忙しい日常の中で、この様にお送りくださるお心に、胸が温まりました。本当にありがとうございます。

六月下旬からずっと出張、会議、来客、接待が続き、毎晩遅い日が続いていました。その合間に、お手紙を繰り返し、読ませていただきました。

子供たちに対する限りない愛情と、その子たちの将来への祈りにも似た思いやりが、ひしひしと伝わって参りました。私の様な、云うなれば世に甘え、亦《また》、所属する企業の収益アップとそれに己れの立身出世を希《ねが》って働くだけの人間、ロマンチックな夢を追ったり、美化された過去の回想にひたったりして生きている人間にとって、貴女の様な方には、正直に云って気圧《けお》される様な畏敬を感じます。それだけに歌壇を通じて貴女を知ったことの幸せを神に感謝致すものでございます。どうかこれからも永く、私の様な世に無益な人間を助け起こし、誠実というものが如何《いか》に大切かを教えて頂きたい、この様に改めてお願い申し上げるものでございます。

歌壇で読んだ、最も感銘深い歌の作者と文通でき、しかもその結果、思いもしなかった心の安らぎを得られた幸せは、生涯、忘れ得ぬものとなるでしょう。住む世界も生き方も違う私達です。そして、貴女がお手紙に書いてくださったような「すばらしい人」などとは程遠い私ですが、純粋でありたいとの願いだけは誰にも負けないつもりです。寛大なお心でどうかご指導賜りますように重ねてお願い申し上げます。

お恥ずかしいですが、最近のものを二つばかり。

青春に別れ出で征きし町に立てば家並昏《くら》く氷雨そぼ降る

吾去りしあとのシートのぬくもりにふれしという電話外は夜霧か

今の家内との間にできた二人の娘のうち、上の子は今年、成人式を迎えました。次女は来春、高校を卒業します。前妻の娘はもう二十九歳。子供たちはどんどん成長していきます。

前妻の娘、衿子は、大手出版社に勤め、編集者の仕事に精を出しています。めったに会えず、私からも連絡しないよう努力しているのですが、時々、思い出したように自分が編集した本を送ってきます。そのうち、衿子の編集した本（すべて現代作家の小説です）をお教えしますので、まことに親馬鹿ではありますが、貴女にもその仕事ぶりの一端を知っていただければ、と願っています。

夏負けなどなさいませんよう、どうかお元気でお過ごしくださいます様に。

三國泰造

七月三十一日

小松日出子様

〜〜〜〜〜〜〜〜〜〜〜〜〜〜〜〜〜〜〜〜〜〜〜〜〜〜〜〜

木々の葉が色づく季節を迎えました。その後はお変わりなくお過ごしでしょうか。ここのところ、すっかり筆不精になってしまったことをお詫び申し上げます。

実はしばらく前から、小生の身体に異変が起こり始めていました。手が震え、書いている途中から、文字がどんどん、豆粒のように小さくなってしまうのです。声も出しにくくなり、発音が乱れるようになってきました。ふつうに歩いているつもりでいても、歩幅が極端に狭くなり、気をつけていないと転びそうになってしまいます。

そんな中、珍しく前妻の娘、衿子から電話がかかってきました。僕から衿子あてに出した手紙の文字が尋常ではない、何かがおかしい、と思ったのだそうです。なんでも、僕と同じような状態になった有名作家がいて、検査を受けたところ、パーキンソン病だと判明した、もしかするとパパも同じ病気かもしれない、すぐに大きな病院で検査を受けるように、と言われました。

正直なところ、自分でもそうかもしれない、と思っていたところがありました。ひとまずホームドクターのところに行って、相談してみる、と答えたのですが、衿子はそんな悠長なことを言わず、急いで大きな病院に行くべきだ、と珍しく厳しい口調で言い張ります。

前にも貴女あての手紙に書きましたね。僕にとって衿子は、初めての子であり、文字通り、目の中にいれても痛くない愛娘でした。衿子会いたさに、離婚後も別れた妻のもとに通い続けたほどです。

別れた妻が心根のやさしい女で、ものごとにこだわらず、おおらかに振るまってくれていたからよかったようなものの、そうでなければ、二度と家の敷居をまたぐな、と言い渡され、衿子とは金輪際、会わせてもらえなかったことでしょう。

それなのに僕はその、世界で誰よりも、何よりも愛していた娘を棄てたのです。どんな言い訳もきかない、度し難く愚かなまねをしでかした阿呆な男なのです。そのうえ、棄てたわが子が恋しくて恋しくて、未練がましく会いに行き続けたのです。

その報いが生涯、自分についてまわるのは当然でした。衿子を支えたいのなら、あくまでも遠くからそれとわからないようにすること、間違っても親子の縁や情愛を取り戻そうとして、みっともなく衿子に近づいていこうとしないこと、距離を縮めぬよう注意しながらかかわり続けていくこと……何があっても、決してその則《のり》を超えてはならない、と自分に固く誓ってきたのです。

衿子がどう思っていたのかは知る由もありません。母親の育て方がよかったからなのか、もしくは本人の持って生まれた性格の賜物なのか、さしたる問題を起こした様子もなく健やかに成人し、大学を卒業して出版社に就職しました。その後、同じ会社の人間と結婚したものの、離婚。衿子なりに苦しい時期も長くあったようですが、衿子は明らかに僕との接触を避けていて、それらについての心情を僕に語ってきたことはありませんでした。

親子なのに、いつもどこかお互いに他人行儀にかかわり続けてきたわけですが、そのため、衿子がそんなふうに僕の健康状態について強い関心をもち、案じてくれたことなど、かつて一度もなかったことでした。僕にはそのことが大きな驚きであり、また勝手な言い草ではありますが、喜びでもありました。

家内は僕の言っていることが聞き取りにくくなった、と言って、時に苛立《いらだ》ちを見せるようにもなっておりました。また、足どりがおぼつかないのは、危なっかしくて見ていられない、と娘たちにも言われ、このままではいけないと思い始めていた矢先でもありました。僕は衿子に後押しされたことに勇気を得て、思い切って大病院で検査を受けました。

といっても、病院では一通りの検査の他に、ＣＴとＭＲＩ、ＭＲＡ、それぞれの検査を別々の日に予約しなければなりません。ご承知の通り、大きな病院の混雑ぶりは、それだけで寿命が縮むほどくたびれます。最終結果が出るまでに、思いのほか体力と時間を消耗させられました。

そして、やはり思っていた通りの診断結果が出てしまったのです。衿子が案じていた通り、病名はパーキンソン病でした。

この病気は原因がわかっていないため治療法がなく、したがっていわゆる不治の病のひとつに数えられています。ただ、急激に死に至ることはなく、徐々に震えがすすみ、歩行不能になってゆく、そんな経過を辿《たど》ると言われました。

現在、六種類、十一錠の薬を服用しています。歩きにくいのも喋りにくいのもつらいですが、なにより困るのは手の震えです。家にいれば家人に、外では仕事関係者に代筆してもらえますが、金融機関や役所などで、自署を求められる場合が一番閉口します。でも、事情をわかってもらえれば大概、なんとかなるようです。国が難病に指定したほどの厄介な病なのだから、怒ったり落胆したりしてもどうにもならない、仲よくしてゆくしかないと観念しています。

聊《いささ》か長生きをし過ぎた感もあります。完治が望めないのであれば、病気を受け入れて、症状が悪化しないよう処方された薬をおとなしく飲み続け、せめて貴女と手紙のやりとりができるようにいられれば、それでよしとしよう、そんなふうに考えている次第です。

貴女と電話でお話ができればどんなにいいだろうと思うのですが、何分、声が出づらく、聞きとりにくくて貴女にご迷惑をかけると思うと、それも諦めざるを得ません。とはいえ、こうしてワープロを使えば、これまでと何ひとつ変わりなく、手紙は書けますので、ご心配は無用です。

自分の病気のことばかり書いてしまいました。そんな近況しかお知らせすることができず、お恥ずかしい限りです。

貴女もどうかくれぐれもご自愛ください。書きたいことは山ほどありますが、今日はこれにて。

十一月二十四日

三國泰造

小松日出子様

暑中お見舞い申し上げます。今年の暑さは全くひどいものです。39・5度だなんて、高熱患者並みではないですか。お変わりありませんでしたか？

それにしても、一度もお会いしたことのない、歌友にすぎない男のことをいつも心配してくださって、改めて感謝の気持ちでいっぱいです。時々、貴女からいただいた手紙を読み返しておりますが、「どうか神様、これ以上、悪くなりませんように、三國さんをこれ以上、苦しませないでくださいますように、と今日も私は、木々に花に、空に大地に、祈りを捧げております」というところを読むたびに、いつも胸熱くなってしまいます。うまく表現できませんが、何か至高の善意、それも宗教的な雰囲気にのみ似合う、そんなおことばなのです、ぼくにとって。

ぼくのほうは残念ながら、歩行も言葉も急速に悪化。室内でも転倒しやすくなりました。家の中には家具などがあって、大怪我の危険があるため、室内用の車椅子を買って使っています。外出はオールタクシー。介護ヘルパーが一緒に来てくれても、すくみ足が怖くて、通院と散髪以外は家にとじこもっています。トイレ、風呂、食事なども困難になりつつあり、お恥ずかしい話ですが、家内が決して協力的とは言えないので、これはいよいよ介護付老人ホームに入居しなければならない、と観念しております。すでに家内や娘たちにもそのことを伝え、適当なところを探すように頼みました。

ぼくは、苦心して建てたこの家のロケーションや間取りなどを気に入っておりまして、この家で人生を終えるつもりでいました。当然、そうなるだろうと確信もしていました。それだけに、何故、自分で建てたこの家を終《つい》のすみかにすることができないのか、と暗澹《あんたん》たる思いにかられます。

二人の娘たちは、そろってぼくの様子を見に来ては眉をひそめたり、ため息をついたりし、その後、茶の間で長い間、母親とひそひそ何かしゃべっていきます。何をしゃべっているのか、だいたいの見当はつきますが、おまえたちは何を企んでいるんだ、おれをここから追い出した後のことを相談し合ってるのか、と聞きたいと思ってもその言葉がうまく出てこないのですから、父親の威厳も何もありません。

衿子がここにいてくれれば、衿子が会いに来てくれればと、ことあるごとに考えます。同時にそんなことを夢想する自分が情けなく、いったい自分は今頃になって衿子に何を望むのか、虫がよすぎるではないか、と自分で自分を笑い飛ばすしかない毎日です。

　衿子とゆっくり二人で会う時間は、ぼくにあと何回、残されているだろう、ということもよく考えます。言葉が不自由になってしまい、衿子とももう、ろくな会話もできないことだろうと思います。生きている間に衿子とどれだけ心を通じ合わせることができるのだろうか、と思うと複雑です。

　衿子には母親ゆずりのやさしさと強さがあります。母親そっくりだと思って驚いたことも何度かありました。ぼくはもしかするとそんな娘に甘えているだけなのかもしれません。だとすれば、いい気なものだし、とんでもない父親だと我ながら呆れます。

　あなたには図々しく、家の中の事情を打ち明けてきましたので、ついつい、こんなしょうもないことを書いてしまいました。ごめんなさい。

　入居するホームが決まりましたら、すぐにお知らせします。自分で建てた家から出て行かなくてはならなくなった自分のことは惨《みじ》めですが、それしかもう方法はないのだ、と言い聞かせています。

　最近は歌も詠めなくなってしまいました。歌のこころはまだ残っているのに、言葉に力が入らないのです。ホームに入るまでにやらねばならないこと、家族のため、自分のためにやり残してはいけないことが山ほどあるので、粛々とそれを片づけていくほかはないようです。

ではこれにて失礼いたします。

八月三日

三國泰造

小松日出子様

〜〜〜〜〜〜〜〜〜〜〜〜〜〜〜〜〜〜〜〜〜〜〜

(葉書) 秋色濃くなりました。お変わりありませんか。少し遅れましたが、10月19日、ホームに入りましたのでここにお知らせします。さくらホームというところで、住所は表記の通りです。自宅から車で十分もかからない場所にあります。手厚い介護サービスは期待通り。家族、とりわけ衿子がぼくのこのような感想に安堵したようです。

冷え込む日も出てきました。どうかくれぐれもご自愛のほどを。

三國泰造

小松日出子様

〜〜〜〜〜〜〜〜〜〜〜〜〜〜〜〜〜〜〜〜〜〜〜

(葉書) ご無沙汰しておりますが、お変わりありませんか。小生病気は進みましたが、内臓全般に異常ない模様です。

長生きしすぎるから
難病に出会うんだと
パーキンソンの　われいうに
膠原病の友　力なく笑う

この大切だった友人も、膠原病の果てに召されて逝きました。ぼくはこの超完全介護のホームで孤独に暮らしながら、読書三昧、結構、楽しんでおります。ここに入居して一年になりますが、衿子がぼくの好物や本を手に、何回も会いに来てくれるようになりました。近況ご報告乞う。

三國泰造

小松日出子様

〰〰〰〰〰〰〰〰〰〰〰〰〰〰〰〰〰〰〰〰

あっというまに半年以上ご無沙汰しました。お変わりありませんか。私のほうはご承知の病気持ち。いい話はあるわけがないので、ついお手紙を書く気分になれないものですから、気にしながらも月日だけが飛ぶように去っていきました。

この間の日曜日、いつものことですが家族は誰も訪ねてこなくて、しかも体調がすぐれず、一日中、ホームの部屋でくすぶっていました。何もする気になれなかったのですが、貴女の手紙を読み返せば元気が出るかもしれないと思い、ホームの職員に頼んで手紙のファイルを拡げてもらいました。それから、あたりが暗くなるまで、一心に貴女の手紙を読みふけっていました。

膝や足首が思うようにならず、手をのばして電燈をつけるのも大儀。職員が来るまで、薄暮の中にじっとしていながら、突然気がつきました。貴女の歌やことば、そして文字が美しいことの理由です。

それは貴女が貴女の体内に、心の中に温かく美しいものを持っているからなのです。それが偽りなく、ことばや文字になって表現されているのです。私は貴女との出会いを改めて貴重なものと知りました。大切にしてゆかなくてはならないと思いました。貴女が書いてくださる言葉や歌は、私に残されたわずかな希望なのです。

それにしても医者は高齢者になんと冷たいのか。こういう身体になって初めて知りました。

そこまで生きてこられたんだから、もう充分だろう。どの医者も苦笑いしながらそう言っているみたいに聞こえました。ひがみかも知れませんが、いつもそう聞こえるのです。

誰も真剣に耳を傾けてくれません。私の言葉が不自由なので、面倒がって聞いてくれようともしない。あちこちが痛いのは仕方がない、痛みの理由なんかわからない、もう病気は治らないんだし、あんたはじきに死ぬんだから、じたばたしないで諦めなさいよ、そう言われているような気がするのです。

その医者たちに大声で言ってやりたい。あんたに言われるまでもなく俺だって長生きしすぎたと思ってるんだよ。昭和十八年学徒出陣。その日入隊した学徒のうち、何万人かは終戦までのわずか一年半の間に、祖国と自分の家族、愛する恋人を残して死んでいった。彼らの青春は一体何だったんだろう。毎年冬が近づくと海軍予備学生、陸軍特別操縦見習士官を志願し、往きの燃料だけを積んで覚悟の出撃、若いいのちを散らせた仲間のことが蘇ってきて涙が流れる。そのあとも、こうして六十年にわたって生きていること、そのこと自体が取り返しのつかない間違いだったんだ。俺たちの年代はみんな、戦争の当時のことは口をつぐんで語らない。本当のところを語りたがらない。簡単に語り尽くせることじゃないからだよ。しかし俺と同年代の患者が来たら、せめてこのことを思い出してくれよな。死に近づいてる役立たずの高齢者だからといって、馬鹿にするな。俺たちが通りすぎてきた道、俺たちの記憶に刻みこまれて消えなくなったものは、あんたたちの想像を絶するものだったことを忘れるな、と。

愚痴っぽい手紙になってしまい、申し訳ありません。いい年をして恥ずかしいことです。反省してお詫びします。

言葉が不自由なのが困りものです。電話で貴女と話せたら、どんなに楽しいだろう、どんなに心なぐさめられることだろうといつも夢みております。

実は、貴女にはまだ話していませんでしたが、私の病気が発症し、少したってから家内との離婚話が出て騒動になったことがありました。先に離婚をほのめかしたのは私です。それを受けた家内が娘たちをまきこんで大騒ぎになったのですが、このところ、なぜだかよくその時のことが思い出されてきて閉口します。

それまでも私に冷たかった家内が、さらに氷のように冷たくなったのは当然のこととしても、自分にとっての結婚は何だったのかと、今さらながらに心が痛むのです。今の家内と結婚するために、私は衿子を棄てたのですから、何をかいわんやです。自業自得の流転の果てに、悪党が涙を流したからといって、人はざまあみろと笑うだけでしょう。

家内はここに一度も来ません。娘たちはいろいろと母親をかばって言い訳をしてきますが、家内が絶対に来ようとしていないことはよくわかっています。次に家内が私に会いに来るのは、私が死んだ時でしょう。

それでもごくたまに、私は家内が作るきんぴらを食いたいと思う。ゴボウとニンジンとじゃがいもの、味がよくしみたきんぴらで、昔から私の好物でもありました。空いた時間にちょっと作って、冷めたものでいいから持って来てくれたらと夢想するのです。笑止千万、愚かなことです。

しかし、がんばってリハビリを続けなければと気持ちを奮い立たせていますので、ご安心を。はっきりした効果は出なくても、希望を捨てたらおしまいですからね。以上、最後まで愚痴っぽくなりましたがお許しください。近況ご報告まで。

不悉

三國泰造

小松日出子様

〜〜〜〜〜〜〜〜〜〜〜〜〜〜〜〜〜〜〜〜〜〜〜〜〜〜〜

（葉書）先日はこころあたたまるお手紙感動してよみました。早速お返事を書くつもりでおりましたラ（原文ママ）、突然、顔や手足がまひしました。その場で病院にゆかされ、即入院となりました。病名脳梗塞。両手の機能がさらにおち、目の前のものをとるのもナースコールです。このぶんしょうを打つのもひとくろうです。
ほっさをおこしたのが、衿子がきてくれていた日だったので助かりました。もはや寝たきりどうぜん。車椅子にすわってても自力ではうごけず、こえもでずだるまのようです。なにごとも天命に従うしかないとおもいます。お返事おくれましたことかさねて悪しからずご海容賜り度（原文ママ）

三國泰造

小松日出子様

9

父が小松日出子あてに出した手紙のファイルは、私から時間を奪い続けた。もうやめよう、また後日にしよう、と思っても、手紙が差し挟まれたファイルのビニールページをめくる手が止まらなくなった。

ワープロの中の文書に残されているものを読んでいる時とは、まったく異なった感覚があった。ワープロの電源を入れ、起動させ、キイボードを叩いて文書を指定し、やっと目の前に立ち現れるものと違って、日出子のファイルの中にはそっくりそのまま、父が書いた手紙や葉書が現物のまま、収められているのだった。

たとえそれがワープロで打たれてプリントアウトされたものだったとしても、その違いは歴然としていた。ファイルの中の手紙には、畳まれて封筒に入れられた時の折り目が残っていた。何かの水滴で滲《にじ》んだ文字もあった。父自身が封をし、切手を貼った封筒の消印まで読みとれたし、何よりも、私はそれらにじかに触れることができるのだった。

小松日出子の家から戻った私は、夜もまださほど更けないうちから父の手紙を読み始めた。すべて読み終えてしまうつもりはなかったというのに、途中からやめられなくなった。

　翌日は日曜だったし、約束は何もなかったので、そのまま読み続けた。時々、ファイルから顔をあげて放心した。熱いものがこみあげてくれば、憚《はばか》ることなく嗚咽《おえつ》をもらし、何枚ものティッシュで洟《はな》をかんでは、また放心した。

　物思いに耽《ふけ》る時間のほうが、読んでいる時間よりも遥かに長かった。気づいた時には、午前三時をまわっていた。

　日出子のファイルの最後のページに挟まれていたのは、脳梗塞になったことを知らせる一枚の葉書だった。ワープロで漢字変換をする力も衰えていたのか、推敲する余力もなかったのか、それまでの父の手紙からは考えられないほど、誤字や平仮名の多い文面だった。

　ファイルのビニールページの上には、日出子の文字で「三國泰造様からいただいた最後のおはがき」と書かれたシールが貼られていた。表の消印は、二〇〇六年四月二十一日になっていた。

　脳梗塞の発作後、父は次第にワープロを打つことはおろか、文字表すら使えなくなっていった。小松日出子にも誰にも、手紙を書くことができなくなった。ワープロに向かい、「覚書」と称した秘密の日記もつけられなくなった。「はい」「いいえ」以外のコミュニケーションは難しくなった。父は文字通りの沈黙の中に、まさに「だるまのように」なって沈みこんだ。そのため、日出子宛てに書かれたその葉書の文面こそが、父がこの世に遺した最後の「肉声」となった。

葉書を何度か読み返し、ファイルの中に戻してから、私は缶ビールを手にベランダに出た。

東の空が明るくなり始めていた。往来はまだ静かで、人の気配も車の行き来もなかったが、早くもどこかで雀が囀《さえず》り始める気配があった。またしても、ひどく蒸し暑くなりそうな朝だった。

衿子、衿子、衿子、衿子……父が日出子あてに書いた手紙の中に、何度も繰り返し書かれていた私自身の名前が、頭の中でぐるぐるとまわっていた。手紙の中に、可奈子や千佳の名は一度も登場しなかった。父はいつも私の名を書き、私と会いたい気持ちを日出子に訴え、私が父を訪ねたことを子供のように喜んでいた。

若かったころに、何らかの形で父の私への想いを知ることになったら、その、あまりの図々しさに呆れ果て、怒り狂っていたことだろう。別の女と一緒になるために、平然と母と私を棄てたくせに、何を今更、と思っただろう。そんな自分勝手な人間は死んでしまえ、とすら思ったかもしれない。

だが、今の私には、父の中に横たわっていた寂しさ、私と母を棄てたことに対する無念の想い、後悔の気持ちが理解できた。父が哀れだった。

もっと会いに行ってやればよかった、と私は仄白《ほのじろ》く明けていく空を見ながら思った。時間のやりくりをつければ、いくらでも会いに行くことは可能だった。ウィークデイが難しくても、土曜日曜なら会いに行けた。どんなに忙しくても、どんなに疲れていても、父がそんなに私に会いたがっていたことを知っていたら、何をさしおいてでも行っただろう。

何も話ができなくともかまわない。文字表を使えなくてもよかった。黙って向き合って座っているだけでいい。老いさらばえた乾いた手を握ってやるだけでいい。ただ、私に会いたくて会いたくて、棄てた娘なのにと思えば、そうそうわがままも言えず、いつ来てくれるのか、次はいつになるのか、と虚しい期待を抱きながら、父が日々、車椅子の中で身体を丸め、孤独に過ごしていたことを思うと、またしても胸塞がれた。そんなことで今頃、胸を詰まらせても詮ないことだとわかっていながら、どうすることもできなくなった。

私は缶ビールを飲みほし、空になった缶を足元に置いて、ベランダの手すりに両手をついた。背を丸め、手の甲に額を押しつけた。

隣の部屋のベランダで、土鳩が鳴き始めた。あたりには夏の夜明けの匂いが満ちていた。

失われた時間を思った。遥か遠い昔からねじれたまま続き、決して巻き戻すことができなくなってしまった時間の中に、私はいた。

私の母、久子は父と離婚後、私を連れて東京大田区の庶民的な町の一角にある、二間しかない一軒家を借りて移り住んだ。周囲には長屋や貸家が軒を連ねており、気さくにつきあうことのできる人たちばかりが住んでいた。

私は近所の子供たちと遊び、肩を並べて小学校に通った。梅雨時には、路地づたいに咲く大きな紫陽花の葉に、たくさんのカタツムリが現れた。夏ともなれば、早朝から日暮れまで、幾種類もの蟬《せみ》の合唱が響き渡った。秋には、焼き芋のための焚《た》き火の煙が、あたりいちめん淡く漂い、凍てつく冬には、家々のすきま風の吹く窓ガラスが、温かな湯気で白く曇った。

母は函館時代、地元経営の百貨店に売り子として勤めており、親しくなった百貨店の社長夫妻から実の娘のように可愛がられていた。離婚後、東京にある系列の洋品店の、売り子の仕事を母に紹介してくれたのも、その夫婦であった。

母は月曜から金曜まで、当時、日本橋にあった店に出勤し、働き始めた。売り子の稼ぎなど、タカがしれており、まして私がいたのでパートタイマー扱いだったから、大した収入にはならなかったと思う。父からは毎月、私のための養育費が支払われていたはずだが、安月給のサラリーマンが充分な金額を払っていたとは思えない。だが、私は自分たち母子が貧しいと感じたことは一度もなかった。

株で思いがけず大儲けした父が、母と私のためにマンションを購入してくれるまで、私は母と二人、その二間の家で慎ましく暮らし続けた。学校から帰れば家に誰もいなかったのだが、当時の流行《はや》り言葉でもあった「鍵っ子」という状態にも、私はすぐに慣れた。

　母が用意してくれていたおやつを食べ、友達と貸し借りしている少女漫画を読んだり、外で近所の子供たちと遊んだりしているうちに母が帰って来る。夕食までのひととき、学校の宿題をしていると、台所からは母が煮つけるカボチャや魚の香りが漂ってくる。

　母はいつも機嫌のいい人だった。疲れた顔を見せず、愚痴も言わなかった。ラジオの音楽番組や落語を聴きながら、私は母が作った夕食を食べ、母とたくさんのおしゃべりをする。学校であったこと、近所の子供たちのこと、寺の境内で、ダンボール箱に入れて捨てられていた小犬を友達が飼うことになった話……。

　母は一つ一つの話を楽しそうに聞く。笑う。食事がすむと、母はりんごを皿に載せて運んで来て、見ている前でするするとりんごの皮をむく。きれいに八等分にしたりんごを前に、私は母がいれてくれるほうじ茶を飲む。

　雨の晩は、閉じた雨戸の外に雨音がいつまでも響いている。灯された電燈の明かりが、部屋のすみずみに黒い影を作る。時折、私はそれが意味もなく怖いと思い、怯えたが、母はなんでも笑い飛ばして即興の童話に変えてくれた。

「あそこにいるのはね、黒いウサギちゃんなの」と母は歌うように言う。「毛が真っ黒だから、わからないだけ。黒ウサギちゃんは衿子とママの守り神。いつも夜になると出てきて、見守っててくれるんだから、怖いことなんか、ちっともないのよ」

　時折、それが黒ウサギではなく黒猫になったり、黒い犬になったりしたが、話の骨子はいつも同じだった。母のそうした話を聞いているのが私は好きだった。耳を傾けているだけで、そこはかとなく襲ってくる不安や恐怖も、たちどころに消えていくのだった。その家に父が訪ねて来るのはたいてい、土曜の午後だった。今日はパパが来るから、学校が終わったらすぐに帰っていらっしゃいね、と母に言われ、急いで戻ると、たいていすでに父は到着している。そして私を見るなり、さも嬉しそうに、「衿子、今日も元気そうだねえ」「大きくなったねえ」などと言うのだった。

母は、いつもの母らしい家庭料理をこしらえている。私たち三人は、粗末だが清潔な四角い座卓を囲んで、少し遅い昼餉《ひるげ》を共にする。私がしゃべる。父が笑う。母が微笑む。父と母が離婚する前、板橋の社宅に住んでいた時と、何ひとつ変わらない団欒《だんらん》がそこにあった。

食後、父は私を連れて外に出かけたがった。蒲田の駅前の小さな映画館まで行き、上映されていたディズニーの映画を観せてくれたこともあった。おもちゃ屋に連れて行っては、何か好きなものを買ってあげる、と言ったりもした。

これといってほしいものがなくても、いらない、と言うと父が傷つくような気がした。かといって高価なものをねだるのも気がひけた。私はたいてい、夏なら花火、冬なら塗り絵やクレヨンがほしい、と言った。

そんなものでいいの？　と父は訊き、私がうなずくと、これは？　あれは？　と一つ一つ、私に示しながら、私の反応を窺ってくる。

一度だけ、当時女の子たちの間で流行っていたバービー人形を示されたことがある。手にするだけでも、夢ではないかと思われた。私があまりにも正直な反応を返したらしく、父は即座にそのバービー人形を買ってくれた。金髪の毛をポニーテールに結って、白地に青い水玉模様のサンドレスを着た、見惚《みと》れるほど美しいバービーだった。

私は我ながら呆れるほど大喜びした。母に手伝ってもらって、手作りの洋服を着せたり脱がせたりを繰り返し、夢中になった。

近所の子供たちもバービーを見にやって来た。みんなが羨ましがった。

だが、その後、いつだったかは忘れたが、近所の白い雑種犬が、家の縁側に置いておいたバービーをくわえて逃げて行った。何が気に入らなかったのか、犬はまるでネズミでもいたぶるかのように、バービーに嚙みつき、振り回し、泥のたまった水たまりの中に放り出した。慌てて拾い上げ、汚れを落としたのだが、片足がもげ、顔がひしゃげたバービーは元に戻らなかった。

父はまた新しいのを買ってあげる、と言ったが、私はいらない、と言い張った。父から無用な施しを受けるような気分になったからだった。バービー人形の話題はそれきりになった。

そんなふうにして、月に一、二度、土曜の午後を過ごす父だったが、夕暮れが迫るころになると、名残惜しげにいとまを告げる。秋も深まってくれば、その時刻、外はもう、とっぷりと暮れている。

母と私は家の外に出て、裸電球の灯った外灯の下に立ち、父を見送る。父は私の頭をごしごしと撫で、「また来るね」と言う。

私はこくりとうなずく。父は泣きそうな顔をしながら私を見おろす。その顔、その表情を見るのが、毎回、とてつもなくいやで、私はいつも不機嫌な顔をし、目をそらしてしまう。

父は情けないような笑い声をもらし、「じゃ」と低く言って去って行く。母も「はい」とだけ言う。

路地の角を曲がる時、父は必ず私たちを振り返って手を振った。母が肩のあたりで小さく手を振り返し、「衿子、ほら」と言うものだから、私もしぶしぶ手を振った。

母が、別れた父のこと、自分たちを棄てた男のことを私の前で悪く言ったことは一度もない。私と父が不自然な会い方を続けていることについても、何も言わなかった。

父が帰って行けば、母の顔にはすぐに日常が戻った。そこには憂いもなければ後悔の念も見えず、恨みや憎しみ、軽蔑も、感傷めいたものすら何も感じられなかった。

私が生まれる前から、母は同じ表情をして生きていたに違いない。目の奥に天性の勝気さが窺えるものの、万事において柔和でおおらかで、与えられた環境に素早くなじみ、物事にいちいち細かく感情を乱したりしない母は、その後、何年にもわたって、父と娘が頻繁に会い続けることを受け入れ、それどころか、それが楽しい行事の一つであるかのように私に教えて、何事もなかったかのようにふるまい続けたのだった。

しかし、実のところ、母は何を考え、何を感じながら生きていたのだろうと、今更ながらに思う。夫が深くかかわった外の女との間に子を作り、申し訳ない、別れてくれ、と言われて、地獄のようなすったもんだはあったにせよ、母は最後にはすべてを受け入れ、私を連れて家を出た。

父を恨み、憎んだだけではすまされない。その後の私との生活をどのように算段すればいいのか、先が見えなくなっていたはずなのに、特にがむしゃらになるでもなく、痛々しく気丈にふるまうでもなく、気づけば、新しく家を借り、引っ越して、割り切ったように清々《すがすが》しい顔をしながら新しい暮らしを始めた母の内部に、私は一度も分け入ったことはなかったような気がする。

母は、まだ父とうまくいっていたころに父からプレゼントされたというアメジストの指輪を片時も離そうとしなかった。日本橋の洋品店に勤めに出る時はもちろん、家にいても、炊事の時以外は指にはめていたのを覚えている。

他に宝石らしい宝石など、一つも持っていなかった母の、それは唯一の、身につけて恥ずかしくないものだった。とはいえ、何故、別れた男からもらったものをそこまで熱心に愛《め》で続けることができたのか、私には今もわからない。

いつか真意を問うてみようと思っているうちに時が流れ、そのうち母に認知症の症状が現れ始めた。それまでも、たまに言動に辻褄の合わない面が見られていたのだが、異変にはっきり気づいたのは二〇〇四年の春である。

夜十時半をまわったころ、私が仕事から帰ると、母が悄然とした顔つきで、私の部屋の玄関ドアの前に立っていた。私の帰りを今か今かと待っていたのだという。

同じマンションの同じフロアに、私と母は別々に別れて暮らしていたが、むろん合い鍵は互いに持ち歩いていた。私の携帯番号も母には教えてある。急用や急病なら、携帯に電話をかければいい話だった。何故、そんなふうに不安げな顔つきで玄関前に佇んでいるのか、わけがわからなかった。

ひとまず母を室内に入れ、落ちつかせてから、どうしたの、と訊くと、お金を貸してほしいのよ、と言う。

どうしても明日の朝までに三十万円必要なのだと母は言い、困ったような顔をして私を上目づかいに見た。

その日、午前中、母のところに害虫駆除業者と名乗る男二人が訪ねて来て、このあたりでダニの被害が多数出ているから、お宅の中の状態を見せてください、と言われたという。母が「それは大変。お願いします」と言うと、男二人は部屋に上がり、カーペットの下やらカーテンやら、ベッドやら、あちこちに検査機器のようなものをあてがっていたが、やがて、「奥さん、大変ですよ。お宅にはダニの幼虫が多数わいています」と言ったのだという。

まだ孵化《ふか》していないので、被害はないだろうが、気温があがるにつれて、これは大変なことになる、ついてはすぐに駆除に取りかかりたいので、明日の午前九時までに、駆除費用の三十万円を用意し、使いの者に渡してほしい……そう言われた母は、差し出された書類に言われるままにサインし、判子を押してしまった。

「どうしてマンションの管理人さんに相談しなかったの。ダニだなんて、そんなの嘘っぱちに決まってるでしょう。鉄筋の建物だと、シロアリの手が使えないから、ダニに変えただけなのよ。ママは、一人住まいの高齢者をねらう詐欺グループにまんまと引っかかったのよ」私は苛々して怒鳴り声をあげた。「それより何より、なんで私に連絡くれないの。その場で、ちょっと待ってください、娘に相談しますから、って、どうして言えなかったの」

母は「でも」と言って、ふと今にも泣き出しそうに顔を歪めた。「衿子に電話するって言ったって、どこに電話すればいいか、わからなかったものだから」

私が勤めに出ている間は、年寄りの一人暮らしである。万一の時のことを考え、私の携帯番号も会社の番号も全部、メモ書きし、母の住居のあちこちの壁に貼ってあった。もちろん、電話機の横のアドレスボードにも、真っ先に目につく場所に書きとめてある。

「とにかく、お金をお願い」と母は弱々しく懇願した。「銀行からおろしてくる暇がないし。衿子が貸してくれれば、明日、きちんと払えるから」

「わからないの？　ママ。そういう詐欺がたくさんいるのよ。ママはだまされたのよ。独り暮らしの高齢者のところに行って、なんでもかんでも契約させて、お金を払わせるのよ。サインしたり判子を押したりしたら、それで契約を交わしたことになっちゃうのよ」

「そんなに怒らないでよ。どうすればいいの。もう、なんにもわかんないよ」母はべそをかき始めた。かつての母からは、想像もつかないような取り乱した表情だった。

私はただちに、害虫駆除業者の一件を会社の顧問弁護士に相談した。クーリングオフ制度を利用して、速やかに処理してもらうことができたのだが、母の認知症の症状は、その後、徐々に顕著になっていった。

自宅の玄関を誰かがこじ開けようとしている、と言って大騒ぎを起こし、母の言うことを信用したマンションの管理人が、私の留守中、警察に通報したこともある。どこをどう調べても、外部から侵入しようとした形跡はなく、母の勘違いだったということで片づけられて、警察は帰って行った。

食事を一人で作れなくなり、冷蔵庫の中にスリッパや電話の子機が入れられていることもあった。ガス台の火をつけると、そのままにしておくようになったため、火災の危険を考えて、私は母の部屋のガスの元栓を閉めっぱなしにしておかなければならなかった。

ついに始まってしまった、と思い、私は全身から力が抜ける思いにとらわれた。案じてはいたが、実際、そんな母を目の前にしているのはやりきれなかった。

万事において、自分の感情を抑制してきた母だった。一方的に強いられた、理不尽きわまりない離婚を経て、女手ひとつで育てあげた娘は、いいのか悪いのか、早くから手元を離れていった。一人残されたまま、経済的な苦労は少なかったものの、優雅とも虚ろとも言える晩年を過ごしながら、いつしか母は、無意識に脳を萎縮させることによって、自分を救おうとしたのかもしれない。そんなふうに考えることもある。

或る日、私が仕事から帰ると母が錯乱していた。日中、交代で頼んでいた最後の介護ヘルパーが帰ってから、わずかしか時間がたっていなかった。

母は、電話が鳴り出して怖い、と言い、電話の子機を座布団でぐるぐる巻きにして、風呂場のバスタブの中に入れていた。どういうわけか、着ているものを全部脱ぎ捨てており、ショーツ一枚の姿だった。ショーツは尿にまみれていた。

その晩から、私は母の部屋に寝泊まりし、出社している間は介護サービスを増やして、いっときも母を一人にさせないようにした。母を入居させるにふさわしい介護施設を探し、そのつど下見に行った。

なんとかここなら、と思える施設が見つかったのは二か月後。母は「よそに行くのはいやだ」と言い張ったが、私は心を鬼にした。

目を離すと、母は自分の排泄物を部屋の床になすりつけるようになっていた。ベランダの鉢植えを道路に向かって投げ落とそうとすることもあった。

そんな時でも、母の左手の薬指には、父からもらったアメジストの指輪が後生大事にはめられていた。私が探し出してきた施設に入居させる時も、入居した後も、母の手からアメジストの指輪が消えたことはなかった。

そんな母のことをおよそ初めて、父に詳しく報告したのは、二〇〇七年の春である。それまで父と私との間で母、久子を話題にしたことはほとんどない。最後に母について話したのがいつだったのか、思い出すことすらできない。

父がまだ華代と暮らしていたころ、たまにやりとりしていた手紙の中で、私が母について記すことはあった。とはいえ、それはあくまでも儀礼的なもので、手紙の末尾に「ママは年をとりましたが、元気でいます」などと軽く付け足したに過ぎない。

母について、父に特別に知らせねばならないことは何ひとつなかった。母との暮らし向き、母との生活のこまごまとしたことを父に教えるつもりもなかった。

父は父でそれを受け、「ママが元気でいるそうで何よりです」と書いてきた。それだけだった。

ママ、という呼び名は耳ざわりがよく、親しみ深さに満ちてはいたが、実は父にとっても私にとっても、実体のない、都合のいい記号にすぎなかった。

私の母、久子は、父にとっては半世紀も前に別れて他人になった女だった。一方、私にとっては、父に棄てられたという点において、同じ痛みを共有してきた相手だった。父を相手に母の話題を持ち出すことを禁忌に思ったことは一度もないが、どこかで無意識のうちに避けていたことは確かだ。父にしてみても、それは同じだったろう。

そのせいもあってか、春の花が咲き始める季節、さくらホームの父の部屋を訪ねた時も、どういうわけか私は、母を施設に入れることにしたという話を切り出すことができなかった。

父が、私の持っていった葛桜を食べている間、私はそれを介助しながら、まわりのものを片づけたり、鼻唄を歌ったり、天候の話を繰り返したりしていた。

二つ目の葛桜を長い時間をかけて食べ終えた父の、餡《あん》のこびりついた指先や、涎《よだれ》にまみれた口もとをウェットティッシュで拭《ぬぐ》ってやってから、「おいしかったでしょ」と訊ねた。父はがくがくと首をふるわせながらうなずいた。

自分で飲み物を飲むことが難しくなっていた父の口もとに、私はぬるい煎茶の入っている吸い呑みを近づけてやった。父は小さく口を開け、音をたてずにそれを吸った。

父がむせることなく煎茶を飲みくだしたのを見届けてから、私は吸い呑みを離し、「あのね」と切り出した。「今日はパパに報告しなくちゃいけないことがあるんだ」

父はまぶしそうに目を瞬かせた。私は車椅子の父の正面に丸椅子を持って行き、介護用テーブルをはさんで腰をおろした。

「ずっと話してなかったことなの。だから、パパ、びっくりすると思う。今日はその報告も兼ねて来たんだけど……」

ゆるめにつけた部屋の暖房と窓から射し込む春の午後の陽射しとで、室内は温かかった。温か過ぎるほどだった。

私は着ていたニットジャケットの袖を大きく捲《ま》くり上げ、背筋を伸ばし、「実はね」と言った。「……ママが認知症になっちゃったのよ」

注意深く父を観察したが、父の表情に格別の変化はなかった。父は沈黙したまま、私を見ていただけだった。その顔は、眠たげにすら見えた。

「これまではね、自宅に交代で介護ヘルパーに来てもらってたの。だから、なんとか私も今まで通り、仕事を続けることができてたのよ。介護保険を使ったり、有料の介護サービスを使ったりして、それをうまく組み合わせると、ほとんどの時間をそばに誰かついててやれる態勢を作れたの。お金はかかったけどね。でも、人の手を借りるってことがこんなにありがたいことだとは思わなかった。この分なら大丈夫、しばらくは自宅で介護できると思ってた時期もあったの。でもね、さすがに難しくなって……。今年に入ってから特にひどくなったのよ。とにかく目が離せなくて」

私は苦笑しながら「ふう」と大げさに息を吐いてみせた。「ママったら、それはそれは、いろんなことをやってくれるわけよ。よくもまあ、そんなにいろんなことを考えつくよね、って感心するくらい。人の姿が見えなくなると怯《おび》えるの。そういう時は、裸になって錯乱しちゃったりね。ウンチを垂れ流すだけじゃなくて、ご丁寧にも自分の手で床になすりつけて模様を作ったりするわけ。泥遊びしてるみたいに」

父は相変わらず無表情だった。その無表情、無反応ぶりに私は少し救われた思いがした。この人にとっては、五十年近くも前に別れた妻が認知症を患っていることを聞かされるのは、見知らぬ他人が鬱《うつ》病になった話を聞かされているのと、さして変わりはしないのかもしれない、と。

私は先を続けた。話を面白おかしくしたかった。深刻な話題にはしたくなかった。こんなのは大したことではない、誰もが経験し、そのうち笑って思い出すような話なのだ、として、身ぶり手ぶりをまじえながら、父を笑わせてやりたかった。

「いくら相手が親だからって、床にウンチをこすりつけられたら、こっちだって爆発するじゃない。でも私が本気で怒ると、ママはそれが気にくわないらしくて、別のことをやらかすわけよ。まったく、いい根性してるわよね。マンションのベランダから、鉢植えを外に向けて投げ落としたりね。通行人を殺す気か、って話でしょ？　素っ裸で外に飛び出してったりもしたわね。あんなおばあさんの無修正フルヌード、いったい誰が喜ぶ？　タンスの引き出しから洋服や着物を引っ張り出してきて、鋏《はさみ》で切り刻んだりもしちゃったりして。あらゆることをやってくれちゃうんだ、これが。まあ、元気元気。呆れるのなんの、って」

父はそろりと車椅子の中で身体を動かした。少し上げた右手の、小刻みに震える指先が介護用テーブルの上を指し示し、次いで乾いた色のないくちびるが、小さくわなないた。

そんなふうに口を開けて何か言いたげにする時は、たいてい文字表を求めている時だった。私は、ベッドの上に放り出したままにしてあった文字表を手に取り、急いで父の前に差し出した。

父の右手の五本指が、固くねじれた形のまま震えながら文字表のほうに伸ばされた。

人さし指一本さえ自由に伸ばすことができず、丸まった指は、並べられた平仮名の上を苦しげに行きつ戻りつするばかりだった。

私は父の横に移動し、父が力みながら文字表の上に指を着地させようとしているのを辛抱強く見守った。

まず初めに、なんとか読みとれたのは「い」という文字だった。だが、それだけではいくらなんでも、言わんとしていることが類推できない。次にどの文字がくるのか、せめて一つだけでも正確に示してもらわなければならない。

父がその前の年の春に患った脳梗塞は、幸い軽く済み、目立った後遺症は残らなかった。だが、それが引き金になったのか、パーキンソン病の状態はどんどん悪くなる一方だった。文字表を使って言葉のやりとりをすることも、以前に比べてはるかに困難をきわめるようになり、この分でいけば、早晩、一切のコミュニケーションがとれなくなるのでは、と私は思い始めていた。

「い」の次に、「つ」という文字に指が移動しようとしているのをかろうじてわかってやることができたのは、私が全神経を集中させ、勘を働かせたからだ。実際には父の人さし指は、「つ」の文字ではない、その周辺をぶるぶる震えながら回遊し続けているだけだった。

「『い・つ』……？　あ、わかった。ママがそうなったのは『いつから？』っていうことね？」

父は切れ切れに苦しげな吐息をついた。「イエス」の合図だと思った。私はこれまでの母の経緯を正直に父に打ち明けた。どうも様子がおかしい、と感じ始めた時期のこと、母の言動のゆるやかな変化、病院の受診結果、介護保険を申請し、各種介護サービスを受け始めた時のこと、その後の進行の様子……。

父はじっと聞いていたが、どこか眠たげな目はそのままだった。車椅子の中で身体を前に傾けたまま、父は口をへの字に曲げ、目を閉じてしまった。

「眠くなった？」と私は苦笑しながら訊ねた。「こんな話、聞いてても楽しくないもんね。わかるわかる。いいよ、そのまま少しうたた寝すれば？」

だが、父はうっすら目を開けた。その視線は思いがけず、まっすぐ私に注がれた。話の続きを求められている、と思った。そうとしか思えなかった。

私は手早く話をまとめるために、「それで結局」と言った。「覚悟を決めて、ママを施設に入れることに決めたの。迷いに迷ったけど、でも、もう限界。今日はね、パパにその報告をしたかったのよ」

父が瞬きをした。私はいたずらっぽく笑ってみせた。「パパと同じ、このさくらホームに入れればよかった？　まさかねえ。いくらなんでもそんなことはできないよね。だから、いろいろ探して、同じ渋谷区内にある施設に入ってもらうことにしたの。別に高級な施設でもなんでもないけど、スタッフがみんな親切で悪くないところよ。ただ、ママはうちから出て行くのはいやみたいでね、今もその話になると、一瞬、認知症が治って昔に戻ったみたいになって、いやよ、行かないわ、そんなとこ、って言うの。それがちょっと辛いんだけど、でも、決めたことだしね。引き延ばしても、いいことは何もないってわかってるから。私はママが認知症になった、ということを受けとめて、ママと自分に一番いい方法を考えて行動しよう、って決めたのよ」

父がそれでも無反応だったので、私は笑みを作り、「ママったらね」と言った。「そんなになっても、今もアメジストの指輪、はめてるのよ。覚えてる？　パパが昔、ママにプレゼントした、紫色の指輪。これまでもそうだったんだけど、認知症が始まってからは特にそう。大事に大事にしてて、片時も指から外さないの。よっぽど気にいってたんだね。きっと施設に入っても、はめたまんまにしてると思うな」

その時、父の顔にふいに変化が起こった。ぽかりと開けた口が大きく引き攣《つ》れた。細めた目が眉と共に歪んだ。それは、苦悶しながら泣き叫ぼうとしている人間の表情だった。

「ああああ」という濁った弱々しい声が、父の喉から発せられた。歪められた口が小刻みに震えた。

私は言葉を失った。どうすればいいのかわからなくなった。

やめてほしかった。この種の話をされて父が泣き出すなど、とんでもない話だった。話せない、書けない、歩けない、の三重苦を患い、死期が近づいている孤独な老人の感傷。後悔。懺悔《ざんげ》。取り返しのつかない人生に向けた絶叫のようなもの。……それらは私の、最も苦手とする場面だった。

だが、私はもしかすると父はそのような反応をするかもしれない、とどこかで想像していたのではなかったか。だからこそ、その話をするのが怖かったのではないのか。

父の両目に涙が水のごとく溜まっていくのが見えた。信じがたく澄んだ瑞々《みずみず》しい涙だった。たちまちのうちにそれはあふれ、痩せて乾いた、しみだらけの頬を流れ落ちていった。

「ああああ」という、絞り出すような声が続いた。どこからそんなに、と思われるほど大量の鼻水が垂れ始めた。歪められたくちびるの両端から、透明な涎が糸を引いて流れた。

私はティッシュの箱をそばに引き寄せながら、父に向かって手を伸ばした。介護テーブル越しに、父の腕に触れた。

なだめるようにその腕を撫で、軽く叩いてやっているうちに、愚かしくもこらえきれなくなった。胸が塞《ふさ》がり、喉が詰まってきた。

視界が揺らいだ。くちびるが小刻みに震え出した。

「泣かないでよ、パパ」と私は言った。言いながら自分が泣いていた。

私はかつて、父と母のまぐわいを見てしまったことがある。いや、正確に言うと、見たのではなく、耳にしただけ。見てはいない。

それなのに、まだ若かった父と母が布団の中で深くつながっていた光景を今も奇妙な現実感をもって思い描くことができる。父が母の上に乗り、烈《はげ》しく腰を使っている様を甦らせることができる。

五歳くらいのころだったと思う。裏手に雑木林が拡がっている板橋のあの家で、或る夏の夜、私は夜中にふと目覚めた。

夏ともなると、続き部屋になっている和室にそれぞれ蚊帳《かや》を吊り、奥の部屋に両親、襖《ふすま》を開け放したままにした手前の部屋に私が寝ることになっていた。家には蚊帳が二つあったが、二つとも二人用の、サイズの小さなものだった。一つ蚊帳の下、三人で布団を並べると、いくらなんでも窮屈だったため、父の提案でそのような方法がとられたのである。

別室とはいえ、間仕切りの襖が開け放されており、隣の部屋といっても、手を伸ばせば届くほど近いところに両親がいた。両親の寝返りをうつ音や寝息まで聞こえた。そのため私は、夏だけ独り寝を強いられることに、何の恐怖感も不満も抱いてはいなかった。

その晩、ふと目を覚ましたのは、幼いなりに、何かただならぬ気配を感じたせいだったと思う。

雨戸が閉じられた室内は真っ暗だったが、闇に目が慣れてくると、隣室に吊られた蚊帳がうすぼんやりと見えるようになった。青緑色の蚊帳だった。その蚊帳の中で、母が喘《あえ》いでいた。布団が絶え間なくこすれる音も聞こえた。父の低く呻《うめ》くような声も、とぎれとぎれに聞き取れた。

　両親が病気になって苦しんでいる、と私は思った。二人とも死んでしまうのではないか、と思った。怖くなって身体を固くし、闇の中、目をこらした。青緑色の蚊帳が、布団のこすれる音と合わせるように揺れているのがわかった。

　母は呼吸を荒らげていて、ひどく苦しそうだった。大変なことが起こっている、としか思えなかった。すぐに蚊帳から飛び出し、何が起こったのか、隣を覗きに行かねばならない、と思った。だが、何かが私を引き止めていた。

　私は汗ばんだ身体を動かさずに、じっと薄い布団の上に横たわっていた。心臓がどきどきしていた。恐怖と不安に泣きだしてしまいそうだった。

　閉じた雨戸の外は静まり返っていた。悪い夢を見ているのか、と思った。

　母の喘ぎ声が高まった。死病にかかり、熱にうかされている人のそれのように感じられた。父が低く、獣のように呻いた。吐息なのか、ため息なのかわからない、得体の知れない荒い息づかいがそれに続いた。

　耐えられなくなった。我慢できずに蚊帳をくぐり抜けて、外に飛び出そうとしたその瞬間だった。父の囁《ささや》き声が聞こえてきた。呼吸を整えながら、くすくす笑う母の声が、それに混じった。

　汗びっしょりだ、と父が言った。のんびりした、それでいて弾むような、楽しそうな言い方だった。何かをちゅうちゅうと吸うような、湿った音が繰り返された。

少したってから、父と母が相次いで蚊帳をくぐり抜け、出ていく気配があった。蚊帳の裾が畳をこする乾いた音が続いた。

風呂場の戸を開ける音が聞こえた。水を使う音。またしても母のくすくす笑い。裏の雑木林で何かの鳥が鳴いた。梟《ふくろう》だったのか。ミミズクだったのか。

和室が二つに洋間が一つの家だった。父と母はそれから洋間に入って行った。ふだんは来客の時に使う部屋で、そこには安物の応接セットが置かれてあった。

しばらくの間、洋間からは両親の話し声と共に、ガラスのコップをテーブルに置くような音が聞こえていた。裏庭の物置で飼っていた犬のペギーが、じゃらじゃらと鎖を鳴らし、物置から出てくる気配があった。ペギーは吠えなかった。

そのうち眠くなり、私は再び眠りにおちた。翌朝目覚めると、隣室の蚊帳と寝床はきれいに片づけられていた。白い半袖のブラウスと紺色のスカート姿の母がやって来て、腰に水色のエプロンを巻きながら、笑顔で「お寝坊さん」と言った。「もうパパはとっくに起きてるわよ」

朝食の席で、私は両親の様子を観察した。二人ともふだんと何ひとつ変わらなかった。何も訊ねてはならない、と思った。私は恥ずかしいほど幼かったが、幼いなりに、前の晩起こった出来事を軽々しく口に出すものではない、ということに気づいていた。年端のいかない子供が、幽霊を見たということをなんとはなしに親や周囲に言わずにいるのと同じように。

私はふだん通りにふるまった。そして、出勤していく父を、ふだん通り、母と二人で見送りに出た。

両開きの門扉の外の、未舗装の道。すでにじりじりと夏の太陽が照りつけていた。行ってきます、と言い、私の頭と頰のあたりを撫でてから、父は背を向けた。道の少し先、角を曲がるところで、必ず振り返って私たちに手を振る父は、その朝も同じことをした。私は手を振り返した。母も手を振った。夏の光が作るプリズムの中、父の姿が白く見えた。そんな父が角の向こうに消えていくまで、私と母は同じ場所に佇んでいた。

夏の朝の光がまぶしかった。雑木林では早くも油蟬が鳴き出していた。裏庭の物置で、ペギーが短く吠えた。

父の姿が見えなくなると、母はふざけて私の腋の下をくすぐった。それは、母と私の間で習慣化されている楽しい遊びの一つだった。

「さあさあ、おうちに戻ってお掃除、お掃除」と母は歌うように言った。言いながら、今度は私の脇腹をくすぐった。

私はきゃあきゃあと甲高い声をあげて笑い、母の手から逃げるふりをして母の腰にしがみついた。それはやわらかな、温かい、弾力のある、よくしなる腰だった。日向の匂い、醬油の匂い、葱《ねぎ》の匂い、かすかに秘密めいた汗の匂いがした。私はそこに顔をうずめた。

それらは私にとっても、母にとっても、忘れることのできない幸福な記憶のひとこまだ。あの板橋の家での日々。あの家に流れていった時間……父が華代と出会うまでの数年間、あの家で親子三人、睦《むつ》まじく暮らしていた時期のことをいったい幾度、母は甦らせてきたことだろうか。思い出さない日はなく、こみあげる感情の群れの中で、叫びだしそうになってしまうこともあったのではないか。

母が何をどう苦しみ、何をこらえ、何を諦め、何を考えて生きていたのか、私には今もわからない。

母は生涯を通して、一度も私には言わなかった。またあそこに戻りたい、あの日々に帰りたい、と母は決して口にしなかった。あんな男、と私の前で父を罵《ののし》ることがなかったのと同じように、母は自分が通りすぎてきた、人生でもっとも幸福で穏やかだった日々について、それが失われて二度と戻らないものであることをひと言も私に向かって嘆くことはなかった。

私も訊ねなかった。母を相手に昔話をすることはあっても、そこに感傷や懐かしさがこもらない言い方を心がけた。履歴書の中のそっけない記述を読み上げる時のように、私も母も、昭和二十七年から昭和三十四年ころまで、東京板橋の、小さな洋風の家に暮らしていた……その事実だけが残されているかのように語った。

父が出て行き、板橋の家にこれ以上住めなくなって、私たちも引っ越さねばならなくなった時のことや、その後、新しく暮らし始めた大田区の家のことを語る時も、同じようにした。私たち母子は、不機嫌や不安を表に出さず、いつも相手を気遣い、微笑み合って生きていたが、たぶん、それぞれはまったく別のものを見つめ、別のことを考えていたのかもしれないと思う。

父と別れた母は、板橋の家から大田区に借りた粗末な家に移った後も、変わらぬ暮らしを営み続けた。年中行事を怠ったこともなかった。

桃の節句が近づくと、母は毎年、狭い家の一隅に木箱を積み、そこに赤い毛氈《もうせん》を敷いて雛《ひな》を飾った。私が生まれてすぐ、父が買ってくれた内裏雛だった。三月三日が過ぎ、四日になると、私は母と雛の前に座り、雛に供えた雛あられをつまんだ。

七夕には、母が近所の笹藪のある家から竹をもらってきて、いくつもの千代紙の短冊を下げ、私に文字を書かせて軒先に飾った。私は下手な字で、「おりひめ」「ひこぼし」と書いた。竹が夜風にさやさやと鳴る音を聞きながら、私は母と、天の川を探して空を見上げた。雨の日や曇りの晩が多く、天の川はいつも見つからなかった。

クリスマスには不二家の小さなクリスマスケーキが食卓に載った。翌朝目覚めると、私の枕元にはきれいなりぼんを結んだ箱や袋が置かれていた。サンタさんが衿子のところにも来てくれたのよ、と母は言った。

大晦日は、母と二人で狭い家の大掃除に励んだ。窓ガラスを拭き、廊下を磨いた。母は掃除をするかたわら、楽しそうに台所に立ち、あれこれ正月の料理を作ることに精を出した。

座卓に母の手作りのおせち料理が並び、いつもより丁寧に化粧をし、和服に身を包んだ母がそれらを取り分けてくれる。それが、私にとっての元日だった。父と暮らしていたころも、母は元日には必ず和服を着た。着なかったのは一度だけ。父が出て行った翌年の元日だけだ。

元日の午後、私が近所の子供たちと羽子板で羽根つきをしていると、母が「お餅が焼けたからいらっしゃい」と呼びに来る。何人かの子供たちが、がやがやと私の家にやって来て、私たちはみんなで、甘いきな粉がまぶされたあべかわ餅を食べた。子供たちのためにあべかわを作ったり、立ち上がったり、また座ったりを繰り返している母の着物からは、わずかに樟脳《しょうのう》の香りが立ちのぼった。

そんな静かな、母子だけの暮らしが永遠に続けばよかったのか。そうなっていたほうがよかったのか。続いてほしいと、何故、私は願わなかったのか。

そのうち私は、折々に訪ねて来る父のことをなんとはなしに疎ましく思うようになっていった。来なくていい、別に会う必要はない、と思った。そして、穏やかに、何事もなかったかのように生活を営み続ける母との暮らしにも、私は嘘くささを感じるようになった。

とりたてて反抗的なことは口にしなかった。母をなじることもなかった。だが、私の意識は或る時期から急速に家族、両親といったものから、かけ離れていった。

母は私が遅く帰るようになっても叱らなかった。私が何をしようが、何を考えようが、自由にさせた。どこで何をしてきたのか、という質問攻めにもしなかった。

私が同級の男の子を好きになり、夢中になっていた時も、大学を卒業して出版社に就職し、社内恋愛をして結婚した時も、また、その相手と別れた時も、私の打ち明け話の聴き役にはなってくれたものの、母が私に意見したり、親としての不安を覗かせたり、必要以上に案じたり、苛立ったりしたことは一度もなかった。私たちは互いに決して依存しない、依存されない関係の中にあった。

その意味で、母は私にとって、遠慮がちに親しくし合っている、思慮深い友に似ていた。共通の喪失体験をもちながら、それについて語ることを避け、ものごとをいたずらに決めつけたり、恨んだり、後悔したり、ということをせず、時が流れるにまかせてきた。その点において、私と母は共犯者同士でもあった。

私には母のことが未だによくわからない。私がそうであるように、母もまた私のことがわからないのだろう。わからないまま、年をとり、砂がくずれていくように、少しずつ記憶が風化し始め、一切が渺々《びょうびょう》とした砂嵐の中に隠れて見えなくなってしまう時がくるのを、母は気持ちのどこかで待ち望んでさえいたのかもしれない。

全裸になって錯乱し、わけのわからないことを口にしながら自分の排泄物にまみれてしまう母が、かつて私が知っていた母と同じ人間である、ということを認めるのはかなり難しい。それは母の皮をかぶった別の生き物でしかない。

だが、そんな母の萎縮し続ける脳の奥底にも、父と出会い、結ばれ、私が生まれて、板橋の家で親子三人、平和な暮らしを営んでいた日々の記憶が刻まれているはずだった。

父が他の女を好きになり、あろうことかその女と一緒になりたいから別れてほしい、と言い出すに至った瞬間の、地獄の淵を覗きこんだような、深い穴に突き落とされるような感覚、それから後に始まった新たな生活、新たな人生、女手一つで子供を育てあげる、という覚悟、そこに悲壮感は決してにじませない、という、また別の覚悟……そういったすべての記憶が、母の弱りきった、衰えて溶けだした脳の中に今もなお、詰めこまれているはずだった。それが母の人生であり、母自身が通り過ぎてきた時間なのだ。

老い衰えて幼児返りし、昔愛した人、愛された人、大切にしていた場所、時間、できごと、それらすべての記憶がごちゃ混ぜになり、あげくの果てに何もなかったかのようになってしまった母に、もはや苦しみも喜びも失われていると思うのは間違いだ、と私は思うようになった。

猛烈な憎悪と軽蔑と怒りの対象だった父の記憶、そこから生じた苦しみは、積み重ねられてきた膨大な時間の中で、徐々に緩和されていったかもしれない。それどころか、母の脳の襞《ひだ》はなめされ、ゴムのようにつるつるになってしまっている。

だが、どんなに脳がつるつるになったとしても、萎縮して役立たずになってしまったとしても、母が生きた八十数年という時間は消えはしない。脳が忘れても、肉体が消滅しても、そこに流れた時間だけは残される。

そしてその、母の通りすぎた時間の風景の中には、いつも父が佇んでいるような気がする。そこにいるのは、娘である私ではない。大嫌いで大好きな、薄情で冷酷で愛情深い、優しいロマンティスト、三國泰造……。父だけが、母の失われた記憶の奥底で今もたぶん、生々しく生き続けているのだ。

私は自分自身について考えてみる。私には、母にとっての父のような存在はいない。私は時に、男に手ひどく裏切られた。自分が男を冷たく裏切ることもあった。狂ったように夢中になることもあれば、さしたる理由もなく冷めて一切の関心を失ったりもした。

人並みに結婚したが、赤ん坊を産むこともなく別れた。離婚の傷はなかった。気が合わないのに仲のいいふりをしていた子供同士が学校を卒業すると、そのうちそんな相手がいたことすら忘れてしまうように、私もかつて夫だった人のことはじきに忘れた。いっときの情事を恋愛だと勘違いしたこともあった。もしかすると深い恋愛感情があったかもしれないのに、いっときの情事だと思いこもうとしていたこともあった。

肉のまじわりは拒否しなかったから、幾人かの男たちが私の身体を通りすぎていった。だが、風は吹き過ぎてしまえば吹いていたことすら忘れてしまう。それがどんなに烈しい嵐だったとしても、後に残ることはなかった。

そんなふうにして年を重ねてきた。好きで入った道である編集者としての仕事は楽しく、やりがいがあった。際立って親しくなった人間はいないが、仕事を通して知り合った人々から得たものは大きかった。

経済的にも問題は抱えていない。家は持ち家で、その住宅ローン返済がまだ残っているとはいえ、退職金で完済できることになっている。定年まであと少し。思っていた以上に長生きしてしまうことになったとしても、長期の治療が必要な病気にかかったとしても、贅沢さえしなければ、今後の生活はこれまで通りの形で維持できる。

だが、それがどうした、と私は思う。心底、そう思う。自分が選んだ生き方、自分が辿ってきた人生。様々な流転があったとはいえ、晩年の暮らしの保証を得ているということを、私は内心、「それがどうした」としか思っていないのだ。そういったものに特別な価値があるとは、どうしても思えないのだ。

私には家族がいない。かろうじて家族と呼べるのは、車椅子の中で前傾姿勢になり、沈黙したままでいる父と、汚物を床になすりつけ、全裸で外に飛び出していく母だけだった。

そのうえ、私には、母にとってのアメジストの指輪に代わるものがない。そんなものをほしいとは思わずにすむ人生を選んだはずだった。

だが、今頃になって私は、もしかすると自分にもそうした人生があったかもしれない、と夢想するのである。好きな男からアメジストの指輪を贈られて、死ぬまでそれを指にはめているような人生が私にもあったかもしれない。老いてわけがわからなくなって、指輪ごと自分の汚物の中につっこんでしまうようになっても、決してそれを外さないような人生。奈落の底と天国とを繰り返し味わう、別の人生が、私にもあったかもしれない、と。

長く長く走って来て、ふと立ち止まってみれば、自分がいかに独りであったかを悟る。誰も追いかけてこない。誰かに追いつこうともしていない。まわりは静寂に満ち、音もせず、目を惹かれるものは何もない。目の前に、長く果てしなく伸びる道があるだけだ。

その道を走り続けていく以外、方法はない。だからまた走り出す。走りながら、時折、誰かがこちらに向かって走ってくる気配を感じはしないだろうか、と耳をすませてみる。走ってきてほしい、と願う。私に追いついて、後ろから声をかけ、歩調を合わせて隣に並び、手をとってくれはしないだろうか、と思う。

だが、そんな気配はまったくしない。失望する。時に深く絶望する。走るのをやめて道に四つんばいになり、呻き声をあげてしまったりもする。

だが、どんな時でも、乱れた感情はまもなく治まる。私の呻き声など、誰も聞いてはいない。私が泣いていても誰も気づきはしない。私はまた走り始める。

それが私だ、と改めて思う。

10

母を施設に入居させた二〇〇七年の秋ころから、父の状態はさらに悪化した。文字表を差し出しても、手指のみならず、肘《ひじ》が震え、腕を持ち上げる力すら衰えて、文字を指し示すことが困難になった。キイボードを打つ指の力も失われ、ワープロを操作することが不可能になった。

したがって、友人知人に手紙を書いたり、葉書を出したりすることはできなくなった。私あてにファックスレターを送ってくることもなくなった。

会っている時に、コミュニケーションをとることがそれまで以上に難しくなった。イエス、ノーの簡単な意志表示以外は、必死になって父が言葉を発しようとする、その表情、目つき、喉の奥からかすかにもれてくる掠《かす》れた声などから憶測し、本人の代わりに言葉に替えて確認する、という作業の中で、判断していくしかなかった。

父の内面は加速度的に見えなくなっていった。指し示す文字もない。言葉がない。うなずくか、首をがくがく揺らしながら横に振るか。興奮して訴えたいこと、訊ねたいことがある時だけ、口を開き、声とも言えない、かすれた音を発するだけ。

食べる、飲む、眠る、身体を洗う、排泄する、という時以外、施設の人間たちですら、父とは深くかかわることができなくなった。

苦しい、痛い、気分がよくない、ということを表情で訴える時以外、父は感情すら見せなくなった。父の内面はますますわからなくなっていった。

しかし、ホームで定期的に行なわれる簡単な健康診断では、貧血気味ということ以外、これといった異常は発見されなかった。食欲も旺盛とは言わないまでも、ごくふつうにあった。

さくらホームでの三度の食事も、時間をかけて介助を受ける必要はあったが、毎回、ほぼ全量、平らげた。おやつに出る甘いもの、私が訪ねて行った時に持参する和菓子やシュークリーム、プリンなども、それまで通り、残さずに食べた。

自分でリモコンを操作してテレビの電源を入れることができなくなり、そのために途方もなく長い時間をかけて、ヘルパーに「テレビをつけてほしい」「消してほしい」と頼むのが面倒になったのか、テレビは一切、観なくなった。代わりに本を読むことが多くなった。

或るとき、私がさくらホームを訪ねて行くと、居室に父の姿がなかった。職員に訊ねたところ、ラウンジにいるという。

認知症が進んだ者の多くは、一人でいることを怖がり、個室で過ごすことができなくなる。そのため、さくらホームでは、そのような人々をフロア中央部にあるラウンジに集め、一日の大半を過ごさせていた。そこなら、廊下と隣接しているので、行き交う職員たちの目も届くし、異変があった時も気づきやすい。なにより、当人たちが怯えずにすむ。

　ラウンジに行ってみると、車椅子におさまった認知症の人々に混ざって、ぽつねんとテーブルに向かっている父の、痩せ衰えた後ろ姿が目に入った。私は背後から近づいて行き、ぽんと背をたたいて、明るく声をかけようとしたのだが、どういうわけか、ふいにできなくなった。

　ラウンジには大型液晶テレビが置かれており、午後のワイドショーのような番組が流れていた。隅のほうにある水槽の中では、たくさんの美しい熱帯魚が泳いでいた。だが、居合わせている誰もが、熱帯魚もテレビも観てはいなかった。

　陰気な表情で、始終ぶつぶつ何事かを呟き続けている老婆。ただ無表情に、前を向き、時折奇声を発する老婆。太鼓でも叩くように、空になったプラスチックのカップを執拗にテーブルに叩きつけている老婆。

　それらの騒音の中、父は前傾姿勢のまま、静かに車椅子に座っていた。全員が老婆で、男は父だけだった。小さく丸まった背中。あまりに曲がりすぎて、額が今にもテーブルに落ちていきそうだ。

　だが、老眼鏡をかけたその目はひたと、テーブルの上の本のページに注がれていた。少し大判の、写真入りの本だった。

痙攣《けいれん》するような動きで、右手が時折、ページの上をかすめていく。ページをめくろうとしているようだ。だが、何度やってもできない。父の瘦せた肩が震えた。

私は咄嗟《とっさ》に父に歩み寄り、その肩を抱き寄せながらページをめくってやった。

万葉集を解説した本だった。文字は比較的大きくて、ページの片側に幾つかの歌が並んでいるのが見えた。

「えらいのね、パパ」と私は陽気に話しかけた。「万葉集の勉強、してるなんて。すごいすごい。さすがね」

父は鼻水なのか、唾液なのかわからないもので口のまわりを濡らしながら、洩れ出す空気のような音を発して顔を歪めた。それは嬉しい時に見せる表情だった。

本をよく見ようとして父のほうに顔を近づけると、口臭がにおった。いやな匂いではなかった。それは雨風にうたれ、枯れて乾いてあとかたもなく消えていこうとしている、木の葉の匂いに似ていた。

「ああ、三國さん、申し訳ありません」と言う声がした。振り返ると、顔見知りになった女性介護士が慌てたように駆け寄って来た。私とさほど年齢が違わないように見える人だった。

「本のページをめくってさしあげたくて、ラウンジにいらしていただいてたんですが、私ったら、ついうっかりして……。三國さんのお読みになるペースのほうが早かったみたいです。これじゃあ、ラウンジに来ていただく意味がないですよね。本当にすみません」

私は「気をつかっていただいて、ありがとうございます」と礼を言った。「この本は父の部屋にあったものでしょうか」

「そうです。何がお読みになりたいですか、ってお訊ねしたら、今日はこれ、って。毎回、違うんですよ。読書家でいらっしゃって。ねえ、三國さん、そうですよね？」

父はまた、顔を歪ませて小さな音を発した。父の斜向かいに車椅子で座っていた老婆が、表情のない魚のような目で、じっと父を見ていた。カップでテーブルを叩いていた老婆が、いっそう強く叩きつけ、不満げな怒鳴り声をあげ始めた。

女性介護士が「あらあら、どうしました？」と言い、その老婆の名を呼んだ。そばまで行って、大きな声でなだめ始めた。テレビからは住宅のＣＭが賑やかに流れてきた。テーブルを叩いていた老婆が、介護士の手を邪険にふりはらい、「いやだよぉ、いやだよぉ」と言いながら泣き出した。

私は父の様子を窺った。父は周囲の騒音を完全に無視していた。父の目は何も見ておらず、父の耳は何も聞いていなかった。父には、そばにいて自分の肩を抱き寄せている私の手と、万葉集の本だけがすべてだった。

この人は受け入れたのだ、と私は思った。何ひとつ抗《あらが》わず、沈黙を完全に受け入れたと思える父を私が見たのは、それが最初だった。

父のワープロの中の「覚書」と称する日記には、日付がついているものもあれば、ないものもある。日付があっても、西暦や年号が書かれていないため、それがいつ父の手によって記録されたのか、はっきりしない。まして、日付順に並べられていたわけではないので、ひとまとまりになっている文書の一つ一つが、どのような流れの中で書かれたものなのか、ということは想像するしかなかった。

だが私は、文意から類推して、おそらくこれが父の手によって最後に記されたものではないか、というものを見つけることができた。

日付はなかった。年号もなかった。悪化の一途をたどる身体の状態について、具体的なことは何も触れられてはいなかった。

だが、私はそれが父の、文字通り、最後の叫び声だったのだろうと確信した。そう確信させる何かが、そこにはあった。

『晴れ。かつて元気にあるいていた街をほーむの介護用のくるまにのせられながら通る。くるまの窓からひさしぶりにみる風景。美しい街並み。春になるといっせいに桜が咲きほこった並木道。ちえ子に書いた手紙を奈緒ちゃんあてに投函していた郵便ぽすと。もっとみたい、みせてくれ、ここを曲がってまっすぐいけば、ぼくの家があるんだ、この道はぼくがあるいた道なんだ。桜吹雪や雨の中をいちねん３６

5日、ぼくはずっとあるいてきたんだ。でもこえはでない。くるまはむじひに通りすぎてしまう。すぐになにも見えなくなる。ぼくは泣いていた』

二〇〇八年の後半……秋風が吹き始める季節、父の貧血が急速に進行し始めた。ホームで定期的に行なわれる血液検査では、ずいぶん前から貧血が指摘されていたようだが、他に目立った異変はなかった。そのため、しばらくは経過観察でかまわないだろう、と医師からも言われていて、貧血に関しても何ら措置はとられていない様子だった。

いつ会っても、父の手足は氷のように冷えきっていた。いくら室内の暖房を強めても、衣類を重ね着させても、厚手の靴下をはかせても、異様な冷えは改善されなかった。私は父を訪ねるごとに、半纏や膝かけを持って行った。膝かけを父の膝に拡げ、その上から太ももやふくらはぎを丹念にマッサージしてやった。

足も手も固く細く、古い陶器のように冷たかった。私の体温が伝わって、あるかなきかのぬくもりが取り戻されるまで、かなりの時間を要した。

そんな時、車椅子の中の父はじっと目を閉じていた。気持ちいい？　と訊ねても、わずかにうなずくだけだった。

顔色がすぐれなかった。十二月になると、微熱も出てきた。

風邪にやられ、肺炎を起こしかけているのかもしれないと懸念された。ホームの職員は近所の医院に父を運び、レントゲン検査を受けさせた。肺に影は見つからず、これといった異常も発見されなかった。微熱の原因も不明だった。

年明けて二〇〇九年の正月を迎えても、微熱は下がらないままだった。とはいえ、食欲に目立った衰えはなかった。本人もさしたる苦痛を訴えずにいたため、経過観察はさらに続けられた。

正月休みも終わり、世間が通常通り、動き始めたころ、一月の半ば過ぎだったが、仕事中、私の携帯に可奈子から電話がかかってきた。父の腋の下から胸にかけて、原因不明の大きな青痣《あざ》が見つかったため、病院に連れて行ったのだという。

「それが単なる痣じゃないんですよ」と可奈子は怒りをにじませたような口調で言った。「青紫色に腫れて、小さなコブみたいに盛り上がってるんです。きっとお風呂の時にどこかにぶつけて、そのまんま、誰にも気づいてもらえなくて、放っておかれたのかもしれない、って千佳とも話してたんです。さくらホームも人手が足りないみたいだし、おまけに父はああいう状態ですから、痛いとかなんとか、訴えることなんかもできませんでしょう？　こんなひどい青痣のコブを作ってるのに、放っておかれるなんて、あんまりひどいじゃないですか。だから、ホームの責任を追及しなくちゃ、なんて千佳と言ってたんですけどもね。でも、違ったんです。診てくださったお医者さんは、これは打ち身ではない、って」

「じゃあ、何だったんですか」と私は訊ねた。「もしかして、内臓の病気が関係している、ということでしょうか」

「さすがに衿子さんはお詳しいんですね。最悪の場合は、何かの癌とか、そういうことも考えられるって。先生はかなり癌を疑ってたみたいで、いろいろ詳しい検査をしたんですけどもね。今日、私が結果を聞きに行ったら、結論としては癌でもなさそうだ、っていうんです」

「なさそうだ、って？」

「そうでしょう？　変な言い方でしょう？　癌じゃないのなら、何よ、って話じゃないですか。医者が言うには、極度の貧血が影響して、血管に異変が起こって一時的にああいう状態になったのかもしれない、ってことでしたけど、それも推測でしょう？　はっきりしないんですよ。急にできた痣で、しかも痛みもなさそうで、そりゃあ、打ち身や打撲ではないのはシロウトにもわかりますけど、貧血が影響してるのかもしれない、って程度の結論じゃ、検査した甲斐なんか、なんにもないじゃないですか。母は相変わらずですから、こういう話をしても、あたしは関係ないわ、って顔をしますし、全然話にならなくって。それで仕方なく、ひとまず千佳と父をさくらホームに戻したんです。父はとりあえずは、元気でいますし、これ以上、やることは何もないですから」

「はあ」と私は言った。

いろいろなことがめまぐるしく頭の中をかけめぐったが、それは言葉にはしなかった。

私は父が急速に衰えていることに気づいていた。癌だろうが貧血だろうが何だろうが、父はもう、そんなに長くはない、とわかっていた。だが、そういった話を具体的に可奈子と交わす気はなかった。

　可奈子は取ってつけたように、「一応、衿子さんにもこういうことはご報告しなければと思いまして」と言った。「それでお電話したんですけど」

　私が可奈子に、連絡をくれたことに対する礼を述べると、可奈子は私が父に買ってやった半纏についての話を始めた。

「あれ、衿子さんが買ってくださったんだ、ってホームの人から聞きました。あったかそうな半纏ですね。父ったら、肌身離さずですよ。病院の行き帰りも、あれを着てましたし、寝る時もパジャマの上から着て寝てるみたいです。食べ物のしみとか涎とかがこびりついちゃってるんで、不衛生だから洗わせてほしいって、ヘルパーさんがいくら頼んでも、いやだ、って。ほんとに気にいってるみたいですよ。父はね、衿子さんがくださるものなら、なんでも宝物ですから」

　ふふふ、と笑ってみせた可奈子の嫌味に気づかなかったふりをし、私は「デパートのバーゲンで買ったんです」と言った。「フリースの安物ですよ。あんまり手足が冷たいんで、とりあえず何かあったかいものを、と思って買って行っただけですから」

「膝かけもいただいてますよね。あれも父のお気に入りみたいですよ。千佳が去年のクリスマスにプレゼントした膝かけは使った形跡がなくって。イブ・サンローランの膝かけだったのに、ブランドなんか父は見てやしないですからね。結局、衿子さんからいただいたものだけを使ってるらしくって。ここだけの話、千佳がやきもち焼いてました。……っていうのは嘘ですけど」

そこまで言ってから、くすくすと笑い声をもらし、「衿子さんは趣味がいいですもんね」と付け加えた。

私が黙っていると、可奈子は即座に話題を父のことに戻した。癌ではない、と医者が言うのだから、それを信じるほかはなく、貧血や微熱に関してはもう少し様子をみよう、ということになった、というわけでよろしくお願いします、と可奈子は言い、雑談もしようとしないまま、電話はそっけなく切られた。

可奈子からの連絡を受けてから、すぐに父の様子を見にいきたいと思っていたのだが、仕事の繁忙期が重なり、うまく時間を作ることがままならなかった。私が父に会いにさくらホームを訪ねることができたのは、一月の最後の週の日曜日になってからだった。

父は部屋にいて、車椅子の中で身体を前に大きく倒したまま、居眠りをしていた。室内には便臭がたちこめていた。

「パパ。私よ」と背後から声をかけた。父の肩のあたりが、小さく痙攣したようにかすかに動いた。

冬の夕暮れが近づいており、窓の外はすでに小暗くなり始めていた。室内の明かりはまだ灯されておらず、テレビやラジオの音声もなくて、中は静まり返っていた。ざらざらとした薄闇の中、前のめりになって丸まったまま動かずにいる父は、病み衰えて死にかけている老いたアルマジロのように見えた。

クリーム色に、うす茶色のストライプが入ったフリースの半纏を着ていた。私が買い与え、可奈子の話によると、洗濯することも許さずに着続けている、という半纏だった。確かにそれは薄汚れていた。

「パパ、しばらくね」と私はもう一度、声をかけ、部屋の明かりを灯してから、そっと背中に触れた。フリースのやわらかな手触り越しに、骨ばった感触が伝わった。

父がよろよろと、やっとの思いで上半身を起こし、疲れきった仕草で私のほうを見た。力のない目だった。私は笑いかけた。

父の口から、かすかな音声がもれ聞こえてきた。それは喉笛をかき斬られた小動物の、声にならない叫び声のようにも聞こえた。

顔の色が青白かった。前に会った時よりも、さらに青白くなったように感じられた。

車椅子の前にひざまずき、その手を握ってみた。触れたのが生きている人の手とは思えないほど、それは冷えきっていた。

私は両手で父の手をくるみ、撫でさすってやった。氷の塊をくるんでいるような感じがした。足のふくらはぎにも触れてみた。手と同様、足も冷えきっていた。

温めてやるのに時間がかかった。父の肌の冷たさが私の手に伝わって、私の手からもぬくもりが奪われていった。

そのうち夕食の時間になり、若い男性介護士が父を迎えに来た。一階の食堂まで行く父を介護士に預け、私はその足でホームの管理室まで行った。父担当の井村から、父の状態についての話を聞く約束になっていたからだ。

管理室の横にある応接室で、私は井村から父に関する報告を受けた。細かい検査データを別にすれば、それは可奈子から聞いていたことと、ほとんど変わりはなかった。癌かと疑われた青い腫瘍状のものは、どういうわけか、日に日にうすくなってきているとのことだった。

私と井村は、「いったい何だったんでしょうね」「本当に何だったのかしら」とだけ、意味もなく繰り返していた。

貧血のせいで疲れやすくなっておられるようで、居眠りをなさっている時間が増えました、と井村は言った。文字表を使うことはおろか、意思の疎通はますます困難になり、勘を働かせて対応するしかなくなっている、それでも食事はなんとか食べてくださっているので、まだまだ希望がもてます、と明るく言ってくれる井村に礼を述べてから、私は立ち上がった。

可奈子から伝えられた情報以外に、何か新事実が聞けるかと思っていたのだが、ほとんど何もなかった。井村とこれ以上、一緒にいても意味がなく、時間の無駄だった。食堂にいる父の食事介助をしに行ってやりたかった。焦り、走り出したくなるような気持ちが、私の中にあった。

エレベーターで一階に降り、急ぎ足で食堂に向かおうとした時だった。車椅子の父が、先程の若い男性介護士に伴われながら、食堂から出て来るのが見えた。

「あら、もう食事、終わっちゃいましたか。介助しようと思って来てみたんですが」

私がそう言うと、介護士は「お食事はまだ途中なんですが」と言った。「今日はなんだか、早く横になりたいご様子なので。少し早いですが、ベッドにお連れしようかと」

見ると、父はすでにうつらうつらしていた。呼びかければ目を開けるが、抗《あらが》いがたい睡魔に襲われるのか、すぐに閉じてしまう。

それでも食事の半量は食べてくれたようで、どこかがひどく具合が悪い様子ではなさそうだという話だった。介護士が言う通り、私の目にも父は、とにかくだるくて眠たいだけ、といったように見受けられた。

私は介護士と共に父に付き添って部屋まで戻り、介護士が簡単な口腔ケアを父に施したあと、父をベッドに寝かせるのを見守った。

仕事を終えた介護士が、「天井の明かりはどういたしましょうか」と訊ねてきた。「ベッドに横になられている時は、天井の明かりがまぶしい、っていつもおっしゃっておられるんですが」

父は何もおっしゃらないのに、と私は内心、思った。父は沈黙の中に生きている。天井の明かりがまぶしい、と訴えるのに、いったいどれだけの時間を要したのか。それを理解してくれた人間はどれだけいるのか。

「明かりはあとで消しておきます」と私は言った。

若い介護士はにっこりと微笑んで、「ではよろしくお願いします」と言い、戸口に立って一礼した。

彼が外に出て行くと、室内はおそろしいほどの静寂で充たされた。何の物音もしなくなった。私はベッド脇の、引き出し付きのサイドテーブルに載っている蛍光ライトをつけ、光量をしぼってから、天井の明かりを消した。

蛍光ライトは時代がかった古いもので、それは昔、子供が勉強机の上で使っていたものと似ていた。かつて、可奈子か千佳の勉強机の上にあったものだったのかもしれない、とふと思った。

父は横向きに寝て、私のほうに顔を向け、目を閉じていた。眠ってしまったのか、まだ起きているのか、わからなかった。眉間に皺が寄っていた。沈み込んでいくようなだるさと戦っているようにも見えた。

私はもう、何も話しかけなかった。布団の中に手をさし入れ、父の手をまさぐった。父の手は相変わらず冷たかった。温めてやっている間、父は力なく私の手を握り返してきた。

敷布団も掛け布団も、清潔に洗濯されていたが、ひどく薄く、使い古したもののように感じられた。

何故、これまで、このことに気づかなかったのか、と思った。こんなに薄い、安っぽい布団。頭の重みで扁平になってしまっている、薄い板のような枕。枕には枕カバーはつけられておらず、糸のほつれた色あせた白いタオルが巻かれているだけ。タオルには抜け毛が何本か、からみついている。かつて貧乏学生が下宿で使っていたようなパイプベッドは、一部に茶色い錆びが浮いている。

父が毎晩、身体を横たえ、沈黙したまま病み衰えていく、人生最後の休憩場所が、このベッド、この薄い布団だったということを私は愚かにも、その晩まで気づかずにいた。すぐにでも、ふかふかの羽布団、厚手のマットレスが敷かれた木製のベッドを用意してやりたかった。何故、もっと早く、そうしてやれなかったのか。そのくらいのことなら、すぐにできたはずだった。

可奈子や千佳に遠慮する必要などなかった。安物のフリースの半纏や膝かけを買い与えるのと同じ気持ちで、羽布団や枕やベッドを用意してやったところで、彼女たちから投げつけられる嫌味に、何の変化もなかったのではないか。

しかし、すべてはもう、途方もなく遅いような気がした。すでに、どうしてやることもできなくなっている。時間があまりにも足りなかった。残された時間はいったいどれだけあるのか。私は薄い布団を引っ張り上げ、父の肩をくるむようにして温めてやった。

静かすぎるのが気になって、CDデッキの電源を入れた。父の好きなパーシー・フェイス・オーケストラのCDを探し出してセットし、音量をしぼって再生した。

しばらくの間、私はベッドサイドの丸椅子に座り、父の顔を見ていた。CDデッキからは、『ムーラン・ルージュの歌』が流れてきた。昔、板橋の家にあった大きな電蓄で、父がレコードをかけ、同じ曲を流していたことが思い出された。

室内には相変わらず、排泄物の匂いが立ちこめている。ずっと嗅いでいると臭覚がまひして、何も感じなくなるはずなのに、ふとした加減で、その匂いは勢いを増す。

子供用の蛍光スタンドの明かりの向こうで、父は眉間に皺を寄せ、顔を私のほうに向けて、じっと目を閉じたままでいた。どこからともなく、かすかな便臭が漂った。甘い香りのフリージアの花束を買ってきてやればよかった、と思った。次に来る時には忘れずに買ってこよう、と思った。

だが、「次」はなかった。私が生きている父と会ったのは、それが最後になった。

二月初旬、可奈子から連絡があった。父が昨日の朝、ベッドで食べたものをもどした、という。

そんなことはついぞなかったので、念のため病院に運び、診察を受けさせた。医者からは、嘔吐したのではなく、前夜食べた物が飲みこめていなかったため、食道のあたりに溜まったままになり、それが吐瀉物として口からあふれてきたのだろう、と言われた。つまり、父は知らぬまに、嚥下《えんげ》困難になっていたようだ、と可奈子は口早に語った。

「それでね、胃ろうを強く勧められたんです」と可奈子は言った。「医者が言うには、もう、何を食べても誤嚥しますよ、って。よくこれまで、誤嚥しないできましたね、って。奇跡的ですね、って。誤嚥性肺炎になったら、命取りですよ、って。かといって、このまま放っておけば、食べたものが胃の中に降りていかないですからね。餓死ですよ、餓死」

餓死、という言葉だけを可奈子は、怒ったように、吐き捨てるように口にした。

衿子さんはどう思われますか、と訊かれたので、私は訊き返した。「父はそのことについて、どう言ってるんですか」

「それがまだ」と可奈子は言い訳するように言い、弱々しくため息をついた。「まだ、胃ろうの話は父には伝えてないんです。なんか、言いにくくって。今も入院させてるんですが、点滴を受けてるせいか、状態は落ちついてますし、そういう時にこの話を持ち出すのは、ちょっと勇気がいる、っていうのか……」

「父の意志がはっきりすれば、結論が出ますよね。私たちはそれに従うしかないですよね」

「絶対に、父はいやだ、って言いますよ」と可奈子がふいに声をふるわせた。「そんなことまでして、生きていたくない、って。そう言うに決まってます。わかってるんです。あの自尊心の強い人が、胃に穴を開けてまで生きていたがるような人間だと思いますか。餓死させてくれ、って言うに決まってます。私にはわかるんです」

必ずしもそうではないだろう、と言いかけて、私はその言葉を押しとどめた。父が人生の最後に、どんな死に方をしたいと思っているか、病気のせいで、一度も話し合うことができなかっただけであり、確かなことは誰にもわからない。それは仕方のないことだった。

「あのう」と私は言った。「私、可奈子さんと一緒に父に会いに行ってもいいでしょうか。どんな答えが返ってくるかわかりませんが、一緒に父に胃ろうの話をしてみたいんです。もちろん、千佳さんの都合も合えば、三人で一緒に」

鼻水をすすり上げる音がした。深いため息が聞こえた。

ややあって、可奈子は「ええ、でも」と固い口調で言った。「そういうことは私と千佳とで確認しますから。そのくらい、私たちでできますし、しなくちゃいけませんから」

電話口の向こうの可奈子が、ぶるんとたてがみを振るうライオンのように、涙目のまま背筋を伸ばし、天を仰いでいる姿が想像できた。

私は小声で謝った。「ごめんなさい。出すぎたことを言いました」

「いえ、こちらこそ。すみません。私、ちょっと取り乱してて。別に衿子さんを除け者にしようというつもりはないんです。父だって衿子さんに会いたいに決まってるんです。そんなことはよくわかってるんです。ただ……」

「いいんです」と私は言った。

可奈子はかすれた声で「すみません」と繰り返した。怒っているのか、泣いているのか、この腹違いの姉妹関係に苛立っているのか、私にはわからなかった。

父が胃ろうをつけることを自ら望み、積極的に手術を受ける意志を示したことを確認できたのは、それから三日後だった。

意外ななりゆきに、可奈子も驚いていた様子だったが、よほど安堵したのだろう、前回とはうって変わった嬉しそうな口調で、再び私に連絡してきた。

「まだまだ生きていたいそうです」と可奈子は弾んだ声で言った。「何を言ってるのか、よくわからなかったんですが、入院してから顔色も少しよくなって、ほんの少しだけど、しゃべれる、っていうのか、空気をもらしながら、言葉を作ろうとすることもできるようになって。きっと輸血が効果をもたらしてるんでしょうね。目にも力が戻ってきて。それで胃ろうをつけることを承諾したことが、なんとかしっかり確認できたので、助かりました。たくさん読みたい本もあるし、行きたいところもある、っていうようなことも言ってました。輸血で貧血を改善できるし、胃ろうをつければ栄養がとれるから、全身の状態もよくなるし、本当によかった、って千佳とも喜んでるところです」

「すごいですね。すごい人ですね。生きる意欲が満々なんですね」

私がそう言うと、可奈子は自分が褒められたかのように「ええ、まあ」と照れたように言った。「それがあの父の、数少ない取り柄なんですよ」

可奈子との電話を終えた翌日、父は胃ろうを作る手術を受けた。思っていたよりも簡単で、あっけないほど無事に終え、元気で病室に戻った、という可奈子からの報告があった。

私はその週の木曜日に、父の見舞いに行くつもりであることを伝えた。可奈子は「どうぞ、どうぞ。父が喜びます」と愛想よく応じた。そんな可奈子の声を聞いたのは久し振りだった。

しかし、見舞いに行く前日。水曜の夜になって、私の携帯に電話をかけてきたのは、可奈子ではなく千佳だった。

ちょうど、作家と打ち合わせを兼ね、編集部の人間数名と夕食を共にしている最中だった。私は和食を供する店の、個室になった座敷を中座し、携帯を手に廊下に出た。

千佳は「実は父が」と重苦しい声で言った。「今日の昼過ぎに病室で痙攣を起こしました。脳梗塞だそうです。突然だったみたいで、それからずっと意識が戻らなくて。苦しそうで見ていられません。今、姉と母と一緒に病院にいるんですが、なんだかもう、だめみたいです。胃ろうをつけて、栄養も送って、昨日まで元気でいたのに、どうしてこんなに突然……。嚥下の訓練を受ければ、プリンとかアイスクリームなんかは、口から食べられるようになる、って言われて、一生懸命、訓練を始めた矢先なんです。それなのに。信じられない……」

千佳の声は裏返っていた。土壁に囲まれた廊下には、うすぼんやりとした黄色い明かりが灯されていた。

和服に身を包んだ中年の女性従業員が、料理の載った盆を手に、軽く会釈しながら私の横をすり抜けていった。近くの座敷から、男たちの野太い笑い声がもれてきた。

廊下の曲がり角付近には、桃の花が形よく活けられた大きな壺が置かれていた。私はその、うすいピンク色の桃の花を見つめたまま、「今から行きます」と言った。「今、赤坂にいるんです。すぐに行きます」

千佳は何か応える前に泣きだした。私は千佳を軽くなだめてから通話を終え、座敷に戻って、同僚や作家にことの次第を打ち明けた。誰もが案じ顔になり、すぐに行きなさい、と言ってくれた。

呼んでもらったタクシーが到着するのを待っている間、私よりも少し年上の、ミステリー小説を得意とする男性作家が、「お母さんもご心配だろうね」と言った。「こういう時は、娘さんが支えてあげないと。もう、お母さんも病院には行かれてるんでしょう？」

面倒で複雑な説明は避けたかった。「はい、今はそばについているみたいです」と私は答えた。

家庭の事情を社内の人間に詳しく話したことは、めったにない。したがって、私の実の父が再婚していることを知っている人間は少ない。

作家は「三國さんのお父さんは幸せな人なんだな」と言った。「最後まで家族に囲まれて。それが男の幸せっていうもんだって、最近、つくづく思うよ」

「先生もおっしゃることがずいぶん変わられましたね」と年長の編集者が、からかうように言った。「丸くなられたというのか」

「年だよ、年」と作家は言った。「男はね、最後は家族に戻るんだよ。自分勝手と言われようと何だろうと、晩年になって家族に受け入れてもらえるかどうかが、男の最後の勝負どこなんだよ」

居合わせた全員が、半ば感心し、半ば呆れながら、声をひそめて笑い合った。

家族……と私は胸の中で反芻した。実体のない、仮想の関係。少なくとも自分にとってのそれは、そうだった。

しかし、それこそが家族というものなのか。虫食いだらけになった一枚の布を後生大事に身にまとい、別々の世界を見つめ、涙し、憎み、憂え、何も見なかったふりをしながらも、仕方なしに寄り添って生き続けるのが家族なのか。しかし、千佳は父の死を想って泣く。可奈子も泣く。華代ですら、父の危篤を知って枕辺に駆けつける……。それが家族であり、肉親の愛というものなのか。

私は、何も知らずに施設にいる母のことを思い浮かべた。父の死を告げた時、母がどんな反応を示すか、考えてみた。一瞬、記憶が鮮明になり、泣き出すのか。それともまったく無反応のままなのか。あれほど大好きで大嫌いだった、あれほど愛し、憎んでいた三國泰造の死を、認知症が進行した母はどうやって受け止めようとするのだろうか。

高速道路が空いていたので、横浜の病院には思っていたよりも早く到着した。料金を払ってタクシーから降り、夜間出入り口を探して、急ぎ足で病院内に入ると、照明が落とされたうすぐらいロビーに見知った顔があった。

可奈子の娘、あかねだった。放心したような顔つきで、携帯を握りしめ、ロビーの椅子に座っている。

「あかねさん」と私は声をかけた。

あかねはぴくりと反応し、警戒するような目で私を見た。睨みつけるような目だった。目の縁が赤かった。

私が誰だかわからないのかもしれない、と思い、私は「三國です」と言った。

言ってしまってから、あかねの母親もまた、旧姓が三國姓であったことを思い出した。この錯綜した人間もようを作ったのは父だった。私は自分と薄い血のつながりのある、若い娘を見つめた。

「今さっき」とあかねは言った。ぼんやりとした言い方だったが、語調ははっきりしていた。「おじいちゃん、亡くなりました。ほんとに、さっきです。五分くらい前。ずっと心臓マッサージとか、してたんですけど、だめでした。みんな、まだ病室にいます」

私は自分の反応を観察してみた。胸の鼓動が早まるようなことはなかった。慌てた気分にもならなかった。遅かった、とも思わなかった。悲しい、切ない、さびしい、おそろしい……そのどんな感情もわいてこなかった。私は、父が死んだ、という事実を、絶え間なく吹いてくる乾いた風のように受け入れていた。

あかねから教えられた通り、ロビー脇のエレベーターに乗り、三階まで上がった。人が死んだばかりだからなのか、たまたま、看護師たちが出払っていただけなのか、その時、ナースセンターに人影はなかった。私はそのまま父が入院していた個室まで行った。

小さな部屋に人が集まっていた。医師、何人かの看護師に混ざって、華代の横顔が見えた。可奈子と千佳は、ベッドにすがりつくようにして腰をかがめ、泣きじゃくっていた。

誰かが何か言い、全員が私のほうを振り向いた。私のために場所が空けられた。私は小声で礼を言い、奥に進んで父を覗きこんだ。

白いシーツと、白いカバーがかけられた薄い布団にはさまって、痩せこけた父が仰向けに寝ていた。のけぞるような姿勢で、口を軽く開けていた。

医師が閉じてやったのか、それとも初めから閉じられたままだったのか、その姿は、眠りながら悪夢に苦しんでいる人のように見えた。幾本もの注射器や、蘇生に使われたと見られる医療器具がベッドサイドに散乱していた。

パパ、パパ、と可奈子が泣きながら父の額や頬を撫でた。千佳が涙目で私を見上げ、「衿子さん、遅かったです」と言った。「あと五分早くいらしてたら……」

華代はベッドの足元のところに立ち、憮然とした表情のまま、じっとしていた。その目に涙の気配はなかった。

その時だった。何の意味があったのかはわからない。華代がふと我にかえったかのように私を見つめた。反射的に視線を動かした私の目と華代の目とが、強烈に重なった。

華代はくちびるをふるわせながら、怒ったように「ついに死んだわ」と言った。唾を飛ばしながら毒づいてでもいるかのようだった。「ついに死んだのよ。さんざん人に迷惑かけて。想ってたより、呆気なかったけど、死んだのよ」

誰に向かって言っているのかはわからなかった。相手は私ではなく、誰でもよかったのかもしれなかった。

「ほんとに」と華代は喉からしぼり出すような声で繰り返した。「さんざん人に迷惑かけて……」

華代がふいに嗚咽し始めた。顔をしかめ、片手で口のあたりを被いながら、華代は急ぎ足で病室から出て行った。

ややあって、医師が沈痛な面持ちで口を開いた。小柄な、四十代と思われる男性医師だった。「それではここでひとまず、ご臨終後の処置をさせていただきます。申し訳ありませんが、ご家族は病室の外で、少しの間、お待ちください」

パパ、きれいにしてもらってね、と可奈子が言った。「汚れてるとこ、全部、きれいに拭いてもらって、すっきりしてね。いい男に戻ってね」

その言葉にスイッチを押されたかのように、千佳が号泣し始めた。手放しの号泣ぶりで、その泣き声はかまびすしいほどだった。

姉妹に続いて、私が病室から出ようとした時だった。あの半纏が目にとまった。フリースの、しみだらけになった汚れた半纏が、主を失った車椅子の中に丸められたまま、放置されていた。

私は思わずそれを手にとった。誰にも気づかれないよう、その場で手早くたたみ直し、車椅子の中に戻した。そうしながら、心臓を矢か何かで突き抜かれたような悲しみがわきあがった。

思わず、死んだばかりの父を振り返った。開いたままになっている父の口の奥に、黒々とした小さな闇が覗き見えた。

その闇に私は、安息を見た。いや、見たのではなく、見ようと心がけた。

長かった沈黙は終わりを告げ、父は今、饒舌な安息の中にいるのだ、と思った。

終章

二〇一〇年四月三日。土曜日。

週に一度は会いに行ってやりたいと思っていても、なかなかうまくいかない。それでも二週に一度の割合で、月に二回、私は母に会いに行く。父のもとに通っていた時と同様、母の好物の菓子や果物を携え、施設の母を訪ねる。

要介護5に認定された母は、私が「ママ」と呼びかけると、「ああら、いらっしゃい」と言う。客を自宅に招じ入れる時のような口調で。「あなた、よく来たわね。遠かったでしょう」

今日も同じだ。よく来たわね、遠かったでしょう、と母は言い、私が娘であることがわかっているのかいないのか、時折、怪しむような光を目の奥にためながらも、無邪気に笑いかけてくる。

「私はこのすぐ近くに住んでるのよ」と私は返す。「ママと一緒に住んでたマンション、このすぐ近くなのよ。だから全然、遠くないのよ」

「隣に畑があったわねえ。ほら、菜っぱがたくさんとれる畑。菜っぱばっかり食べさせられて、ほんと、いやんなっちゃって」

「そうね。菜っぱがいっぱいとれる畑があったわね」と私は話を合わせる。「そう、その畑はね、ここから、すごく近いのよ。遠くなんかないのよ。だからしょっちゅう、ママに会いに来られるのよ」

母はまだなんとか、車椅子に乗らず、自力で歩行ができる。くの字に身体が曲がり、足はむくんでしまっているが、杖を手に、よたよたと施設内の廊下を歩いている。じっとしていられないのか、時には何時間でも休まずに歩き続け、疲れ果てた幽鬼のような顔になって、廊下の真ん中にへたりこんでいることもあるという。

「ママ、一緒にお散歩しようか」

私はそう言い、母の手を取った。たまにいやがって、邪険に振り払われることもあるが、今日の母は素直だ。されるままになっている。

壁には、歩行する入居者がつかまるためのバーが設《しつら》えられている。母は杖を私に預け、右手でバーを握り、左手で私の手を握りながらゆっくりと歩みを進める。

両側に入居者の個室が並んでいる。その中のひとつから、若い女性職員が出てきた。こんにちは、と明るく挨拶される。こんにちは、と私も笑顔で返す。

「お母様、お元気ですよ」

「そうみたいですね」

「三國さん、よかったですねえ。今日はお嬢様が来てくださって」

母は、ほほほ、と気取って笑う。

私は職員に会釈をし、再び母と歩き始める。

何か固いものが私の手に触れる。なあにこれ、と私は言う。「なんだろう」

母の中指にはまっていたアメジストの指輪が、ぐるりと回って、掌のほうに向いてしまっている。老いて指が細くなり、薬指からすぐに抜け落ちてしまうようになったとのことで、半年ほど前、職員が中指にはめ替えてくれた。私と母は、アメジストの石をはさんで手を握り合っていたことになる。

「ママ、指輪、またゆるくなってきたね」と私は言う。言いながら、母の中指のアメジストの指輪を回し、もとの位置に戻してやる。「でも、きついよりもいいわね。きついと指が痛くなっちゃうものね。今はほら、ちゃんと関節のところで止まってるから、なくさなくてもすむしね」

母は、ふふふっ、と意味もなさそうに笑う。少し太ったのか、それとも足腰に力がなくなったからなのか、母が私に預けてくる身体が重たい。私は母に訊ねてみる。

「この指輪、はずさなくてもいい？　大丈夫？　はずして、宝石箱の中に入れておいてもいいのよ。そうしようか」

「宝石って、あなた、猫みたいなこと言って。いやあね」

「それを言うなら、猫に小判、じゃない？」と私はまぜかえす。「ママ、諺《ことわざ》を覚えてるんじゃない。それとも偶然？」

母はまた、ふふっ、と笑う。握った手と手の間で、アメジストが再びまわり出す。私はそっと指先でそれを元の位置に戻してやる。

「泥棒がいるから」と母がいきなり、ぷりぷりとした口調で言う。「指輪もお財布も全部、盗まれたんだから。ここはろくなのがいない」

「そうなんだ」と私は調子を合わせる。「それはよくないね」

よくないよくないよくない、と母は繰り返す。すれ違った職員が、また「こんにちは」と声をかけてくる。「うるさい」と母は不機嫌に応じる。春の夕暮れの光が、廊下の向こうの小さな窓から射しこんでいる。

テレビがつけられたラウンジで、車椅子に乗った老人が何人か、じっと前を向いて座っている。その何台かの車椅子の中に、身体を前に傾けてじっとうつむいている父の姿を見たような気がして、私ははっとする。

だが、まぼろしはすぐにたち消える。私は母の手を少し強く握りしめる。

「はるこうろうの、はなのえん」と母が、打って変わって機嫌よさそうに歌いだす。『荒城の月』である。

「はなのえん」の次が出てこない。母は故障したレコードのように、何度も「はるこうろうの、はなのえん」と繰り返している。私もそれに合わせてハミングする。

一年前、父の死を告げた時、母が真っ先に口にしたのは、「あら」という言葉だった。

「そうなの。早かったわね」

その先の反応を窺った。だが、母は「早かったわね」と他人事のように言ってすぐ、私が持っていった蓬《よもぎ》まんじゅうに手を伸ばし、食べ始めた。

その日も、その後も、母は父の死については何も言わなかった。消えてしまった記憶の中の人物が死んだ、と聞かされても理解できないのか、それとも、はなから父の死に何の関心も抱かなくなっているのか。

だが、ごくたまに、何の脈絡もなく、「パパも死んじゃったわねえ」と言ってくることがあった。

私はそういう時、あるかなきかの母の記憶の残骸を刺激しようとして、父の話を始める。父の最期がどうであったか、母に伝えようと試みる。母が本当は心の内で父の死を悲しみ、喪失感をもてあましているのかもしれない、などと想像してみる。

初めのうちは、「ああら、そうだったの」と相槌を打ってはいるが、やがて母は長々と続けられる私の話に退屈するらしい。「早かったわねえ」とすました顔で締め括って、そこで父の話は呆気なく終わるのだった。

母と一緒にホームの廊下を一周し、私は母を連れて母の部屋に入った。父が暮らしたさくらホームの一室よりも、さらにひとまわり狭い。手を伸ばせば、たいていのものが取れる。この先、車椅子になった時のために、という施設の方針で、余計な家具は置かれていない。椅子がひとつと小テーブルがひとつ。ベッド。衣類を収納する小さな箪笥。箪笥の上には、紙皿と紙コップ、プラスチックのスプーンなどをしまうための小さな水屋。

母を椅子に座らせ、私は買ってきた甘納豆を紙皿に盛って差し出した。母はすぐに手を伸ばし、一粒一粒、つまんで食べ始めた。

私は母を見守りながら、桜の話をした。「桜がきれいよ、ママ。どこに行っても満開よ。ママも明日、お花見に連れてってもらえるんですってよ。よかったね」

母は「そうよ」と言う。絶え間なく甘納豆に向かって手が伸びる。私は濡れティッシュで砂糖まみれの指を拭いてやる。

「おいしい？」

「おいしいよ」

「ママは来年の桜も再来年の桜も、見なくちゃだめよ。これから毎年、お花見するのよ。いい？」

「毎年、ったって、あなた、そりゃあそうよ。遠くから来るんだから、大変なのよ」

私はふと、父が桜の季節を目前にして逝ったことを思い出した。父が桜吹雪の舞う道を歩くのが好きだったことも思い出した。

「パパはもう、お花見できないんだから、ママが後を継いで、この先、長生きして、ずっと毎年、お花見すればいいわ。パパの代わりに」

母はつと甘納豆を頬ばるのをやめ、「パパ？」と問いかけながら私を見た。どこか意地悪そうな、それでいてふざけているような奥まった目が、私をじっと見つめた。「だ

「私のパパよ。ママのだんなさん。三國泰造さん。忘れた？」私は笑った。「パパは去年、死んじゃったでしょう。だからもう、お花見できないじゃない。かわいそうね」

「早かったわねえ」と母は言った。すべてのことをわかって言っているような、しみじみとした口調だった。「ほんとに早かった」

　言いながら再び、紙皿に手を伸ばし、大粒の、砂糖まみれの白いんげんの甘納豆をつまみ上げると、母は「おいしいよ、これ」と言い、子供じみた無邪気な仕草で私の目の前に掲げてみせた。


　その日の晩、私は電子メディア事業部の吉森と久しぶりに会った。

　社内ですれ違いざま、挨拶をし合い、ちょっとした立ち話をすることはあった。会社のパソコンを使ったメールのやりとりをする中、季節の挨拶をし合ったり、簡単な近況を報告し合うこともあった。だが彼と待ち合わせて会うのは、父の遺品であるワープロの故障を直してもらって以来のことで、ほぼ一年ぶりだった。

　誘ったのは私である。父の一周忌が営まれた直後、吉森から自宅に手紙が届いた。生きている父とは一度しか会ったことがないというのに、吉森は父の命日を覚えてくれていたのである。手紙には父の死後、一年が過ぎたことについての心のこもった言葉がつづられてあった。

社内でたまに交わすメールでは、父について何ひとつ触れてこなかったので、とっくに忘れているのだろうと思っていたから、驚いた。彼のその、相変わらずの古風なまでの控えめな気働きが、思いがけず私の心を揺さぶったのだ。

気楽な店にしませんか、というので、渋谷の、彼の行きつけだという居酒屋で待ち合わせた。カウンターに並び、ビールを飲みながら食事をした。他愛のない世間話や会社の噂話などに興じた。父の話はしなかった。吉森のほうからも、何も聞いてこなかった。ビールの後で、焼酎のお湯割を注文し、私は「ねえ、今から夜桜見物に行かない？」と彼を誘った。

「いいですねえ」と吉森はのどかな口調で言った。「どこの桜にしましょうか」

「青山霊園とか、どう？　混んでるかな」

「今日は土曜日だし、どこに行っても花見客でごった返してるでしょうね。でも、その中でも青山の桜はいいかも、です。いいですよ。青山に行きましょう」

隣に座って、威勢よく背筋を伸ばした彼の横顔を見て、私はくすりと笑った。「吉森君、相変わらずカピバラの顔してるのね」

「やっぱ、そうですか。変わらないですか」

「変わらない、変わらない。一年たっても全然変わってない」

「よし。じゃあ、改めてこれをお見せしなくちゃいけないな」

言うなり、吉森は着ていたジャケットの内ポケットに手を入れ、携帯電話を取り出した。子供の前で、手品をしてみせる時のような手つきだった。

待受画面が、カピバラの画像になっていた。一年前、私からカピバラに似ている、と言われて以来、携帯を開けるたびに、カピバラが現れるようにしたのだ、と彼は言った。

「これ、見るたんびに、鏡を見てるみたいな気になるんですよ。三國さんにすっかり洗脳されたせいですね」

私は笑いころげた。笑いながら、焼酎を飲み始めた。愉しい晩になりそうだ、と思った。

「ねえ、吉森君。まだ、彼女いない歴二十九年なの？」

「あ、それは少し変わりましたね」

「ほんと？　彼女ができたんだ。よかったじゃない。どんな人？」

「違いますよ」と彼は大まじめに言った。「彼女いない歴二十九年じゃなくて、三十年になったんです」

私はまた笑った。笑いながら、自分にもし息子がいたら、今、その子は吉森と同じく、三十歳になっていたかもしれない、と思った。

三十になった息子と、桜が満開になった土曜の夜、こうやって渋谷の居酒屋のカウンターに並び、焼酎のお湯割を飲んでいる自分を想像してみた。実感はわかなかった。遠い昔に捨ててしまった、二度と戻らない時間をいたずらに再現しているだけのような感じがした。

会計をすませてから、私たちは連れ立って店を出た。表通りでタクシーを拾い、青山霊園に向かった。

霊園の桜は満開だった。多くの花見客が、墓地脇の通りにビニールシートを敷いて座り、酒を酌み交わしていた。

屋台も出ていた。そよとも風の吹かない晩だった。イカを焼くしょうゆの香りが、あたりに立ちこめていた。

人々の嬌声が空気を揺るがす。賑やかではあるが、決して騒々しくはない。幾種類もの話し声、笑い声は、くぐもったようになって墓地の彼方に吸い込まれていく。

通りをはさんで左右に拡がる墓石の群れは、薄闇に沈んでいて輪郭がはっきりしない。たわわに花を咲かせた無数の桜の枝が、街灯に照らされ、死者たちの眠る場所に、淡くさびしい光を落としている。

「ねえ、吉森君」と私は、桜の咲き乱れる舗道をゆっくりと歩きながら、吉森に話しかけた。「もしもよ、生まれてから死ぬまで、もうほんとに、最悪の人生を送って、ただのひとつも救いがなくて、救いも希望もないまま死んでいかなくちゃいけなくなったら、どうする?」

「え? それって、どういうことですか」

「つまりね、たとえばの話、複雑な家庭に生まれて、両親から愛されないで育って、一生懸命、仕事をし始めた矢先に、機械に巻き込まれて大怪我をして入院しなくちゃいけなくなって、やっと好きな人ができてつきあい始めたと思ったら、その人が事故死しちゃって、友達づきあいをすれば裏切られて、人の借金を背負わされて、結婚もできなくて、飲んでる店で酔っぱらいにからまれて、腹をたてて軽く殴ったら訴えられて、そんなこんなで、やることなすこと、裏目に出て、苦労とツキのなさの連続で、愛情にも友情にも信頼関係にも恵まれなかった人生をあなたが送ったと仮定してね、もしそうだとしたら、そんな人生の最後にあなたは何を思うかしら」

「なんだかそれって、すごい設定ですねえ。すごいなあ。即興の作り話なんでしょうけど、変にリアルだなあ」

「ともかく、最悪の、いいことがなんにもない人生だったとしたら、ってことよ。吉森君だったら、どう思うかな」

「そうですね。最悪の人生だったとしか思えなかったのなら、死ぬまぎわも、同じことしか思わないんじゃないのかなぁ。ああ、俺の人生、最悪だったな、って思って、死ねるのは本望だから、ありがたい、って思うかもしれない」

私が黙っていると、吉森はつと私を見て、「三國さんは？」と訊ねた。「三國さんだったら、どう思うんですか」

連なる桜のアーチが夜の闇に浮き上がって見えた。舗道の両側に居並ぶ花見客たちのざわめきが、かえって私の中から現実感を遠のかせた。

「私だったら」と私は言った。「もしかすると、もう一度、生まれてきたい、って思うかもしれない」

「ほんとですか」

「うん。もう一度、同じ人生でもいいから、もう一回、人生というものを繰り返してみたい、って、そう思うかもしれない」

「でも、何度繰り返しても同じで、何度やっても最悪かもしれないんですよね」

「そう。百回生き直しても、最悪かもしれないんだけど、でも、やっぱり、自分の人生を生き抜いてみたいって、思うかもしれない」

「強いなあ、三國さんて」

「強い弱いじゃなくて」と私は言った。「人間の本能って、そういうもんじゃないのかな。私ね、去年死んだ父を見てて、そんなことを思ったんだ。どうしてなのか、よくわかんないし、うまく説明できないんだけど、父もまた、もし同じ人生を生き直すことになったら、喜んでそうしてたんじゃないか、って」

吉森は何も応えなかった。しばらくの間、私たちは無言のまま、桜の木の下をゆっくりと歩き続けた。

近くで宴を開いていた若い男女の一団が、吉森に向かっていきなり紙コップを突き出してきた。「一緒に飲みませんかぁ。飲みましょうよぉ。いいじゃないっすかぁ」

吉森は笑顔でそれを辞退し、再び私と歩調を合わせた。

「あの、三國さん。実は僕、今日……」

「葉書を持ってきてるんです。いつ、お見せしようかと迷って、でもやっぱり、こういうものはわざわざ三國さんに見せなくても、っていう思いもあって、遠慮してたんですけど……」

「なあに？」

「葉書？　何の？」

吉森は意を決したように、その場に立ち止まった。ちょうど、宴の人々の賑わいが途切れた場所だった。左右に向かって、霊園奥に続く小径《こみち》が伸びている。仄暗い小径の向こう、立ち並ぶ大小様々の墓石が、おぼろな闇の中に沈んでいる。

ジャケットの内ポケットをまさぐった吉森が、一枚の葉書を取り出した。

「これ、以前、お父さんからいただいた葉書です。僕がさくらホームにワープロをお届けした後に、会社のほうに送ってくださったものです。亡くなって一年たったし、今日、三國さんにお見せしようと思って持ってきました」

何の変哲もない、ありふれた五十円葉書だった。見慣れた父のワープロ文字が縦書きに並んでいた。私は街灯の下で、それに目を走らせた。

過日はお忙しい中、わざわざワープロを届けてくださって、誠にありがとうございました。ワープロが簡単に手に入らなくなった昨今、故障したらどうすればいいのか、と途方にくれていたところです。ご覧の通りのありさまの役にたたない老人ですが、おかげで言葉をなくさずにすみました。衿子が貴君を紹介してくれなければ、小生は死ぬまで沈黙していかざるをえませんでした。心からお礼申し上げます。一度しかお目にかかったことがないというのに、図々しいお願いではありますが、どうかくれぐれも、衿子のことをよろしくお願いします。小生、心より、お願いする次第です。

三國泰造

文面が水の中で見る風景のようになった。

どうして、どうして、と私は思った。よろしく、などと、いったいどうして。

記憶が一斉に渦を巻いた。雑木林に囲まれた板橋の家。電蓄から流れてくる『パパと踊ろうよ』の歌。私が好きだった『ワンワンワルツ』。離婚した父が訪ねて来た大田区の家。夏休みに描いた私の絵日記帳を前にして、衿子はどうして、ウサギばっかり描くんだろうね、と笑った父。衿子の描く家族はウサギの家族。ウサギのお父さん、ウサギのお母さん、ウサギの子供。衿子は生まれる前は、ウサギだったのかもしれないね……。

排泄物の匂いの消えない部屋。車椅子の中で前のめりになり、アルマジロになっていた父。

声にならない。言葉にならない。気持ちがまとまらない。沈黙するしかない。

自分まで父のようになっている、と思いながら、つと助けを求めるつもりで隣にいる吉森を見ると、彼は私に背を向けたまま、爛漫と咲き誇る桜を見上げ、「きれいですね」と若いに似合わぬ胴間声を張り上げた。

短いあとがきにかえて

本書に記した短歌のうち、「小松日出子」の作としたものはすべて、作者の父の友人、羽場百合子さんによって実際に詠まれたものである。

羽場さんは、朝日歌壇に何度も入選してこられた。入選作のみならず、ごく私的な形で紡がれた短歌の数々にも作者は心を奪われた。作中、そのまま使わせていただきたい、という作者の申し出は途方もないわがままだったに違いないが、羽場さんは快く承諾してくださった。

羽場さんの存在がなければ、この小説は誕生しなかった。羽場百合子さんに、この場を借りて心から篤く御礼を申し上げる。

なお、「三國泰造」の作とした短歌はすべて、わが父、小池清泰によって詠まれたものである。

本書は亡き父に捧げる。

二〇一二年神無月

小池真理子

解説　いのちの果ての父娘の時間

持田叙子

〈父恋いの文学〉というものが、日本近代文学史において特徴的に清冽な流れをなす。もちろんその以前にも、父を恋う娘の想いはあったであろう。遥かいにしえの少女が書いた『更級日記』にも、ほのかに父恋いの香気はただようではないか。

しかし何といっても、女性が勢いある書き手として猛然と台頭する近代において、特に女の子の教育を母親のみにまかせず、知的な父親が積極的に女性教育に関わりはじめる大正リベラリズムの時代を経て昭和にかけて、娘の手による〈父恋いの文学〉が堰を切って流麗にほとばしる。女流文学の一つの精華といえる。

その最たる例が、森鷗外令嬢・森茉莉の文学である。デビュー作の随筆『父の帽子』以来、森茉莉は一身にその愛を浴びて育った父・鷗外の面影を語りつづける。老いてゆく孤独のなかで意志的に、理想の男性にいつくしまれた原初の愛の記憶を取り戻そうとする。

森茉莉にならんでもう一人思い出されるのは、円地文子。父は古典学者の上田万年で、王朝文学の教養を恋愛小説にいかす円地文子の文学の手法はそれ自体が、渾身の知を娘にそそいでくれた愛父へのオマージュである。

そして——今やこの系譜に、小池真理子の『沈黙のひと』が加わった。本作は、平成を代表する〈父恋いの文学〉であるといってよい。

小池真理子は多くの人が知るように、艶やかな恋愛小説の名手である。虚構とドラマ性を駆使し、薔薇のようにあでやかな色香の物語を多数さまざまに紡ぎ出してきた。

その人が本作では——エッセイを除いてはほぼ初めてといってよいだろう、虚のあいまにかなり露わに自伝的な素顔を示してきた。こころの奥に秘めた深い哀しみの扉をひらいてみせた。あっと驚いた愛読者も多いのではなかろうか。

小池真理子の文学的な新境地としても、また作家論としても注目される。

本作の主人公は、二〇〇九年の春に享年八十五歳で逝った三國泰造。彼は短歌を趣味とする。本書の巻頭には、若き日の彼が学徒出陣するさいによんだ歌「プーシュキンを隠し持ちたる学徒兵を見逃せし中尉の瞳を忘れず」が掲げられる。

そしてこの歌は虚構ではない。作者による巻末の後書きにはこうある。

なお、「三國泰造」の作とした短歌はすべて、わが父、小池清泰によって詠まれたものである。

本書は亡き父に捧げる。

つまり『沈黙のひと』とは、三國泰造という時代に揉まれて生きぬいた一人の企業戦士の困難な生を描く小説であり、と同時に作者の父・小池清泰の亡き魂に捧げられる哀切な鎮魂記なのである。

私だけではないと思う。始まりのページをひらいた時からもう、父恋いの濃密な声がそこここにこだまする。声にならない声が聞こえる。

お父さん。お父さん、お父さんお父さん、お父さん、お父さーん……。

いつしか書き手とともに、読み手の自分も涙にみちて心のなかで必死にそう叫んでいる。

老い、病み、逝った父親を持っている人なら、誰でも時々みる哀しい夢。亡き父がいる。決まって元気な時の姿ではない。病室にいて娘の自分の来るのを待っている姿。衰弱し、一まわり小さくなった背をかがめ、娘が入ってくると嬉しそうに瞳を輝かせる姿。

ごめんなさい、と思う。もっと色々してあげられる事があったのに。毎日行けばよかった。毎日話せばよかった。会いたい会いたい、お父さん、お父さーん。そこで目が覚める。のどが塩からい。

そんな言うにいわれぬ切ない想いをつまびらかに言葉にしたのが、この『沈黙のひと』だ。多くの娘たちが胸に秘める哀しみの扉をひらき、女性にとっての原初の異性でもある父親への慕情を歌いあげる、これはすぐれた恋歌、挽歌である。

二〇〇九年三月中旬、風のつよい日曜日。晩年の四年余をそこで暮らし、八十五歳で逝った父の遺品を整理するために「私」が、川崎市にある介護付老人ホーム「さくらホーム」にタクシーから降り立つ場面より、この長編小説は始まる。

「私」は某出版社につとめる独身の文芸編集者で、知的でさばけたクール・ビューティー。小池文学のファンにはおなじみの、都会で自立して生きる魅力的なヒロイン像だけれど、今回の彼女は「定年まであと少し」の五十代。そこがちがう。恋に身を灼く年頃もすぎ、かつての恋人たちや親との関係性をふくめての人生全般を見渡し、改めて己が孤独を思い染む透徹した視野をもつ。もちろん「私」は、作者の自伝的分身でもある。

ホームの父の遺品――枯れた鉢植え、髭の詰まったシェーバー。哲学書や旅行書、詩集。それらを異母妹たちと整理する。その中に愛用の二台の古いワープロがある。晩年の父はパーキンソン病だった。指も口唇ものども震え、声が出なかった。代わりに限界がくるまでワープロのキーを打ち、意志を発信していた。

そんなものどうするの、と怪訝な顔をする異母妹をしり目に、「私」は父の残した手紙とワープロを持ち帰る。今さらながら父のことが知りたい。父の内面を知りたい。

父は母を愛しながら、魔がさしたような情事のために母と離婚し、「一番いとおしい」娘と別れた。「私」は小さな頃から母子家庭で育った。母はおおらかな人だったので父を恨む事はなかったが、その後の父の人生とは殆ど関わらずに生きてきた。

なのに難病をわずらう父をホームに訪ねるうちに、思いがけない濃い愛情が泉のように湧き、自分でも驚く。「またすぐに来るからね」と瘦せた父を背後から抱く。病室を出たとたん、また駈け戻りたくなる。わざとふざけて「ジャーン！」と父の好物を取り出す。それまで子を捨てた者として自制していた父も、声も出せずワープロも打てなくなった彼のために娘が考案した手づくりの「文字表」を、震える指で必死にさし、まず「え」「り」「こ」と娘の名をつづる。

それぞれの人生の大半を離れて生きてきた父と娘は、いのちの果ての季節の中で固く結びつき、寄りそって試練をしのぐ。

なぜ人間は老い、病むのか。花の盛りの後に苦しみを受けて死ぬのか。その受苦に意味があるとしたら、たとえばこういう事なのか。作者が自ら問いかけているような父娘の風景である。

さて「私」は、ホームから持ち帰ったワープロを苦心して操作し、手紙をひもとき、遺された言葉を読む。父の内面への旅に出る。その過程で長年秘められた、北国の女性との父の命がけの恋も発覚する。

とともに父の遺品や思い出にうながされ、「私」も多様な時間を往還する。この時間の織物がまことにみごと。戦後の昭和史と個人史を重ね、絵巻きのように広げる。

たとえば父を表わす〈沈黙のひと〉というキーワードにも、そうした個人性と歴史性が巧みに重ね合わされる。

パーキンソン病ゆえの沈黙。それともう一つ、一九二三年生まれの父は学徒出陣した戦争の世代で、自身が「俺たちの年代はみんな、戦争の当時のことは口をつぐんで語らない」と述べる〈沈黙〉の世代。兄弟や友の戦死さえ語らず、高度経済成長期を支えた。「私」の性格形成にも時代が反映する。稿者は作者と同世代なので、特にここにはうならせられる。「私」は父母の離婚のせいばかりでなく、徹底的な個人主義の人間に育つ。

ごく若いころから、私は家族が嫌いだった。運命共同体が嫌いだった。自分の人生に、共同体の象徴である家族が絡みついてくることが我慢できなかった。

昭和二、三十年代生まれの若者の感覚がよく表われている。青年は荒野をめざせ。共同体や絆に人気のない時代だった。しがらみからの脱出がカッコよく、家族はカッコ悪かった。自分で選んだ友人や恋人の方が大切だった。

こんな箇所も、そしてこの小説ではさまざまな家の細密な描写もすばらしい。家をもつことがサラリーマンの夢だった昭和という時代を、これもみごとに象徴する。

親子三人で犬を飼い、幸せに暮らした白い社宅。父の短歌仲間の女性の家は、その人柄にふさわしい落ち着いた古い木造。玄関に「心温まる小物類」や朝顔の鉢がある。父が建てた念願の家は意外な和風。二度目の妻の好みか。そこを追い出されるように最後に住んだホームの部屋。父のネームプレートに「小さなオレンジ色の折り鶴が二羽」、テープで貼られているのが哀切である。

冒頭で述べた〈父恋いの文学〉のテーマに戻ろう。

森鷗外や上田万年はそれぞれ、今ならまだ若い六十歳と七十歳で亡くなった。平均寿命が今と異なる。偉大な父たちは偉大なまま、娘を守る翼を広げたまま逝った。

平成の父たちはそうはゆかない。長寿の時代である。多くの父は老い衰え、介護を受けて逝く。教養人で文芸の知識をゆたかに娘に語った三國泰造も、最後は読む力も語る力も奪われ、逝った。

愛し守ってきた者と、愛されてきた者。両者の立場がいわば反転する。その時に、どんな新しい愛が互いのあいだに生まれるのか——。

三國衿子は父の頰の涙や鼻水をぬぐい、車いすの前にすわって彼の冷えた膝や手を両手でくるみ、さする。薄い肩を抱く。

三國泰造はどんな時でも、「力なく私の手を握りかえ」す。脳梗塞をおこして半身まひになった時でさえ、点滴を受けつつ「ひんやりとした骨ばった手が」娘の手を探り、握る。至純のスキンシップ、最強の愛の確認。

これが一つの答えである。未曾有の高齢化社会の到来が予想される時代にあって、『沈黙のひと』はこれからも長く読み継がれる愛の名作の位置を保つであろう。

（文芸評論家）

初出「オール讀物」二〇一一年四月号〜九月号、二〇一一年十一月号〜二〇一二年六月号
単行本　二〇一二年十一月　文藝春秋刊

文春文庫

沈《ちん》黙《もく》のひと

定価はカバーに
表示してあります

2015年5月10日　第1刷
2015年5月25日　第2刷

著　者　小《こ》池《いけ》真《ま》理《り》子《こ》
発行者　羽鳥好之
発行所　株式会社 文藝春秋

東京都千代田区紀尾井町 3-23　〒102-8008
TEL 03・3265・1211
文藝春秋ホームページ　http://www.bunshun.co.jp

落丁、乱丁本は、お手数ですが小社製作部宛お送り下さい。送料小社負担でお取替致します。

印刷・凸版印刷　製本・加藤製本
Printed in Japan
ISBN978-4-16-790358-9